De gelijktijdighe

Van Frouke Arns verscheen eerder
bij De Arbeiderspers:

De camembertmethode (poëzie, 2018)

Frouke Arns

De gelijktijdigheid der dingen

Roman

Uitgeverij De Arbeiderspers
Amsterdam · Antwerpen

Deze publicatie is tot stand gekomen mede dankzij een projectsubsidie van het Nederlands Letterenfonds.

Nederlands letterenfonds
dutch foundation
for literature

MIX
Papier van verantwoorde herkomst
FSC® C004472

Eerste en tweede druk oktober 2021
Derde druk september 2022
Vierde druk januari 2023
Vijfde druk maart 2023

Omslagontwerp: Bram van Baal
Omslagfoto's: Jim Cumming/Getty Images en Shutterstock
Portret auteur: Rebecca van Veen
Typografie: Perfect Service

ISBN 978 90 295 4480 1 / NUR 301

www.arbeiderspers.nl
www.froukearns.nl

Diese Geschichte habe ich erfunden, um zu erzählen, wie es war.
– *Cabo de Gata*, Eugen Ruge

Fremd bin ich eingezogen,
Fremd zieh' ich wieder aus.
– *Winterreise*, Franz Schubert, tekst: Wilhelm Müller

[...] En toch is ook de nacht niet
uitzichtloos, zolang er sneeuw ligt
is het nooit volledig duister, nee,
er is de klaarte van een soort geloof
dat het nooit helemaal donker wordt.
Zolang er sneeuw is, is er hoop.
– 'Winter', Herman de Coninck
uit: *Zolang er sneeuw ligt*

Finnmark, winter 2013, de Sneeuwuil

Er is geen wind deze nacht. Het land is stil. De zee is stil. Grote ijsschotsen drijven roerloos op het water, vormen grillige patronen; een atlas van de fantasie.

IJskristallen vallen als kleine sterren uit de lucht. Gestaag bedekken ze het land. Twee uur 's nachts en winter heeft witte doeken in de bomen gehangen, de vlaktes gedempt.

Verspreid over de kleine haven liggen de kotters voor anker. Hun stalen armen waarmee ze overdag de netten door het water slepen om heilbot, koolvis, roodbaars en zeewolf te vangen, zijn opgetakeld tot grote W's die zwart afsteken tegen de hemel. Hier wordt ook gevist op skrei, grote kabeljauw die in de winter langs de kust verschijnt om te paaien. En op rode koningskrab natuurlijk, reuzenkrabben met monsterlijke afmetingen van wel twee meter doorsnee, die in de jaren zestig door de Russen zijn uitgezet in de Barentszzee en die Gods woord wel erg letterlijk hebben genomen. In de bar van Hennes hangen foto's van toeristen die met een mengeling van trots en ontzag hun vangst met gestrekte armen voor zich uit houden.

In het water de vis en de krabben, in de grond het erts. De enige reden waarom dit godverlaten gebied zich destijds uit de vergetelheid heeft opgericht. Al meer dan een eeuw wordt het erts gedolven in de dagmijnen van Sydvaranger AS in Bjørnevatn en per trein vervoerd naar de haven van Kirkenes. In de hoogtijdagen, rond 1960, bracht deze in-

dustrie grote bedrijvigheid en perspectief. Welvaart, met spullen waar jullie mensen zo dol op zijn.

Dat is wel anders geweest hier. Want deze rafelrand van het oude continent, dit ijzige fjordenlandschap, was tijdens de Tweede Wereldoorlog het toneel van een bloedige strijd. Het verleden heeft hier diepe sporen nagelaten, in de grond, in het water, in de herinnering van hen die het nog weten en in de herinnering van hen die het verteld kregen uit eerste hand.

De zee, de lucht en het land spreken dezelfde taal aan beide kanten van de grens. De sneeuw is even wit, de regen even nat, de wind even guur. De lemmingen, muizen, eekhoorns en de vis smaken eender, de bodem herbergt dezelfde geheimen. Maar jullie trekken grenzen, zeggen: dit is ons land, dit is ons thuis; hier geven we aan klanken betekenis, hier stichten we een verleden.

Het erts en de strategische ligging zijn dit gebied bijna fataal geworden. Stel je voor, de Duitse bezetter legerde hier zevenenzwtintigduizend jongens en mannen, op een inwonertal van achtduizend. Al dat opgefokte hormoongeweld ingekwartierd bij de lokale bevolking of opeengepakt in barakken, als haringen in een ton. Het landschap kleurde eerst groen en grijs van uniformen, later rood van bloed. Ruim driehonderd keer werd het gebied met luchtaanvallen door de Russen bestookt, samen met Malta het meest gebombardeerde gebied in heel Europa.

Ik heb het allemaal gezien, op mijn tochten boven deze contreien.

Hoe de inwoners hun toevlucht zochten in Andersgrotta, een bunker midden in het stadje. En hoe ze in de gevechtslinie tijdens de bevrijdingsacties van het Rode Leger in 1944 twee maanden lang als mollen in het ondergrondse gangenstelsel van Bjørnevatn leefden. Driedui-

zend mensen. Nog hoor ik het gehuil van de baby's die daar het levenslicht zagen, elf stuks.

De Duitsers pasten bij hun aftocht de tactiek van de verschroeide aarde toe. Nadat alle dampen waren opgetrokken en het Rode Leger als grote bevrijder werd verwelkomd, bleek er nog maar een dozijn huizen overeind te staan. Al het andere was met de grond gelijkgemaakt.

Dat is lang geleden allemaal. De Rus veranderde van vriend in vijand toen het IJzeren Gordijn zich sloot, kort na de oorlog. Lange jaren voerde argwaan de boventoon, werd de grens streng bewaakt. Jullie zijn mensen met een geschiedenis, aan beide kanten van de tijd. Nu rijden jullie weer over elkaars wegen, bezoeken elkaars winkels, Russen kopen luiers in Noorwegen, Noren wodka in Rusland.

De zee is stil, de baai is stil. Het land is stil. Nog wel.

De houten huizen in het stadje verdragen gelaten het seizoen. Hun okergeel, roestbruin en ijsblauw, kleuren waardoor ze overdag zo'n pittoresk aanzicht krijgen, zijn overspoeld door het melkwit van de winternacht.

Binnen slapen de mensen in hun bed, opgekruld en warm. Misschien dromen ze.

Een kind spreekt een woord in zijn slaap, onverstaanbaar voor de moeder die even haar hoofd optilt, haar oren spitst en zich dan weer terug in het kussen laat vallen. Ergens kruipt iemand tegen een warme rug aan. Een ander ligt dwars in bed.

En er is één die ontwaakt. Ze zal de lamp aanknippen en uit bed stappen om op de veranda in de vrieskou een sigaret te roken. Een oude gewoonte. Maar deze keer zal alles anders zijn. Hij is onderweg.

Finnmark, winter 2013, Nizar

Zijn fietsbanden knerpen over de verse sneeuw. De jongen hoort alleen dat geluid en een suizen in zijn oren. Voelt het bonken van zijn hart in zijn keel. Hij probeert niet te diep in te ademen, de lucht bijt in zijn longen. Elke ademteug bevriest in zijn sjaal die hij tot boven zijn neus heeft vastgeknoopt. Zijn ogen zijn tot spleetjes geknepen, de wimpers bepoedersuikerd met sneeuw. Tranen, die opwellen als het water uit de bron van Hammam Al Malik Al Zahir, bevriezen op zijn oogbollen. Een flinterdun laagje ijs dat breekt, elke keer als hij knippert.

Er is geen levende ziel te bekennen. Hij schrikt als hij een ruisen hoort en dan een doffe dreun. Een pak sneeuw is van een boomtak op de grond geploft. Hoelang nog?

Arctische kou was een abstract begrip. Hij had op internet foto's van besneeuwde landschappen gezien, met lachende toeristen. Dik ingepakt, hun gezichten omlijst door de bontkraag van hun capuchons. Een rilling trekt door zijn lichaam. Nu voelt hij het in elke vezel, in elke cel, hoe kou zich ook als hitte kan manifesteren. Vuur en ijs strijden om inbeslagname van zijn spieren en weefsels. Zijn oren staan in lichterlaaie, zijn handen zijn bevroren.

Gelukkig had hij zijn in Moermansk gekochte winterjas, muts en sjaal gedragen toen hij gisteravond in het grensplaatsje Nikel de kou in was gegaan, op zoek naar iets te eten. Zijn handschoenen zaten nog in zijn rugzakje dat hij in zijn pensionkamer op bed had laten liggen.

De vierkante bult in zijn broekzak was zijn portemonnee met tien briefjes van 20 dollar. Biljetten met het langwerpige, aristocratische gezicht van Andrew Jackson, de eerste Democratische president van de VS. The land of the free. Old Hickory noemden ze hem, had zijn vader Masud ooit verteld. Letterlijk betekende dat oude notenboom, maar in Jacksons geval sloeg het op zijn taaiheid en kracht. Hij had de beeltenis op de briefjes bestudeerd, waarop de oude notenboom wat vermoeid in de verte staarde. Eén wenkbrauw was borsteliger dan de andere. Hij leek wel opgeplakt.

Bij terugkomst ontdekte hij dat zijn kamerdeur was geforceerd. Iemand had zijn rugzakje gejat met daarin zijn paspoort, toeristenvisum en enkele honderden dollars en euro's in cash, opgerold en bijeengehouden door een dik elastiek van zijn moeder waarin nog wat zwarte haren zaten opgedraaid. Zijn telefoon die aan het infuusje hing, zoals zijn vader de oplader had genoemd, was samen met de stekker verdwenen. En daarmee ook zijn creditcard, die hij uit voorzorg in het mobielhoesje had gestoken.

Het koffertje lag geopend op de grond, kleren en toiletspullen eruit gewoeld.

Er logeerden nog drie andere figuren in het pension. Hij had ze bij het inchecken gezien, ze zaten rond een houtkachel in de kleine gemeenschappelijke ruimte. Met hun brede schouders voorovergebogen, hun flakkerende boeventronies gesteund in de kom van hun behaarde handen, staarden ze in het vuur. Een van hen had iets gemompeld. De anderen hadden hem gemonsterd en schamper gelachen.

Hij had vriendelijk geknikt naar de mannen.

'*Van wie leert gij manieren? Van de ongemanierden! Saadi,*' klonk de stem van zijn opa in zijn hoofd. Acuut had hij diep in zijn oor jeuk gekregen, een fantoomreactie, nu de warme raspende adem van zijn opa niet daadwerkelijk zijn gehoorgang had gekieteld.

Hij verdacht het drietal meteen toen hij de diefstal ontdekte. Maar wat kon hij beginnen? Als een bezetene doorzocht hij zijn karig gemeubileerde kamer, keek achter de gordijnen, trok ruw de kast open, verschoof de enige stoel, voelde onder het matras, tilde zelfs het versleten kleed op.

De rugzak was weg.

Verslagen zakte hij neer op zijn bed, en greep jammerend naar zijn haar, bonkte met beide vuisten hard tegen zijn hoofd. Hij schrok van zijn reactie, van het gekerm dat uit zijn binnenste opwelde. Om het geluid te dempen drukte hij zijn hand tegen zijn mond, beet hard in de muis van zijn duim. Hij voelde pas de pijn toen hij de donkerpaarse afdruk van zijn tanden in het vlees zag. Hijgend zat hij op de bedrand.

De adrenaline prikte in zijn aderen en zorgde voor precies dezelfde rilling als wanneer een honingbij te dichtbij kwam, en het gezoem of de nauwelijks waarneembare luchtverplaatsing van de vleugelslag de huid herinnerde aan de steek, het gonzen van het gif.

Rustig blijven, vermande hij zichzelf.

'Omarm je verliezen,' hoorde hij zijn vader zeggen. 'Alles waar je niet aan doodgaat, maakt je sterker.'

Hij slikte. De borsjtsj die hij net onder fel tl-licht had gegeten in een restaurant om de hoek baande zich een weg naar boven. Met een paar stappen was hij bij de wc, zijn mond al gevuld met brokjes biet, aardappel, peen. Hoe had hij zo ontzettend stom kunnen zijn om zijn kostbaarste bezit achter te laten, al was het maar voor een uurtje. De geur van de donkerrode smurrie in de wc-pot deed hem opnieuw kokhalzen. Hij scheurde enkele blaadjes van de toiletrol, veegde met het grauwe schuurpapier zijn kin af en spoelde zijn mond onder de kraan. Toen hij opkeek zag hij zijn vader in de spiegel.

Misschien had de eigenaresse van het pension het zelf gedaan, had ze de inbraak geënsceneerd. Ze had immers vast een reservesleutel. Een chagrijnig, kortademig mens, met een morsig vest dat ze steeds over de uitgestrekte toendra van haar boezem trok. Het licht van het computerscherm had een spookachtige schijn op haar gezicht geworpen. Ze droeg aan elke hand een paar gouden ringen die bijna aan het zicht onttrokken werden door de vetkussentjes op haar vingers. Door de gerafelde pleister om haar duim schemerde een roestvlek. Ze had hem met haar kleine oogjes argwanend aangekeken toen hij zijn paspoort toonde en vooraf de kamer contant had betaald. Een veel te hoog bedrag voor de muffe ruimte die ze hem had gewezen.

Die kleine reparatie van het slot zou ze makkelijk kunnen betalen van het geld dat ze had buitgemaakt. Aangifte doen bij de politie was geen optie, wist hij. Hij, een ongewenste vreemdeling, een vluchteling, ze zagen hem aankomen. Nee, hij wilde geen gedoe met de politie of de pensionhoudster en al helemaal niet met die sinistere figuren.

Ineens wist hij dat er niets anders op zat. Hij moest zijn plan direct uitvoeren, hij had niets meer te zoeken in dit vijandelijke Russische gat. Een fiets moest hij hebben. De tocht ondernemen. Hij had zich graag nog wat beter voorbereid, was van plan geweest om de volgende dag te gaan, maar de diefstal bracht alles in een stroomversnelling.

De receptie was leeg en ook de drie mannen waren nergens te zien toen hij met zijn koffertje met zijn schamele bezittingen de trap afkwam, het halletje door sloop en met bonkende hoofdpijn de vriescel van de avond in stapte.

Tot zijn opluchting vond hij niet ver van het pension een fietsenwinkel. Er brandde nog licht en de deur was open. In de ruimte hingen dorre posters van blote vrouwen met duckfaces en nietjes in hun borsten. Het rook er naar tweedehands dingen.

De handelaar sprak een onverstaanbare taal. Hij had op zijn handpalm een bedrag geschreven en deze plechtig omhooggehouden, alsof hij een eed aflegde.

De jongen had geen roebels. Dollar okay?

De man had driftig geknikt toen hij hem enkele briefjes liet zien en grijnsde zijn doorrookte gebit bloot. Honderdtachtig dollar, een bespottelijk bedrag. Er viel niets af te dingen. Verslagen telde hij negen Old Hickories neer.

De handelaar keek hem geamuseerd aan, spreidde zijn armen, trok zijn schouders op, mimede: en nu?

'Kirkenes,' had hij gezegd en de ander had geknikt. Hij meende dat er heel even een lichte schaduw over het gezicht van de man was gegleden, een wolkenzuchtje voor de zon, voordat de grijns weer op zijn gezicht verscheen.

Na de transactie ging de handelaar hem voor naar een hok, de fietsenstalling. Met een korte hoofdbeweging wees hij een fiets aan. Het was een gammel ding met een smal, glad zadel waar de vulling uitpuilde. De remmen deden het en de banden waren hard, maar het licht ontbrak. De klem op de bagagedrager was roestig en had zijn spankracht grotendeels verloren, hield zijn koffertje in een machteloze greep. Het was de beste optie, de andere fietsen waren er slechter aan toe. De man gaf hem een fietslampje aan een klittenband dat hij om zijn bovenarm vastmaakte. Alleen de knipperstand werkte nog. Toen hij opstapte zei hij 'Udachi'. Het woord kwam in wolkjes uit zijn mond.

Wiebelend had hij de eerste meters gefietst, maar hij werd teruggeroepen. De handelaar stond naast een pick-up en wisselde door het geopende raam enkele woorden met de chauffeur. Hij gebaarde dat hij zijn fiets in de laadbak moest tillen en wees in de verte, ten teken dat hij mee kon liften. De chauffeur boog opzij en opende het portier aan de bijrijderskant, gaf een bemoedigend klopje op de gescheurde stof van de zitting. Hij stapte in. De alcoholwalm en de rook in de auto benamen hem de adem.

Met zijn sigaret bungelend in zijn mondhoek had de chauffeur naar hem gegrijnsd en was luid toeterend weggereden. In de zijspiegel zag de jongen hoe de handelaar hen nakeek. Hij stond midden op straat, kaarsrecht en onbeweeglijk.

Udachi, beschermheilige van nachtelijke fietsers.

De wollen wanten had hij van de chauffeur gekregen. De man had ze uit de opklapbare armsteun gevist en ze achteloos in zijn schoot geworpen. De jongen had alleen geknikt en ze aangetrokken; in gedachten kromden zijn vingers zich al om het stuur.

Het maakte hem niets uit of de Rus hem hielp uit medemenselijkheid of omdat hij hem, die vreemdeling, zo snel mogelijk zijn land uit wilde hebben. Hij was op weg, dát was wat telde. Maar na een tijdje, nadat ze de E105 waren op gedraaid, was de man een bospad in gereden en gestopt. De koplampen beschenen een spookachtig decor van besneeuwde sparren. Nu, wist de jongen, was zijn einde gekomen. De Rus zou hem beroven en doden en zijn bevroren lichaam zou pas in de lente diep in het bos gevonden worden door een houthakker of boswachter. Koortsachtig liep hij de scenario's na, er was geen vluchtkans, hij had niets om zich mee te verdedigen. In paniek zochten zijn ogen de auto af naar een voorwerp waarmee hij de man zou kunnen afweren.

De Rus keek hem doordringend aan, boog toen naar het dashboardkastje en streek daarbij even langs zijn been. Hij haalde een stuk touw tevoorschijn, eindeloos lang, als een zijden doek uit een goochelaarshoed. Even dacht de jongen dat de chauffeur hem de strop reikte toen hij hem het slordig bijeengehouden touw gaf, maar hij wees op zijn koffertje en de fiets, maakte een wikkelbeweging. Hij gebaarde dat hij moest uitstappen en zijn fiets uit de laadbak halen. Hij had geen idee hoe ver het nog was naar de Russische grensovergang, Boris Gleb. Een plek die hij op Google Maps had opgezocht en enkele keren hardop had uitgesproken. Het klonk als de naam van een acteur uit een actiefilm.

De man maakte een bovenhandse armbeweging, alsof hij een sneeuwbal gooide, en bromde iets. Die kant op naar de grens, ja, hij begreep het wel.

Zijn gestamelde thank you ging verloren in de harde rockmuziek die nu uit de speakers klonk, de bassen deden de portieren trillen. Zonder hem nog een blik waardig te keuren stuurde de Rus de pick-up behendig achterwaarts het bospad uit en verdween in dezelfde richting van waaruit ze waren gekomen, hem in een dieselwalm en in duisternis achterlatend.

In het oplichtend rood van zijn fietslampje, dat hij met zijn mond vasthield om het koffertje met het touw op zijn bagagedrager te bevestigen, drong het pas echt tot hem door dat hij aan een beroving, of erger, was ontkomen. Niet dat er nog iets bij hem te halen viel, maar hij wist zeker dat de Rus met de gedachte had gespeeld. Hij had het in zijn ogen gezien. Trillend knoopte hij het touw vast, wiebelde aan het stuur om te zien of het koffertje stevig genoeg vastzat, duwde de fiets terug naar de hoofdweg.

Er was een zurige rookwalm in zijn kleren getrokken, alsof de Rus met hem meereisde om hem eraan te herinneren dat hij niets meer te willen had en overgeleverd was aan de grillen van vreemden.

***

Hij spant de spieren van zijn handen aan en laat los, spant aan en laat los. Ze worden niet warm. Zijn lichaam is nu doordrongen van een kou die hem verdooft, bijna bekoort. Waar is de grens? Hij is een knipperende rode stip in het witte landschap.

Hij fietst midden op de weg, parallel aan het bevroren meer, en volgt in het schijnsel van de maan het flauwe, bijna dichtgesneeuwde spoor van de laatste auto die hier moet hebben gereden. De laag onder de verse sneeuw is bevroren en op sommige plekken glad. Regelmatig houdt hij zijn voeten bij de grond om niet weg te glijden.

Een keer ziet hij een donkere schim de weg oversnellen; een haas of een vos.

In de lucht het langgerekte gegak van een vlucht wilde ganzen op weg naar een zuiden.

***

Er waren dagen geweest van zon, van rijpe vijgen en muziek. Een ander tijdperk, enkele jaren geleden nog maar. Zijn vader die de *oed* bespeelde, samen met zijn moeders neef Rafiq, tokkelend op de *quanoun* in de schaduw van de boom in hun tuin.

Jamahl, die met gesloten ogen zachtjes meeneuriede. De schaduwen van de blaadjes dansten in het lommerrijke licht als puzzelstukjes over zijn gezicht. Hun vriendschap was destijds pas net begonnen.

Familie en vrienden zaten aan tafel en luisterden naar het klaaglijk gezang van de mannen. Ze spraken met gedempte stem over sport en over het onderwerp dat je moest benaderen zoals een imker zijn bijen, kalm en op je hoede, omdat je nooit wist óf en waar je gestoken zou worden: de politiek.

Er hing lente in de lucht, maar daarmee ook de kans op voorjaarsstormen.

'De mensen laten zich niet langer knechten, de geest is uit de fles. Kijk maar naar onze broeders in Tunesië, in Egypte en Libië. De mensen willen vrijheid, democratie, betere kansen, minder corruptie. En geef ze eens ongelijk. We staan aan de vooravond van grootscheepse verandering,' zeiden de optimisten.

'Ook bij ons zal een opstand verstrekkende gevolgen hebben. De woede zal zich als koudvuur een weg naar het merg van ons land vreten. Het doel is nobel, maar de weg erheen zal lang en pijnlijk worden,' wisten de realisten.

'We zullen verblind worden als in een zandstorm en niet meer kunnen zien wie vriend en wie vijand is. In de chaos zullen zich krachten bundelen die – als het stof is neergedaald – ons terug doen verlangen naar dagen van weleer,' voorspelden de pessimisten.

Zijn opa boog zich naar hem toe en goot met schorre fluisterstem een van zijn citaten in zijn oor. '*Wie verstandig is, geeft nooit raad; want hij weet dat alle uitkomst onzeker is. Saadi.*'

Hij was opgegroeid met de spreuken en aforismen van zijn opa, die altijd de bron erbij vermeldde, meestal een dichter. Vroeger gruwde hij vooral van de warme adem in zijn oor, die steevast tot een ondraaglijke jeuk diep in zijn gehoorgang leidde. Maar naarmate hij ouder werd begon hij de toevoegingen van zijn opa te begrijpen en te waarderen. Ze werden een kompas waarop hij zijn koers mede bepaalde. In gedachten hoorde hij vaak de stem van de oude man.

Er waren schalen vol eten, *fatoush* en *tabouleh*, *kibbeh*, *köfte* en *shish taouk*. Citroenlimonade. En brood, geurig brood, het deeg gekneed door de gerimpelde handen van zijn oma. Het water loopt hem in de mond bij de gedachte aan *ma'loubeh*, 'omgekeerd', of 'opsekop' zoals ze het thuis noemden. Het meesterwerk van Amira, zijn moeder. Een gerecht met rijst, aubergine en kip, dat ze speciaal voor hem bereidde op bijzondere dagen. Het lijkt zo lang geleden, alsof het niets met hem te maken heeft, alsof hij het kent uit een film.

Hij zou aan de universiteit van Damascus gaan studeren, waar zijn vader ook doceerde. Literatuur, bron van schoonheid en troost. Venster op verleden, heden en toekomst.

***

De ochtend van zijn vertrek, nog geen week geleden, had hij naar zijn moeder gekeken, hoe ze de stoep voor hun huis sneeuwvrij maakte. Een zeldzaam beeld, sneeuw in Damascus. De sneeuwstorm die over de stad was getrokken had het absurde van de dagelijkse realiteit voor hem alleen maar benadrukt. Heel even koesterde hij de gedachte dat er van hogerhand was besloten om al het bestaande uit te wissen, zoals de leraar vroeger in de klas met een grote zwaai de moeilijke sommen van het bord veegde, waardoor ze nooit hadden bestaan. Dat er een schone lei was.

Maar de rotte plekken schemerden al snel door het witte kleed heen, ja, de sneeuw vestigde juist de aandacht op de ellende. De beschadigde gebouwen leken in hun ragfijne witte mantel nog gehavender en desolater. De sneeuw accentueerde ook het asgrauw in de gezichten van de mensen, de lijnen leken scherper, de groeven dieper.

'Laat mij dat doen,' had hij aangedrongen, maar ze had hem weggejaagd met een halfbakken sneeuwbal. Haar handen die altijd zacht voor hem waren geweest moesten bezig blijven, altijd in beweging. Zelfs 's avonds als ze uitgeput voor de tv neerviel draaiden haar vingers onophoudelijk aan haar trouwring, alsof ze zichzelf opwond voor weer een nieuwe dag.

Ze zou na terugkomst van de markt thuiskomen in een leeg huis, haar boodschappen wegleggen en aan de was beginnen. Misschien zou er een buurvrouw of vriendin langskomen met wie ze zwarte thee dronk, gezoet met veel suiker en soms een extra lepel honing uit de voorraad van zijn vader. Zelfgemaakte baklava eten, alles opgediend op een dienblad dat ze met een van haar befaamde mozaïeken had versierd. De minister van Binnenlandse Zaken, zoals zijn vader haar liefkozend had genoemd, hield vast aan haar vertrouwde routines, bestierde haar huishouden zoals ze dat altijd had gedaan, nauwgezet en met trots.

Haar ministerie stond nog rechtovereind.

's Middags zou ze rusten op de met bonte kussens bezaaide bank in de woonkamer.

En al die tijd wist ze nog van niets, leefde ze in de veronderstelling dat haar enige kind op de universiteit was. Hij vroeg zich af of zijn schuld voelbaar was in huis, dat die tastbaar als een laagje stof op het notenhouten dressoir in de ouderslaapkamer was neergedwarreld.

Het dressoir waar haar trouwfoto op stond in een goudkleurig lijstje. Daarnaast een foto van hem, als tienjarige aan de tuintafel, met een schort van zijn moeder om, een hamer in zijn hand.

De envelop, met de brief die hij aan haar had geschreven, onder haar hoofdkussen.

***

Amira had alle benodigdheden op de tuintafel uitgestald: een dienblad waarop ze een patroon van bloemen had getekend, stukjes glas, kralen en schelpen, op soort en kleur gesorteerd in bakjes. Verder ook gipspoeder, water, een doek en een hamer.

Nizar mocht helpen met mozaïeken, een hobby waar zijn moeder erg bedreven in was. Het wemelde in huis van voorwerpen, schalen, vazen, bekers en dienbladen, die door haar onder handen waren genomen. Zijn vader had eens lachend opgemerkt dat hun huis net Park Güell was. Nizar had geen idee wat dat was, maar als het op hun huis leek moest het een fijne plek zijn. Ook Amira wist niet precies wat het was, het had ongetwijfeld iets met haar hobby te maken, maar ze stoorde zich aan het vertoon van kennis van Masud. Ze vond het niet alleen ongepast dat hij er zo mee koketteerde, maar het herinnerde haar er ook aan dat hij veel meer wist dan zij.

'Jij altijd met je westerse weetjes. Breng die jongen toch niet zo in de war met al die nutteloze kennis. En mijn huis lijkt niet op een park; in een park ligt vuil en rommel en hier is het brandschoon.'

'Het is hier inderdaad altijd smetteloos schoon, begrijp me niet verkeerd, *habibti*. Ik wilde je juist complimenteren. Park Güell is een park in Barcelona, vol prachtige mozaïeken die gemaakt zijn door de architect Gaudí. Je zou het schitterend vinden. Mensen komen van over de hele wereld om deze kunstwerken, want dat zijn het, te bewonderen. Gaudí is ook de ontwerper van de Sagrada Fa-'

Nog voordat hij zijn zin kon afmaken, onderbrak ze hem, lachend.

'Nou doe je het wéér! We hebben hier in ons eigen mooie

Shaam toch ook prachtige mozaïeken. Vertel hem liever over die in de grote moskee.'

'Zeker, de Omajjadenmoskee,' schakelde Masud moeiteloos over, 'ze zeggen dat deze moskee het grootste goudmozaïek ter wereld heeft gehad, van meer dan vierduizend vierkante meter. Stel je toch eens voor,' hij spreidde zijn armen en trok zijn ogen ver open om de enormiteit van het oppervlak te onderstrepen, 'wat een gigantisch werk dat moet zijn geweest. Oorspronkelijk waren alle wanden bekleed met mozaïeken, maar de grote brand van 1893 heeft veel verwoest. Gelukkig hebben ze veel weten te restaureren. Wetenschappers zeggen dat de mozaïeken het paradijs voorstellen.'

Amira had vertederd geglimlacht om Masuds onverbeterlijke doceerdrift en had naar haar zoon geknipoogd.

Nizar keek graag naar zijn moeders handen. Ze had mooie sterke handen, met nagels die altijd een beetje glansden, alsof ze doorzichtige nagellak ophad. Maar ze droeg nooit nagellak, en ook geen make-up. Haar olijfkleurige huid, donkere krullen, barnsteenkleurige ogen met daarboven sensueel gewelfde wenkbrauwen verleenden haar een natuurlijke schoonheid die geen franje behoefde.

Eén keer had hij zijn moeder volledig opgemaakt gezien, met oogschaduw, mascara en lippenstift, op de bruiloft van haar neef. Hij had haar nauwelijks herkend, was zelfs een beetje bang van haar. Ze leek op een levensgrote pop. Liever zag hij haar zoals ze thuis was, naturel. Wervelend, altijd vol liedjes en verhalen.

'Kijk maar eens goed rond, Nizar. Hoe prachtig dit alles is,' had ze gezegd, wijzend naar de gedekte tafels met boeketten van kunstbloemen, de lampjes, de dansende bruiloftsgasten in hun feestkleding.

'Als jij oud genoeg bent, krijg jij ook zo'n lieve bruid en natuurlijk een groot feest!'

Soms wikkelde ze een voorwerp, een beker of tegel, in een oude hammamdoek van Masud en sloeg het met de hamer gedecideerd aan stukken. Nizar mocht de stukjes in de bakjes sorteren.

'Ik wil ook hameren. Mag dat? Alsjeblíéft?' Hij knipperde een paar keer met zijn ogen, keek haar met een schuin hoofd aan, wist dat ze daar niet tegen bestand was. Ze legde twee oude bordjes, rood met een gouden rand, in de doek en gaf hem de hamer. Voorzichtig tikte hij erop, maar er gebeurde niets.

'Harder, kom op, *habibi*! Je moet harder slaan,' vuurde Amira hem aan. 'Maak je maar eens flink kwaad. Wees een echte man!'

Hij dacht aan de neef van zijn moeder en aan zijn bruid. Een bedeesd meisje dat geen deel leek uit te maken van het feest. Onbewogen had ze in het feestgedruis aan tafel gezeten en met haar zwartomrande ogen de vrouwen gadegeslagen die met de hand voor de mond met een schel 'ilililili' uiting gaven aan hun vreugde. Hij huiverde bij de gedachte dat hij zelf ooit met een meisje zou moeten trouwen. Haar aan moest raken. Niet zoals hij zijn moeder en oma aanraakte, maar anders, zoals zijn vrienden op school hem hadden voorgedaan.

Met een paar harde klappen sloeg hij de borden aan gruzelementen.

***

Kunnen je gedachten bevriezen, vraagt hij zich af. Is er een punt waarop je brein begint te stollen, zoals de slush puppies die hij als kind in Damascus kreeg. Hij stelt zich zijn hersenen voor als de gifgroene massa die in de koelmachine onder constant roeren in kleine ijskristallen verandert. En nu doemt ook het elastische ijs van Bakdasch op, de beroemde ijssalon in Soek-al-Hamidiye, en proeft hij de verfijnde, zoetige smaak van de verse pistachenootjes bovenop.

Hoe hij talloze keren, eerst aan de hand van zijn vader, later als scholier en daarna als student, na een bezoek aan de bazaar de altijd drukke ijssalon betrad, aan een van de lange tafels ging zitten en niet alleen van het ijs genoot maar vooral van de drukte, het levendige schouwspel van de ijsverkopers in hun witte T-shirts die achter de toonbank het ijs stampten en uit bakken schepten, de gretige handen van de wachtenden die ongeduldig met hun geld wapperden in de hoop eerder aan de beurt te komen.

'Aan de manier waarop een man ijs eet, kun je zien hoe hij een vrouw liefheeft. Citaat van mezelf,' had zijn opa eens gezegd, terwijl hij wat ijs met een lepeltje uit zijn bakje schepte en dat genotvol met het puntje van zijn tong bespeelde voordat hij het in zijn mond stak.

Hij had gebloosd toen zijn opa naar hem knipoogde.

Angst hangt nu als een jengelend kind om zijn nek, zwaarder met elke meter die hij vooruitkomt. Hoe heeft hij ooit kunnen denken dat dit plan zou werken, dat hij fietsend de grens zou kunnen oversteken. De regels waren duidelijk. Lopend de grens passeren was verboden, met iemand meeliften was ook niet toegestaan. Maar op de fiets, dat kon. De vader van Jamahl had het zelf gezegd, al was die informatie niet voor zijn oren bedoeld geweest.

Er is geen levende ziel te bekennen, nergens een woonhuis of een licht, op een incidentele straatlantaarn na. Hij zal doodvriezen in dit meedogenloze klimaat, in deze windstille, witte nacht. Hij zal nooit meer thuiskomen, nooit meer pistache-ijs eten, nooit een vrouw liefhebben.

Blije sneeuw was iets wat alles bedekte, waarin je sporen kon maken als van een vreemd dier dat in jouw contreien zeldzaam, en daarom bijzonder was. Je schraapte het met je blote handen bijeen, kneedde er een bal van om naar vriendjes en auto's te gooien. Als er genoeg sneeuw was gevallen maakte je een sneeuwpop, met twee dadels als ogen en steentjes als mond. Aan deze sneeuw waren altijd kreten verbonden, gedempte kreten van verwondering.

De laatste sneeuw had hij gezien toen er kortgeleden een sneeuwstorm over Damascus was getrokken. Het was niet de blije sneeuw uit zijn kindertijd geweest, die waarin hij sneeuwengelen had gemaakt, wuivend met armen en benen als de *Vitruviusman* van Leonardo da Vinci, maar een bedrieglijke sneeuw die de oorlog had toegedekt met een flinterdun vergeten, een tijdelijke amnesie waaruit de stad spoedig zou ontwaken.

Zijn vader had hem verteld over het sneeuwwoordenverhaal.

Franz Boas, een Duitse wetenschapper die eind negentiende eeuw naar Amerika was geëmigreerd, had in zijn *Handbook of North American Indians* geschreven over vier woorden die de Inuit voor sneeuw hadden. Ze maakten onderscheid tussen vallende sneeuw, sneeuw op de grond, opwaaiende sneeuw en sneeuwjacht. Omdat dit zo tot de verbeelding sprak hadden wetenschappers dat aantal later verhoogd en zo ging het verhaal over de vele woorden voor sneeuw een eigen leven leiden. De belevingswereld van mensen, had zijn vader gezegd, wordt sterk bepaald door de taal die zij tot hun beschikking hebben. En taal had Masud in overvloed. Hij voedde zijn zoon ermee in de vorm van liedjes, gedichten, verhalen, gesprekken en literatuur, zodat zijn belevingswereld zou uitdijen als het heelal, zodat niets zijn voorstellingsvermogen te boven zou gaan en hij altijd woorden zou hebben om uiting te geven aan zijn gevoelens en gedachten.

Geduld en humor zijn de kamelen waarop je door elke woestijn komt, had Masud bijvoorbeeld gezegd toen hij hem leerde fietsen. Ongetwijfeld een wijsheid van zijn opa. Hij had een mooie fiets gekregen, zo blauw als het water van de Eufraat in de kinderboeken die zijn moeder hem voorlas. Toen hij op een ochtend in zijn pyjama naar beneden was gekomen, stond er in de woonkamer een groot voorwerp met een laken erover. Hij had de vorm meteen herkend en nog voordat hij het cadeau had onthuld maakte hij al een vreugdedansje door de woonkamer.

Buiten beklom hij steeds opnieuw zijn fiets, net zo lang tot hij naar het einde van de straat stuurde, daar een bochtje maakte en terug naar zijn vader reed, die hem met wijd open armen lachend opwachtte. *Geduld en humor zijn de kamelen waarop je door elke woestijn komt.* Masud had het gezegd met een mengeling van trots en berusting.

Het helpt hem nu niet; deze witte woestijn is te groot, te onbekend voor zijn vermoeide kamelen. Toch herhaalt hij de woorden als een mantra, met elke ronde die zijn voeten op de pedalen maken, met elke ruk die hij bij het trappen aan zijn stuur geeft, alsof hij de verte naar zich toe wil trekken. Geduld en humor, geduld en humor, geduld en humor.

Hij ploetert voort, op de weg langs het bevroren meer. In de verte nu de felle lampen van de grensovergangen. Eerst de Russische. Borisoglebskaya. Dan, een paar honderd meter verder, voorbij de bocht, de Noorse. Storskog. Koud en hoekig klinkt het, net als het land en de mensen daarin. Hij knijpt in de handvatten van zijn stuur, heeft nauwelijks meer gevoel in zijn vingers. Maar hij durft ze niet van het stuur te halen uit angst te vallen.

Een slaperige Russische grensbeambte, een vrouw, komt naar buiten en gebaart dat hij zijn papieren moet laten zien. Nog voordat hij zijn mond kan openen om zijn verhaal te doen haast zich een tweede beambte naar buiten en wisselt enkele woorden met zijn collega. Hij wordt zonder verdere plichtplegingen doorgelaten.

***

Een paar honderd meter verderop, voorbij de bocht, zit Magnus in zijn warme kantoor en schrikt wakker. Bijna halftwee, hij moet toch weer zijn ingedommeld. De televisie aan de muur staat aan, zonder geluid. Een herhaling van een sportprogramma, schansspringen. Een man, vacuümgetrokken in een schreeuwerig pak, verschuift zijn skibril en zet af. Gehurkt raast hij de schans af. Als een grote W zweeft hij door de lucht voordat hij op de grond terechtkomt. Even lijkt hij zijn balans te verliezen, maar met een sierlijke armbeweging herstelt hij zijn evenwicht en komt vlak voor de afrastering in een wolk van opstuivende sneeuw tot stilstand. Nadat hij de uitslag op het scorebord heeft gezien balt hij zijn vuist naar de camera. Zijn met witte crème ingevette lippen verwrongen tot een ijzige grimas.

Magnus gaapt en rekt zich uit. Hij moet zelf ook nodig weer 's wat aan sport doen.

Uit zijn buik klinkt een langgerekt hol gerommel; zijn hele darmstelsel is ontregeld door die nachtdiensten. Lusteloos sloft hij naar het achtergelegen gangetje en gaat in het donker op de wc zitten. Hij houdt ervan om zijn behoefte in het donker te doen. Zonder visuele prikkels kan hij zich beter ontspannen en beter loslaten. Hij snuift zijn eigen lucht stevig op, geniet van de zware beklemming ervan. Zijn vader rook precies zo. Als kind schoot hij altijd direct na zijn vaders toiletbezoek de wc in en dompelde zichzelf onder in die adembenemende nestgeur. Een poosje zit hij zo in het donker. Voorovergebogen, zijn hoofd gestut op de rug van zijn hand. Een denker vol trage, duistere gedachten.

Had hij in zijn kantoor gezeten en naar buiten gekeken, dan had hij een fietser gezien die langs de omhoogstaande rood-witte slagboom met daarop een bord 'Stopp. Kontroll', gebogen over zijn stuur, verblind door de sneeuw en het felle licht van de lichtmasten, met de blik op oneindig, de grens oversteekt.

***

Zo makkelijk is het dus, de vrijheid binnenrijden.

Hij had er heel andere beelden bij gehad, toen hij zijn reis in de werkkamer van zijn vader voorbereidde. Hij had zich ingesteld op een lange wachttijd bij de grenspost. Onvriendelijke gezichten, hardhandig geschuif en geduw. Papieren die hem uit de hand werden gegrist. Gesnauw in een bevroren taal. Maar de Russische douane heeft hem doorgelaten en in dit lege kantoor heeft niemand hem gezien.

Behalve een camera, onzichtbaar ingebouwd in de dakgoot van de grenspost.

***

De vlokken vallen nu als wattenbollen in een trage melodie uit de hemel.

Langzaam verandert hij in een fietsende sneeuwman, verkleumd tot op het bot.

Denk jezelf warm.

Denk aan een heet bad waarin je zo lang bleef zitten dat de huid verweekte, dat er ribbels op je vingertoppen verschenen. Droeve vingers noemde hij dat als kind.

Of beter nog, denk aan de hammam, aan heet water op je lichaam, stoom en damp, de warme marmeren plaat waarop je languit ging liggen.

Denk aan de zon op je huid, wandelend langs het witte strand van Tartous, de badplaats die je als kind elke vakantie had bezocht met je ouders.

Denk aan hete zoete thee, aan een warme trui en dikke sokken.

Denk aan een innige omhelzing, twee wangen tegen elkaar, de ene hand op de rug, de andere in de nek, daar waar de haargrens overgaat in de gloeiende huid, denk aan een warme mond.

Denk aan Jamahl.

Nee, denk niet aan Jamahl.

Denk niet aan de eerste keer dat je hem zag in het koffiehuis. Niet aan zijn lach, zijn glanzende tanden. Denk niet aan zijn smalle polsen en slanke vingers, zijn ogen, het vuur.

Denk niet aan het vuur.

Damascus, lente 2010, Nizar

Op een keer mocht Nizar met zijn vader en opa mee naar Naufara, het bekendste koffiehuis van de stad, gelegen in de oude soek. Het was genoemd naar de fontein die de ingang markeerde, direct achter de Omajjadenmoskee, waarvan de marmeren vloer van de binnenhof glansde als water in de zon.

Rasheed al-Hallak, beter bekend als Abu Shadi, was overdag groenteman, 's avonds *hakawati*, de beroemdste verhalenverteller van Damascus. Zijn vaste toehoorders en enkele toeristen zaten al te wachten, bloementhee of Arabische koffie, mierzoete lekkernijen en een waterpijp gevuld met appeltabak binnen handbereik, toen Abu Shadi het koffiehuis betrad. Hij droeg een smeedijzeren zwaard om zijn middel en was gekleed in een zwarte werkmansbroek, een stugge witte linnen blouse met daaroverheen een gilet van grofgeweven wol. Op zijn hoofd prijkte een fez, rood als het bloed dat in zijn verhalen rijkelijk vloeide.

Zijn trouwe schare fans begroette hem respectvol, leraren, officieren, apothekers en winkeliers. Hij beklom de kleine verhoging waar zijn zetel op stond, gespte zijn zwaard af en ging zitten. De stoel was ingelegd met parelmoer en verfraaid met houtsnijwerk. Uit een linnen tasje viste hij een wirwar van papieren die bijeengehouden werd door een koord. Hij sloeg de stapel open bij de passage waar hij gebleven was.

Elke avond van de week zat hij daar en vertelde het verhaal van Baybars, de beroemdste sultan uit de Mammelukken-dynastie in de dertiende eeuw. Hij had een jaar nodig om het hele verhaal te vertellen en elke avond stopte hij midden in een spannende passage om zijn publiek, nieuwsgierig naar de afloop, ertoe te bewegen de volgende avond weer te komen luisteren.

'*Assalamu aleikum*, vrede zij met u,' begroette hij zijn publiek. 'In de naam van God, de Barmhartige, de Vergevingsgezinde.' Er klonk instemmend gemompel.

Nizar luisterde vol ontzag naar Abu Shadi, die niet alleen op een zangerige toon van het papier las, maar het verhaal lardeerde met zelfbedachte avonturen. Zijn stem rees en daalde met de bergtoppen die Baybars beklom, werd mierzoet als de liefde bloeide, koffiebonenbitter wanneer er verraad in het spel was. Hij leidde zijn gehoor mee naar onherbergzame gebieden, naar woestijnen en eindeloze vlaktes en leverde gevechten met de vijand, die hij met een onverwachte klap van zijn zwaard met één houw uitschakelde. Tot groot plezier van zijn toehoorders die instemmend joelden en klapten. De enkeling die het had gewaagd om in slaap te sukkelen, schrok dan wakker en mompelde alsnog enkele goedkeurende woorden. Nizar liet zich meevoeren met het verhaal en keek ondertussen naar de gasten die langs de muren op de gepolsterde banken en op rieten stoelen zaten. Zijn opa had zijn ogen gesloten en hij wist niet zeker of hij in opperste concentratie luisterde of even een dutje deed. Masud zag zijn zoon kijken en knipoogde naar hem.

Nizars blik dwaalde over de houten lambriseringen die behangen waren met mozaïeken, schilderijen, kopergravures, prenten en foto's. Een portret van een oude man in een wit gewaad met een rode fez op zijn hoofd trok zijn aandacht.

Masud boog zich naar hem toe en fluisterde: 'Abdelhamid al-Hawari, de eerste hakawati van Damascus, geboren in 1885. Een prachtige traditie. We moeten elkaar verhalen blijven vertellen, zoon, anders gaan ze verloren.'

Hij ving een zweem van de honinggeur op die zijn vader altijd leek te omringen en leunde ontspannen achterover.

Toen kwam er een jongen binnen die met een verontschuldigend lachje iets mompelde over zijn storende entree.

Tot zijn stomme verbazing riep zijn vader: 'Hier Jamahl, hier is nog een plekje vrij,' en tikte op een rietgevlochten stoel voor hem. Abu Shadi hield even in, tot de jongen als een behendige ober door het publiek laveerde en vlak bij Masud plaatsnam, knikte minzaam en vervolgde zijn verhaal.

Nizar kon zijn ogen niet van Jamahl afhouden. Hij schatte hem iets ouder in dan zijn eigen zeventien jaar, slank, goedgebouwd, stralend. Zijn jeugdige energie vormde een oplichtend veld alsof er binnen in hem een felle lamp scheen die door zijn huid schemerde. Knipperend loerde hij naar deze verschijning, de stem van Abu Shadi werd overstemd door het gebulder van zijn bloed dat nu door zijn aderen kolkte en zijn oren deed suizen.

Na afloop wisselde zijn vader enkele woorden met hem, maar hij kon het gesprek niet volgen. Zijn opa stond luidruchtig te gapen en leidde hem af met de vraag hoe het verhaal afgelopen was, omdat hij het niet goed had kunnen verstaan.

Pas op de terugweg vroeg hij terloops aan zijn vader wie die jongen was geweest.

'O, dat was Jamahl. Een nieuwe student van me, hij is halverwege het semester ingestroomd. Zijn vader is diplomaat, ze hebben op verschillende plekken in de wereld gewoond en zijn nu voor een tijdje terug in Damascus. Hij is altijd als eerste in de collegezaal en na afloop heeft hij nog honderd vragen. Heel aardig ook, bovendien. Hij gaat het vast ver schoppen. Ik had hem gisteren verteld over Abu Shadi en zoals je ziet laat hij er geen gras over groeien. Hij heeft ook interesse in de bijen, waarover ik hem laatst vertelde. Hij vroeg of hij een keertje mee mag.'

'En, mag dat?' Nizar ergerde zich aan de schorheid in zijn stem, en kuchte.

'Natuurlijk, de eerstvolgende keer geef ik hem een seintje. Hij vindt het vast geweldig! Het zou me trouwens niets verbazen als hij het imkeren ook in de vingers heeft, die jongen is zo veelzijdig. Hij schildert ook en schrijft poëzie. Wat een talent. Ik heb al enkele van zijn gedichten mogen lezen en ik zeg je, er is een nieuwe Gibran opgestaan!'

Masud slaakte een zucht van bewondering.

'Ik heb hem uitgenodigd om een keer te komen eten. Ik dacht dat je dat wel leuk zou vinden, hij zit vol vermakelijke verhalen over de internationale scholen waar hij op heeft gezeten.'

Het stak Nizar een beetje dat zijn vader zo idolaat was van deze jongen, hoewel het vooruitzicht om hem weer te zien veel goedmaakte. Kennelijk hadden ze in korte tijd al heel wat besproken en had Jamahl een plekje in zijn vaders ruim bemeten hart weten te veroveren.

Voor het eerst drong het besef tot hem door dat Masud naast zijn gezinsleven een eigen leven leidde, waarin hij mensen kende voor wie hij genegenheid voelde of die hij bewonderde, met wie hij dingen deelde waar Nizar geen weet van had, waarin hij besluiten nam die hij niet met zijn vrouw of zoon besprak. Als ze Jamahl niet waren tegengekomen, had hij niet eens geweten van zijn bewondering voor deze jongen, tot hij wellicht achteloos tijdens het avondeten had verteld over een student die zou komen eten. Hij had weliswaar niets te klagen over aandacht en toewijding van zijn vader maar toch verbaasde hij zich erover dat zijn reservoir aan genegenheid schier oneindig leek, er kon altijd nog wel iemand bij en het deed niets af aan zijn liefde voor zijn naasten.

Nizar stelde zich zijn eigen hart altijd voor als een vat, volgepropt met mensen van wie hij hield, zijn ouders, grootouders, familieleden, vrienden. Wanneer het hart tot de rand gevuld was kon er niemand meer bij zonder dat er iemand anders uit moest.

Zijn vaders hart was een oceaan: onmetelijk diep, vol leven, altijd in beweging en ogenschijnlijk grenzeloos.

Amira had heerlijk gekookt, de avond dat Jamahl voor het eerst bij hen thuis kwam. Het huis geurde naar lamsvlees, knoflook en munt toen hij met een bosje bloemen – dat hij met twee handen kaarsrecht voor zijn borst vasthield, alsof het een zaklantaren was waarmee hij zijn gezicht van onderen bescheen – de drempel van hun huis over stapte. Toen hij het boeketje aan de gastvrouw overhandigde, zag Nizar dat het papier rond de stelen volledig verkreukeld was; Jamahl had er behoorlijk hard in geknepen. Dat vertederde hem, omdat hij het als een teken van onzekerheid interpreteerde waardoor zijn ontzag voor de jongen afnam en hij zich meer zijn gelijke voelde. Hij wist niet dat Jamahls moeder een van haar bedienden opdracht had gegeven om een bosje bloemen te halen en dat deze van de stress en ergernis – er vond die avond een diner in de ambtswoning plaats waarvoor nog van alles moest worden geregeld – de stelen bijna tot moes had geknepen.

Nizar nam de bloemen mee naar de keuken en schikte ze in een vaas, terwijl zijn moeder verschillende mezze en een kan citroenlimonade met vier glazen op haar mooiste dienblad zette. In de woonkamer waren zijn vader en Jamahl al druk in gesprek, alsof ze hun levendige conversatie in de collegezaal nooit hadden onderbroken. Het gemak waarmee Jamahl zijn vaders vragen beantwoordde en zelfs de leiding nam in het gesprek, imponeerde Nizar.

Jamahl complimenteerde Amira met het prachtige mozaïek op het dienblad en kreeg met zijn oprechte belangstelling voor haar hobby algauw een selectie van haar pronkstukken voorgeschoteld. Hij zat tussen bekers, dienbladen, tegeltjes en doosjes en streelde met zijn slanke vingers het gladde oppervlak, toen Masud opstond en kuchte.

'Als de minister van Binnenlandse Zaken het goedvindt, stel ik voor dat we aan tafel gaan.' Hij knipoogde naar zijn vrouw en zij ruimde direct haar spullen weg en vroeg iedereen aan tafel plaats te nemen.

Natuurlijk kwam het gesprek op de bijen, want de baklava die zijn moeder na het eten serveerde was honingzoet.

'Masud is een enthousiaste hobbyimker, dat heeft hij je vast al verteld,' zei Amira, terwijl ze behendig twee stukjes op een goudomrand schoteltje schepte en dit naar Jamahl schoof.

'Nou en of. Ik zou heel graag eens meegaan, als dat mag. Het lijkt me prachtig om tussen het bijenvolkje te zijn. Maar ook best eng. Gaat u zelf ook wel eens?'

Amira lachte.

'O, nee! Geen denken aan. Ik ben dol op honing, maar ik blijf op veilige afstand. Masud levert de grondstof, ik verwerk hem. Dat is een goede verdeling. Maar ook Nizar is inmiddels een bedreven imker. Hij gaat vaak mee en heeft het ook in de vingers.'

Nizar kon zich de eerste keer dat hij met zijn vader mee mocht naar de bijen nog goed herinneren. Het was de dag waarop hij zich bewust was geworden van de gelijktijdigheid der dingen.

***

Hij was acht jaar, toen hij op een prachtige septemberochtend met een knoop in de maag naast zijn vader in de auto stapte. Jaren geleden had Masud het bijenvolkje van Anwar overgenomen, een collega en vriend die hobbyimker was. Anwar had een aanstelling als docent aan de Landbouwfaculteit van de universiteit van Aleppo gekregen en moest noodgedwongen zijn bijen achterlaten. Voordat hij verhuisde had hij Masud de fijne kneepjes van het vak bijgebracht. Hij had direct gezien dat Masud een ideale kandidaat was en dat zijn bijen in goede handen zouden zijn.

Ze waren al vroeg vertrokken om de hitte van de dag voor te zijn. De bijenkasten stonden in een hoek van een kleine akker, een eind buiten Damascus, omgeven door katoenvelden. Het geluid van de krekels golfde op een warme luchtstroom door de geopende raampjes van de auto, af en toe vermengd met het gemekker van geiten langs de weg. De witte bollen van de katoenplanten dansten als dwarrelende zomersneeuw, zo ver het oog reikte. Wilde hibiscus, zonnebloemen en distels groeiden welig langs de kant van de weg. Het stuifmeel en de nectar die de bijen uit deze planten haalden maakten de honing donker en kruidig, had Masud verteld.

Zijn vader sloeg af naar een onverhard pad dat steeds steniger en onbegaanbaarder werd en parkeerde de auto ten slotte in de schaduw van een acaciaboom. Bepakt met de imkerkleding en hun proviand vervolgden ze het laatste stuk van hun tocht te voet.

Op veilige afstand van de op elkaar gestapelde houten dozen trokken ze hun kleding aan: een dikke broek, een imkerjas met hoed en gaas en leren handschoenen. Het gaas voor zijn ogen maakte hem duizelig. Zijn pak was veel te groot; hij voelde zich een onhandige astronaut.

Zijn vader had een buidel meegebracht met daarin een kastbeitel en een balgberoker met bijentabak, een mengsel van kruiden en lavendel.

'Op naar de bijen,' zei Masud. 'Geen onverwachte bewegingen maken, zoon, loop rustig achter me aan. Als jij je niet met hen bemoeit, laten ze jou ook met rust.'

Zijn hart ging tekeer. Nog nooit was hij zo dicht bij een bijenkast geweest en hoewel hij zich goed beschermd wist door zijn kleding, werd hij bevangen door een panische angst. Hij kon zich nog goed de scherpe pijn herinneren van de bijensteek in zijn kuit vorig jaar; het gif gonsde nog de hele dag door zijn lijf en de plek was rood en opgezwollen.

'De bij zal sterven, omdat ze maar één keer kan steken,' had Masud gezegd.

Nizar had altijd gedacht dat bijen honing in de huid spoten. Snikkend zei hij dat hij niet wist dat honing zo'n pijn kon doen. Zijn vader had geglimlacht, hem door de haren gestreken.

'Zoete pijn is de ergste pijn.'

'Het huis van de bijen bestaat uit verschillende verdiepingen, de kasten,' vertelde Masud toen ze dichterbij kwamen.

'Zie je die onderste twee daar? Dat noemen we de broedkamers, daar worden de eitjes gelegd en uitgebroed, de bovenste dozen zijn de honingkamers. Ze bewaren hun voedsel op zolder, zou je kunnen zeggen.'

Hij bukte en pakte een houten raampje dat tegen de kasten aan stond.

'Kijk, dit hier, een honingraat.' Hij toonde Nizar het gelijkmatige net van raten.

'Prachtig hè? Allemaal zeshoekige vakjes die de werkbijen met was uit hun eigen lichaam hebben gemaakt. De koningin legt daarin vervolgens haar eitjes, soms wel tweeduizend per dag,' legde hij uit. 'Na drie dagen komen ze uit. De larfjes lijken op kleine wormpjes, maar binnen drie weken zien ze eruit als echte bijen.'

Masud gaf Nizar een doek en instrueerde hem deze op de vrijgekomen broedkast te leggen, terwijl hij de bovenste twee honingkamers eraf tilde en ze op de grond zette. Hij vulde de balgberoker met de bijentabak en stak hem aan. Behoedzaam trok hij de doek opzij en berookte de bijen met het apparaat.

'Ze denken dat er vuur is en zuigen zich vol honing, waardoor ze minder agressief zijn.'

Er steeg een zoete bedwelmende geur op uit de kast, een mengeling van was en honing. Nieuwsgierig keek Nizar naar de krioelende klont bijen. Er trok een rilling door zijn lichaam toen enkele woedende bijen tegen zijn gaas aan vlogen. Maar het zoemen van de zwerm en zijn vaders bedaarde handelen hadden een hypnotiserend effect op hem en hij voelde zijn angst wegebben. Zijn vader gaf hem de beroker en toonde hem de tien houten balkjes in de kast, de bovenkant van de ramen. Met de beitel wrikte hij het uiteinde van het balkje uit een ijzeren inkeping en stak zijn vinger eronder. Hij herhaalde dit aan de andere kant en toen wipte hij een raam uit het rijtje.

'Hm, heel mooi,' mompelde hij, de raat bestuderend.

'Zie je de koningin,' vroeg Nizar.

'Hier zit ze,' wees zijn vader en hij vroeg hem nog wat rook op de bijen te blazen, waardoor ze wegkropen, 'kijk, deze; ze is groter dan de anderen en ze heeft een puntig lijf. Daar kun je haar aan herkennen.'

Nizar hoopte de bijendans te zien. Hij had zijn vader erover horen vertellen tegen zijn moeder, over hun koningin, de werksters en hun dans. In zijn verbeelding zwermden de bijen in een prachtige choreografie rondom een kleine troon waarop de koningin op zachte kussentjes rustte. Teleurgesteld keek hij om zich heen. Duizenden bijen zoemden af en aan.

'Wanneer gaan ze dansen?'

Zijn vader keek hem vanachter het gaas verstoord aan, toen lachte hij.

'O, het is niet echt dansen, zo noemen we dat. Het is een bewegingspatroon. Ze hebben verschillende dansen, waarmee ze de afstand tot de bloemen kunnen aangeven en elkaar vertellen hoeveel nectar en stuifmeel daar te halen valt. Het dansen gebeurt niet in de lucht, maar op de raat zelf.'

Hij tuurde naar de wirwar van bijen op de raat en riep: 'Kijk, deze werkster bijvoorbeeld. Zie je hoe ze de andere bijen opzijduwt? Ze laat hen van de voedingsbron proeven. Dan gaat ze rondjes lopen met een paar haalbijen achter zich aan, en na een tijdje doet ze hetzelfde in omgekeerde richting. Na afloop van deze rondedans weten de haalbijen precies waar ze binnen een afstand van vijftig meter het voedsel kunnen vinden. Als het verder weg ligt, doet ze de kwispeldans, dan schudt ze met haar achterlijfje. Ook bij deze dans wordt eerst de aandacht van andere bijen getrokken en de danseres laat wat van het voedsel proeven. Dan begint de dans.'

Zijn vader tekende met zijn voet twee cirkels tegen elkaar in het zand.

'De danseres loopt kwispelend met haar achterlijf omhoog en maakt een halve cirkel naar links, dan loopt ze weer kwispelend omhoog en maakt ze een rondje naar rechts. De haalbijen weten dan dat het voedsel verder weg te halen is, kijk zo.'

Masud schuifelde met de raat nog in zijn hand een paar stapjes over zijn tekening, begon met zijn achterste te wiebelen op het rechte stuk, en draaide toen een rondje de andere kant op. Nizar deed hem giechelend na.

'Het stuifmeel dat ze uit de bloemen opzuigen gebruiken ze als brandstof, want ze moeten grote afstanden afleggen om hun nectar naar de kasten te brengen. Voor één potje kostbare honing moeten ze duizenden bloemen bevliegen, daarom noemen ze het ook wel vloeibaar goud.'

En met die woorden pakte zijn vader een glazen potje dat op een van de planken van de stellage stond en schraapte met de beitel behoedzaam wat honing van de raat. Gefascineerd keek Nizar toe hoe de stroperige massa samen met de was in het potje gleed. Zijn vader overhandigde hem de buit.

'Hier, een snoeperijtje voor jou! Ik ben bijna klaar. Neem de honing maar alvast mee terug naar waar we ons hebben omgekleed, dan gaan we zo eten. Ik ben benieuwd wat de minister van Binnenlandse Zaken voor ons heeft ingepakt.'

Nizar was opgelucht dat hij zijn zware kleren kon uitdoen. Voordat zijn vader terug was, had hij het meegebrachte proviand, water, brood, olijven, hummus en een tomatensalade, op een dekentje in de schaduw van een vijgenboom uitgestald. Hij bestudeerde de honing, hield het potje tegen de zon en zag wat zijn vader bedoeld had. Vloeibaar goud.

Laat in de middag, nadat Masud een moeilijke som had uitgerekend, zoals hij zijn middagdutje onder de vijgenboom had genoemd, kwamen ze op weg terug naar huis toeterende auto's tegen, met mannen die half uit de geopende raampjes hingen en met vlaggen zwaaiden. Hoe dichter ze de stad naderden, hoe meer mensen er op straat waren, ze renden joelend door de straten, voerden verhitte discussies in kleine groepjes.

'Was er voetbal?' vroeg Nizar. 'Hebben we gewonnen?'

'Niet dat ik weet,' antwoordde Masud. Hij kon niet bedenken waarom er zo'n grimmige overwinningssfeer in de stad heerste.

Met moeite stuurde hij de auto tussen de drommen mensen naar hun wijk. Omdat de autoradio kapot was, duurde het nog tot ze thuis waren voordat ze van Amira hoorden wat er was gebeurd. Ze stond met een betraand gezicht in de woonkamer voor de televisie, keek vol afschuw en ongeloof naar de beelden die Al Jazeera doorlopend herhaalde. Om 8.46 uur plaatselijke tijd was een gekaapt toestel van American Airlines, vlucht 11, de noordelijke toren van het World Trade Center op Manhattan in gevlogen. Een tweede toestel, United Airlines vlucht 175, had zich zo'n twintig minuten later in de zuidelijke toren geboord. In Washington was American Airlines vlucht 77 om 9.37 uur het Pentagon binnengevlogen en een vierde gekaapt toestel was rond tien uur neergestort in een veld bij Pittsburgh.

Ontzet keek Nizar naar de beelden op televisie, naar de zich steeds opnieuw in de torens borende toestellen, naar de enorme stofwolken die tussen de wolkenkrabbers door de straten van Manhattan pulseerden, de dwarrelende papieren, de paniek. Naar de bepoederde gezichten van de mensen die uit de as tevoorschijn kwamen. Naar de figuurtjes die door de lucht tuimelden en maar bleven tuimelen door het luchtledige, waar het stil en stuurloos was.

De gebeurtenissen lieten een knagend besef na dat er ook in zijn wereld een gat geslagen was. Dat je je intens gelukkig kon voelen, terwijl er op hetzelfde moment ergens anders op de wereld iets gruwelijks gebeurde. Het serene geluksgevoel van de dag samen met zijn vader, de kalmte ervan, stond in schril contrast met het geweld dat had plaatsgevonden.

Maakte dat zijn beleving minder waard, minder waar? Het afgrijzen en de bezorgdheid op de gezichten van zijn ouders die plompverloren voor de televisie bleven staan, er niet aan dachten hem weg te sturen, of tenminste een hand voor zijn ogen te houden, zoals zijn moeder wel eens deed als er een ontblote vrouw of een innige liefdesscène op de televisie te zien was.

Stilletjes sloop hij naar zijn kamer, ging op bed liggen en probeerde zijn zwerm gonzende gedachten over de gelijktijdigheid der dingen tot bedaren te brengen door naar het plafond te kijken zonder te knipperen. Hij wist dat hij niet mocht knipperen en niet in slaap vallen, anders kwamen de vliegtuigen.

***

Hij stapt voor de zoveelste keer af om de sneeuw van zich af te kloppen en met zijn laatste krachten de vastgekoekte brokken van de banden te trappen, en loopt met de fiets aan de hand verder. In de verte doemen de contouren van gebouwen op. Zwarte dozen in het blauwwitte landschap; een soort loodsen. Een industrieterrein misschien, geen woonhuizen.

Na de bocht staat langs de weg een kastje op een paal met het woord POST erop. Twee grote keien markeren een afslag die leidt naar een houten huis met een veranda een eindje van de weg af. Er brandt een lamp naast de voordeur die flauw een figuur verlicht.

In de doodse stilte van de nacht klinkt de zilveren klik van een aansteker. Een oranje vlam.

Met een laatste krachtsinspanning besluit hij de afslag te nemen en de weg naar het huis te volgen.

Hij weet niet of degene op de veranda hem heeft gezien. Als hij dichterbij komt, ziet hij dat het geen man is, zoals hij verwachtte, maar een vrouw. Rustig rookkringels uitblazend kijkt ze toe hoe hij naderbij komt.

'Hei,' zegt de vrouw als hij vlak bij haar staat. Ze heft haar hand op.

De fiets glijdt uit zijn handen als hij door zijn knieën zakt en op de grond terechtkomt.

Zijn bewustzijn heeft hij dan al verloren.

Finnmark, winter 2013, Helena

Binnen is het warm. De vrouw heeft een paar houtblokken in de kachel gelegd en het vuur opgestookt, nadat ze de fietser de veranda heeft op gesjord, de kleine woonkamer in, en hem op de bank heeft gehesen.

Onderkoeling, ze kent de verschijnselen.

Ze trekt hem zijn natte wanten, muts, sjaal, jas, schoenen en sokken uit, stroopt kordaat zijn doorweekte spijkerbroek af, twijfelt even over zijn onderbroek, maar besluit ook die uit te trekken. Het ding is kletsnat en koud. Zijn geslacht is een pasgeboren diertje dat slaapt op een nest van zwart krulhaar. Ook zijn overhemd en T-shirt gaan uit en ze omwikkelt zijn voeten met een deken. Ze pakt een kussen van haar bed en legt dat onder zijn hoofd. Haar dekbed legt ze over hem heen. Het draagt nog een zweem van haar eigen warmte.

Dan maakt ze thee voor hem. Hete thee, aangelengd met ijswater.

'*Drikke*,' zegt ze, als hij even bijkomt.

Hij trilt te hard om de beker aan te nemen, heeft geen controle meer over zijn spieren. Ze ondersteunt hem, houdt zijn hoofd rechtop en giet wat lauwwarme drank naar binnen.

Hij zakt terug het kussen in en valt in een diepe slaap.

De vrouw heeft het doorweekte koffertje dat achter op de fiets zat losgemaakt en te drogen gezet vlak bij de houtkachel in de woonkamer. Er zit geen label aan, geen adres of naam, geen enkele verwijzing naar de eigenaar. Ook de inhoud van de koffer levert geen aanwijzingen op. De gammele fiets heeft ze in de schuur tegenover het woonhuis gezet. De sneeuw zal zijn sporen wissen.

Ze bekijkt de slapende. Een beeldschone jongen, nog geen twintig, schat ze.

Klein van stuk, tenger maar tanig, met sluik, zwart haar. Een stoppelbaardje van een paar dagen. Donkere wenkbrauwen boven donkere ogen, die ze even heeft gezien voordat hij in zijn comateuze slaap wegzakte. Lange, fluweelzachte zwarte wimpers.

Kamelenharen oogopslag, denkt ze en even lichten ergens in haar herinnering deze woorden op in een gedicht. Van haarzelf? Ze weet het niet meer.

Uit het Midden-Oosten, vermoedt ze. Geen ring, of andere sieraden. Wel een bijtwond in zijn hand, misschien aangevallen door een zwerfhond. Geen telefoon. Geen papieren, niet in zijn koffertje, jaszak, overhemd, of in zijn broek. Alleen een bruinleren portemonnee, plat en soepel, met daarin een twintigdollarbiljet. Geen bankpasje, geen rijbewijs. Wel een klein zwart-witfototje met een ouderwetse kartelrand waaraan je je kunt snijden. Een man en een vrouw.

Ze zet haar leesbril op en houdt de foto bij de lamp om de gezichten beter te kunnen bekijken. Twee jonge mensen naast een gedekte tafel in een tuin. De vrouw heeft een omslagdoek losjes om haar hoofd gedrapeerd, haar zwarte krullen worden nauwelijks bedekt. Ze draagt een lange, hooggesloten jurk waar twee in sandaaltjes gestoken voeten onder vandaan komen. Ze houdt een hand beschermend op haar buik. Haar mooie, gewelfde mond glimlacht. Ze staat naast een man die een arm om haar schouder heeft gelegd en vriendelijk de camera in kijkt. Dit moeten zijn ouders zijn, ze ziet de gelijkenis – het compacte lichaam van de man en de mooi gevormde mond en ogen van de vrouw – met de slapende jongen op haar bank.

***

Haar hand die ze op zijn voorhoofd heeft gelegd gloeit nog na.

Hij heeft koorts. Zijn lichaam rilt onophoudelijk, ondanks de warmte in de kamer en de extra deken waarmee ze hem heeft toegedekt. Ze maakt de wond op zijn hand schoon met gekookt water, scheurt een reep stof van een oude zakdoek, druppelt er wat wodka overheen en legt het zelfgemaakte kompres op de wond. Het resterende stuk zakdoek gebruikt ze als verband.

In de keuken vindt ze in de rommella een pakje pijnstillers. De uiterste houdbaarheidsdatum is allang verstreken. Toch drukt ze vier tabletten uit de strip, plet ze in een vijzel en giet het brokkelige poeder in een beker kamillethee. Straks zal hij drinken.

Van het gekookte water en de gedroogde kamille, die ze in een houten doosje op de keukenvensterbank bewaart, maakt ze een papje. Ze vult een washand met de hete brij en knijpt hem uit.

'Kamille is goed voor alles,' zei haar moeder Käthe altijd.

Elke nazomer ging ze als kind met haar zusje op pad om de witte bloemen met het gele hart te verzamelen. Ze bloeiden uitbundig in de weiden rondom de hoeve. Wanneer ze de linnen tasjes rond hun nek gevuld hadden, keerden ze huppelend terug naar huis, waar ze samen met moeder de oogst op wafeldoeken uitstrooiden, de blaadjes en stelen eruit sorteerden en de rest in de zon te drogen legden. Als de kamille bijna pulverdroog was en ze zeker wist dat het niet zou gaan regenen, hing moeder de doeken dichtgebonden in een boom, als ballonnen, zodat de wind erdoorheen kon gaan om de geneeskrachtige eigenschappen op te wekken. Vanaf die tijd had ze de wind altijd gezien als een welkome kracht die de heilzame werking in de kamille blies.

Moederkruid.

Ze legt het lauwwarme washandje op zijn voorhoofd.

Zo vaak had ze deze handeling verricht, het warme buideltje met kamille op haar voorhoofd gelegd, die laatste dagen van haar korte ziekbed. Die typische geur, een zweem van appel en honing, laat de ballonnen in de bomen weer wiegen in de wind, laat het krijtwitte gezicht van haar moeder eindelijk op het kussen rusten.

***

De laatste uren van de nacht heeft ze in haar schommelstoel doorgebracht, wakend tussen korte hazenslaapjes in. Vroeg in de ochtend schrikt ze wakker. De wereld is in diepe stilte verzonken en even is ze volledig de oriëntatie kwijt.

Ben ik dood, vraagt ze zich af, ben ik ongemerkt en pijnloos het hiernamaals in gegleden? Achter het raam ademen de zachte rondingen van het besneeuwde landschap.

Even waant ze zich een toeschouwer in een museum, kijkend naar een schilderij waarin de kunstenaar heeft getracht om diepte in het nevelige wit van de ochtend aan te brengen. Dan ziet ze het koffertje naast de houtkachel en de slapende jongen op de bank. Ze voelt de stijfheid in haar spieren en gewrichten, de zwaarte in haar longen, staat moeizaam op.

Ze is niet eens verbaasd dat er midden in de nacht een vreemdeling bij haar is gestrand. Eerder tevreden. Alsof de dingen gaan zoals de dingen moeten gaan.

Zijn kleren raapt ze bijeen. Ze liggen her en der verspreid, in alle haast van zijn lichaam gepeld, een paar uur geleden nog maar. Ze zijn nog een beetje vochtig. Onwillekeurig houdt ze zijn zandkleurige blouse van grof geweven linnen tegen haar gezicht en snuift de geur op. Kruidig, een zweem van zweet, maar ook iets zoets, niet onaangenaam. Dan maakt ze een sopje, wast alles met de hand, wringt het uit en hangt het te drogen op een rekje.

Druppels vormen kleine plasjes op de grond.

Vlug frist ze zichzelf boven in de badkamer op met een washand en wat zeep.

Vreemd, hoe met het verstrijken van de tijd alles afneemt, ook haar lichaamsgeur is minder geworden, neutraler, ze transpireert nauwelijks meer.

Eerst verdwijnt de geur, dan de mens zelf en na de dood gaat alles stinken als de hel. Ze schrikt van de gedachte, ziet meteen Leif in zijn beste pak in de kist liggen. Nog steeds een mooie, ja, aantrekkelijke man, zelfs nadat het leven hem zo onverwacht had verlaten.

Ze had zich afgevraagd of hij zijn ziel aan de duivel had verkocht, in ruil voor eeuwige jeugd. Een Dorian Gray. Zijn lichaam had nauwelijks tekenen van verval vertoond, hij was tot aan zijn dood gespierd en bijna rimpelloos gebleven. Blakend was het woord dat haar altijd te binnen schoot als ze aan Leif dacht. Blakend van gezondheid, van levenslust, van dadendrang.

Met twee handen duwt ze het losse rimpelvel van haar gezicht naar achteren, en even kijkt het meisje van vroeger haar met vermoeide ogen vanuit de spiegel aan. Hoe onbarmhartig de tijd over een vrouwengezicht strijkt. De mysterieuze verdwijning van het licht, die onderhuidse gloed. Wanneer precies, als ze vragen mag, is dat eigenlijk gebeurd? Rond dezelfde tijd dat ze langzaam vervaagde, onzichtbaar werd? Rond dezelfde tijd dat iemand tegen haar zei: 'Ik kan wel zien dat je een mooie vrouw moet zijn geweest.'

Leif rook altijd prettig, stonk nooit naar zweet. Zijn adem was fris, geurde naar koffie als hij zijn espresso had gedronken, naar alcohol als hij een biertje ophad. Nooit had ze iets vies gevonden aan hem. Tegen hem aan schurken, dat wil ze, zijn zachte rug strelen, zijn nek kussen, haar lichaam tegen zijn nog slaapwarme lichaam vlijen, zijn volledige Leifheid omvatten, begrijpen. Het was iets wat haar altijd ontglipte, als een woord dat op het puntje van haar tong lag maar dat voordat het uit de nevelen van de herinnering opdoemde alweer verdween in een grijze mist.

Op het planchet boven de wasbak staan haar spulletjes. Een oude tandenborstel met haartjes in de spreidstand. Kind van de oorlog, getogen in schaarste. Weggooien is zonde.

Een houten borstel met een dot grijze haren, die ze met een behendige beweging in één keer eruit trekt en in het kuiltje van haar hand houdt, aait. Zo zacht. Nestmateriaal.

Een gezichtscrème en een flesje deodorant van een duur parfummerk. Uit het laatste kerstpakket van Grethe, haar zus, drie jaar geleden alweer. Vroeger kreeg ze trouw elk jaar met de feestdagen een pakket vol moois en lekkers uit München, en vulde ook zij jaarlijks een oude schoenendoos met lokale specialiteiten en cadeautjes voor Grethe, Paul en de meisjes. Ze had de jarenlange traditie laten versloffen. Gretchen had het nog een keer geprobeerd, de laatste keer drie jaar geleden. Een pakket en een lange brief, maar ze had niet meer gereageerd. Al die tijd heeft de deo op het planchet gestaan, ongebruikt. Het is een decorstuk geworden in het stilleven van haar bestaan.

Vandaag valt haar echter het lavendelblauw van het flesje op en de zilveren dop. De naam van het luchtje, vijf langgerekte zwarte letters, ANGEL.

Ze pakt het op, bestudeert het, haalt de dop eraf, snuffelt aan het spuitstuk maar het ruikt nergens naar. Als ze onder elke oksel één keer spuit, vult de badkamer zich met een zoete, zwoele lucht. Meteen heeft ze spijt, het prikt. Overtijd.

Ze borstelt haar lange grijze haren, maakt een vlecht die ze tot een knotje draait en vastzet met een speld.

Dan kleedt ze zich aan. Haar vaste kloffie, een zachte joggingbroek en een T-shirt met daarover de verweerde Noorse trui van Leif. *Borte bra, hjemme best.*

Het was haar pronkstuk geweest, haar allereerste poging om met breinaalden en wol iets concreets, iets bruikbaars te maken. Het moest een verrassing voor hem worden. Een kunstwerk. Ze was in verwachting toen, en ze vulde de lange dagen dat Leif van huis was met het breiwerk. Koortsachtig werkte ze aan het ingewikkelde patroon van geometrische figuren en de *åttebladrose*, de rozen met acht blaadjes die ze voor sneeuwvlokjes had aangezien. Wekenlang was ze in een gevecht verwikkeld met de bollen wol, rood, wit en blauw, de nationale kleuren van haar nieuwe vaderland. Hoe vaak had ze de kluwen niet neergesmeten, gefrustreerd over het telwerk waarin ze verstrikt raakte. Maar gaandeweg groeide de trui, net als het kind in haar buik. Het meest trots was ze op de drie dieren die op de borst prijkten, de twee grote herten rechts en links, met tussen hen in het springende kalf.

Van Marit had ze destijds een platenspeler te leen gekregen, voor een taalcursus op langspeelplaten uit de bibliotheek. Tijdens het breien probeerde ze de klanken te herhalen, zonder de tel van het patroon kwijt te raken. Elke keer als ze de trui aandoet, denkt ze Borte bra, hjemme best. Oost west, thuis best. Het was een van de eerste uitdrukkingen die ze in haar nieuwe taal leerde.

Buiten is de wereld gehuld in een winterse schemer. Op haar veranda rookt ze nog een sigaret voordat ze gewapend met haar zaklamp aan de wandeling langs het meer naar het stadje begint. Gelukkig is het grootste deel van het pad vrijgemaakt, ze ziet de dikke ribbels van de tractorbanden op de voetweg.

Ze laat de slaper op de bank achter in de wetenschap dat hij voorlopig zijn ogen niet zal openen, dat de uitputting en de koorts hem nog uren, misschien wel dagen in hun greep zullen houden. Zelfs de honger kan hem niet wekken, hoewel ze zijn maag heeft horen knorren.

In Kirkenes doet ze een paar kerstboodschappen in de supermarkt.

Waar zou de jongen van houden? Kruidig en pittig voedsel, ongetwijfeld, zo anders dan de smaken die ze gewend is. Voor de zekerheid legt ze naast het rendiergehakt, de drumsticks en de kabeljauwfilets ook knoflook, chilipeper, kerrie en komijn in haar mandje. Na enig speurwerk vindt ze gedroogde vijgen, dadels en pistachenoten, producten die ze anders nooit koopt. Op de groente- en fruitafdeling zoekt ze naar iets exotisch. Haar oog valt op een gevlekte, harde granaatappel die kennelijk niemand wilde. De mensen eten wat ze kennen.

'Wilde plannen voor het kerstmenu?' vraagt het kassameisje met de gepiercete tong en de neongroene haarlok. Haar vingernagels hebben elk een andere felle kleur. Ze betast de harde vrucht alsof het een meteoriet is.

Vallende ster, denkt ze, de granaatappel is uit een ander zonnestelsel hier terechtgekomen, als een roodgloeiend lichtpuntje kortstondig oplichtend aan de sterrenhemel.

Net als haar jongen vannacht.

Ze stopt de vrucht in haar rugzak en knikt tevreden.

Dan bezoekt ze de graven.

In de bar van Hennes de krabvisser drinkt ze ten slotte een kopje koffie. Het is haar vaste oplaadpunt voordat ze weer op huis aangaat.

Zijn bar aan de haven – met de toepasselijke naam Haihai – wordt overdag vooral bezocht door toeristen, die door de cruiseschepen dagelijks als een stroom lava op de kade worden uitgespuwd. Na een obligaat bezoekje aan het Russische oorlogsmonument en de kleine kerk waar Kirkenes naar genoemd is, slaan ze bij Hennes een paar biertjes achterover, maken een Instagramwaardige selfie met Kim en stappen dan, gewapend met een paar snuisterijen uit de souvenirwinkel in de hoofdstraat, weer aan boord van hun schip.

'sAvonds komen de lokalen: de dorstigen, de eenzamen, de ongelukkigen.

De bar is een ware Wunderkammer van Hennes' obsessie met alles wat met de zee en scheepvaart te maken heeft. De toog en diverse planken liggen bezaaid met nautische instrumenten: een koperen sextant, een houten jakobsstaf, een gyroscopisch kompas, een pelorus in een houten kistje, een antieke verrekijker, een scheepsklok en aan het uiteinde van de bar bij de kassa een stuurwiel. Toeristen mogen er graag een draai aan geven als ze afrekenen.

In de loop van de decennia heeft ze de inboedel zien uitbreiden en veranderen. Steeds voegt hij weer iets toe aan zijn rariteitenkabinet, nu eens een antieke boei of visserslamp die hij op een braderie op de kop heeft getikt, dan weer een oude zeekaart of een hengel uit de nalatenschap van een kennis.

Het pronkstuk hangt aan het plafond. Over de lengte van de bar zweeft een ruim vijf meter lange geprepareerde Groenlandse haai, sinds kort Kim genaamd, naar Kim Jong-un, de Noord-Koreaanse leider. Het beest heeft in de loop der jaren al verschillende namen gehad van beroemde roofdieren uit de politiek. Mao, Ceauşescu, Khadaffi, Saddam en ook even Poetin. Dat laatste viel niet goed bij de lokale nazaten van de communistische partizanen die tijdens de Tweede Wereldoorlog aan de kant van de Russen tegen de nazi's hadden gevochten. Toen het IJzeren Gordijn kort na de oorlog een einde maakte aan de vriendschap tussen Noorwegen en Rusland, werden de partizanen ineens als collaborateurs gezien; ze hadden aan de verkeerde kant gevochten. Decennialang was dit onderwerp taboe, tot de val van het IJzeren Gordijn in 1989 en het uiteenvallen van de Sovjet-Unie in 1991. Pas toen kwamen de verhalen en ontstond er geleidelijk meer aandacht en begrip voor de keuzes van de partizanen. Omdat hun nakomelingen tot de vaste kern van dorstigen, eenzamen en ongelukkigen behoorden, koos Hennes eieren voor zijn geld en veranderde hij de naam van de haai van Poetin in Kim.

'Wat maakt het uit hoe hij heet; het kwaad is oud en heeft de tijd,' vertelt hij aan de dagjesmensen die zijn betonkleurige haai met zijn helderblauwe ogen komen bewonderen.

'Zijn vlees is giftig en parasieten in zijn oog hebben hem halfblind gemaakt. De overeenkomsten zijn verbluffend, zeg nou zelf.'

Kim is honderden jaren oud, dat weet hij zeker, 'want Groenlandse haaien zwemmen diep in ijskoude wateren, waardoor hun stofwisseling traag verloopt. Hoe trager de stofwisseling, hoe ouder de haai. Pas op honderdvijftigjarige leeftijd zijn de vrouwtjes geslachtsrijp,' en hier wordt zijn blik altijd troebel als hij eraan toevoegt 'stel je toch eens voor dat wij, mensen...' voordat hij in betekenisvol zwijgen vervalt.

Hennes gaat er prat op dat hij degene is geweest die Kim destijds met gevaar voor eigen leven aan boord van zijn kotter heeft gehesen nadat hij in een van de krabnetten verstrikt was geraakt. Of hij toen al morsdood was, weet niemand zeker. De andere bemanningsleden wilden zich van het beest ontdoen, maar Hennes vond dat zonde; hij zag mogelijkheden. Wellicht kon de haai bewaard blijven voor het natuurhistorische Vardø Museum, stelde hij voor en hiermee wist hij zijn maten te overtuigen het beest mee aan land te brengen. Hij zou in de indrukwekkende collectie zeker niet misstaan.

Maar het museum had geen plek en dus moest Hennes snel een besluit nemen want de haai begon sterk te ruiken. Opzetten of alsnog weggooien. Gelukkig kende hij iemand die de kunst van de taxidermie beheerste, Sami Eidnár, ook wel de Pelsjager genoemd.

Een man met vele talenten.

Eidnár wilde slechts de kosten voor het prepareren vergoed krijgen en een klein bedrag voor zijn werk, en stelde voor om daarnaast in natura uitbetaald te worden.

‘Schenk me elke keer als ik bij je kom een glaasje aquavit. Dat lijkt me een toepasselijke beloning. Verzekerd van levenselixer, een leven lang.’

Hennes wist dat Eidnár niet zo vaak in de stad was, dus het leek hem een goede deal.

‘Afgesproken! Daar drinken we op. Maar alle volgende drankjes betaal je wel zelf,’ voegde hij er voor de zekerheid gauw aan toe.

Toen de haai uitgehold, gedroogd en geprepareerd was, timmerde Eidnár er een kist omheen en werd Kim met kist en al op een oplegger getakeld. Een hele stoet toeterende voertuigen vergezelde de oplegger vanuit Eidnárs werkplaats naar de haven, waar Kim met behulp van een geïmproviseerd hef- en takelsysteem van de oplegger werd getild en op een trolley de bar in werd gerold. De vier touwen waarmee hij aan het plafond zou worden bevestigd, waren al neergelaten tot op de grond, zodat ze alleen de kist in de juiste positie moesten brengen en het houtwerk verwijderen, voordat Kim door acht sterke mannen onder luid applaus en gejoel omhoog werd gehesen en zijn laatste rustplaats zou krijgen, uitkijkend boven de bar, die Hennes vanaf die dag omdoopte tot Bar Haihai. De haai werd als een echte president geïnaugureerd tijdens de feestelijke bijeenkomst die hierop volgde, met toespraken, hapjes en drank, veel drank.

Aan de muren van Bar Haihai hangen netten met plastic reuzenkrabben die Hennes twee keer per jaar – één keer in het lichte en één keer in het donkere seizoen – van hun spijkers haalt en in een sopje doet. Ook hangen er land- en zeekaarten, posters en foto's, voornamelijk spectaculaire beelden van het noorderlicht.

'Niemand ziet zulke kleuren met het blote oog, dat gifgroene, dat is allemaal bewerkt,' zegt hij tegen twee gasten die de foto's bewonderen. Hij staat rood en robuust achter zijn toog terwijl hij verwoed glazen poetst met dezelfde doek waarmee hij even later haar tafeltje afveegt.

'Goedemorgen meissie! Wat mag het zijn? Het gebruikelijke?'

'Ja graag, Hennes.'

Hij volgt haar blik, die blijft hangen bij een foto van twee toeristen die beiden met gestrekte armen een reuzenkrab voor zich uit houden.

'Tja, die krengen verwoesten het ecosysteem in de wateren rondom de fjorden, laten we eerlijk zijn. Ze vreten alles wat ze maar in hun scharen kunnen krijgen. Maar ja, het brengt geld in het laatje hè, dus we moeten niet zeuren. En ze zijn natuurlijk ook heel lekker. Hm, er gaat toch niets boven vers gekookte krab met citroen en witbrood met mayonaise. Dus, moedig zijwaarts maar weer!'

Zijn krabimitatie – de zijwaartse stapjes en zijn handen die als twee Pac-Mans in het luchtledige happen – laat haar hardop lachen.

'Zie je Eidnár eigenlijk nog wel eens,' vraagt ze, terloops op Kim wijzend als hij even later haar koffie en een glas water brengt.

'Nee, die heb ik al een hele tijd niet meer gezien. Het laatste wat ik gehoord heb is dat hij bij Ravna en haar gezin in Karasjok woont. Het gaat geloof ik niet zo best met zijn gezondheid. Maar je kent hem, eigenwijs tot op het bot, hij vertikt het om naar een dokter te gaan. Misschien moet ik hem toch eens opzoeken, hij is de jongste niet meer; je weet nooit wanneer de man met de zeis komt.'

Even kijkt hij haar peinzend aan en ze kan aan zijn veranderende gezichtsuitdrukking zien hoe zijn opmerking met vertraagde werking zijn brein bereikt en daar iets terugkoppelt: zij is ouder dan Eidnár. Nog voordat hij een verzachtende opmerking kan bedenken, wordt hij gered door een groepje toeristen dat met een vlaag koude lucht komt binnenwaaien.

Bij het afrekenen tikt hij met zijn vinger op een postertje naast de bar.

'Zie ik je over een week, bij de muziekavond, op zaterdag na kerst? Magnus kan je vast halen en brengen met de auto. Marit komt ook. Er zijn nog kaartjes.'

'Misschien wel, ja. Maar ik voel me erg moe de laatste tijd. Last van mijn rug. Ik ben de jongste ook niet meer, hè.' Ze knipoogt naar hem. 'Als ik me goed genoeg voel dan kom ik. Anders in elk geval tot de volgende keer.'

Buiten loopt ze dwars over het uitgestorven terras naar de reling, met uitzicht op de Bøkfjord die uitmondt in de Barentszzee. Ze houdt een hand boven haar ogen tegen de verblindende sneeuwwolken. Hoewel het snijdend koud is, beeldt ze zich in dat het licht haar gezicht verwarmt. Even sluit ze haar ogen.

Hoe vaak ze hier heeft gestaan, uitkijkend over de baai die omlijst wordt door de uitlopers van de fjorden. Het betoverende licht. Ongeacht het seizoen is dat wat haar elke keer het meest bekoort: de dwaling van het licht over het wateroppervlak, de reflectie van de zon en de wolken, maar ook het omgekeerde, want spiegelde het water zich niet ook in vele schakeringen in de lucht, een groot samenspel van water, licht, lucht, sneeuw en wolken, zodat je niet meer zeker wist waar de zee ophield en de hemel begon.

Hoe vaak had ze niet gewenst dat ze dit kon schilderen, het licht en het lijnenspel aanbrengen op doek, met wat zwart, blauw, grijs en wit. Lang geleden had ze een poging gewaagd, met een schetsboek aan de reling gestaan om de omtrekken van het landschap op papier te krijgen.

***

Dat was de eerste keer dat ze hem ontmoette, Eidnár. Het was net zo'n koude, stille winterse dag geweest als vandaag, bijna veertig jaar geleden. Ze was zo geconcentreerd bezig, dat ze niet had gemerkt hoe een man naast haar aan de reling kwam staan en haar gadesloeg. Kijkend naar het schip van de kustexpress dat met een vertrouwd diep en langgerekt signaal zijn afvaart uit de haven aankondigde, kwam zijn stem als een volslagen verrassing.

'Wat je ziet is niet altijd in lijnen te vatten. Ik heb het ook wel eens geprobeerd, zonder succes overigens. Toen heb ik er maar een abstract werk van gemaakt.'

Verrast keek ze opzij, terwijl ze snel haar schetsboek dichtklapte. De man leunde ontspannen tegen de reling en keek haar met open blik aan. Hij lachte en stak zijn hand uit.

'Hei, ik ben Eidnár. Jij bent toch Helena, van de bibliotheek?

Ik heb je daar gezien. Getrouwd met Karlsen, de kapitein. Ja, het is een kleine gemeenschap, hè?'

Hij tuurde naar de boot die met een witte schuimstaart de fjord uit voer, op weg naar de Barentszzee.

'Heb je hem net uitgezwaaid?'

Ze had hem inderdaad al vaker gezien in de bibliotheek en ook van hem gehoord. Eidnár, de Pelsjager werd hij genoemd. Of dat zomaar een bijnaam was of een aanduiding voor zijn bezigheden wist ze niet. Hij was een natuurmens, dat zag je zo, een man die kon overleven in de ruigte, maar er lag ook iets zachts in zijn blik, een mildheid die ze niet kon rijmen met het gruwelijke beeld van een gevild dier. Hij kwam oorspronkelijk uit Kirkenes, maar woonde na een lange periode van afwezigheid pas sinds kort weer in het buitengebied.

'Eh nee, hij is een paar dagen geleden vertrokken, hij zit ergens bij de Lofoten nu. Ik wilde wat schetsen maken voor mijn eerste poging tot een schilderij, maar het valt niet mee, zoals je hebt gezien.' Ze lachte nu ook.

'Je hebt vast andere talenten. Misschien moet je het eens met fotografie proberen,' plaagde hij. 'Ken je de foto's van Ellisif Wessel?'

Ze schudde haar hoofd.

'Een fotografe en schrijfster die het leven in deze streek aan het begin van de twintigste eeuw heeft vastgelegd. Ze was getrouwd met haar neef, die arts in het district Sør-Varanger werd en met hem verhuisde ze naar hier. Politiek actief, een echte vakbondsvrouw, maar ook cultureel begaan, vooral met de leefomstandigheden en het lot van de Sami. Haar foto's zijn prachtig!'

Zijn onbevangenheid en openheid hadden iets verfrissends. De mensen in deze uithoek waren niet zo direct, uit bescheidenheid, angst voor het onbekende, of gewoon uit onverschilligheid. Ze kende de Wet van Jante, *Janteloven*, een klassiek begrip in de Scandinavische cultuur, wat inhield dat je vooral je kop niet boven het maaiveld moest uitsteken.

'Junne, mijn vrouw, heeft een fotoboek van Ellisif. Zelfs enkele originele foto's. Ze vindt het vast leuk als je die wilt komen bekijken tijdens een bakje koffie. En ze maakt heerlijke wafels. We wonen samen met Ravna, ons dochtertje, een eindje buiten de stad. Je kunt met mij meerijden, dan zet ik je daarna weer thuis af.'

Kennelijk werd hij niet gehinderd door de Wet van Jante. Hij sprak alsof het al een uitgemaakte zaak was. Ze was zo verbijsterd door zijn vastbeslotenheid, dat ze eerst met verkleumde vingers haar schetsboek inpakte en haar handschoenen aantrok, voordat ze antwoordde.

'Dank je voor de uitnodiging, Eidnár. Ja, ik herken je, uit de bibliotheek. Ik ken de fotografe niet. Maar ik kom graag een keer kijken naar haar fotoboek. Vandaag heb ik nog veel te doen, misschien een andere keer.'

Gedecideerd klemde ze haar tas onder de arm en wilde hem net gedag zeggen, toen ze bedacht dat ze zélf juist geheel volgens de Wet van Jante handelde. Ze zag zichzelf graag als iemand die openstond voor nieuwe ervaringen, iemand die met een open blik naar de ander keek, en nu schrok ze terug voor deze onverwachte ontmoeting.

Ze aarzelde, keek in zijn lichte ogen.

'Ach, waarom ook niet? Ik ben toch wel heel benieuwd naar de foto's. En een kopje koffie klinkt aanlokkelijk. Om op te warmen; ik ben verkleumd tot op het bot.'

Al in de pick-up op weg naar zijn huis raakten ze in een geanimeerd gesprek verwikkeld over Ellisif. Toen hij zijn erf op reed, kwam een elfenmeisje op veel te grote sneeuwlaarzen vanuit de schuur naar de auto gestruikeld. Ze droeg een vuurrode overall en haar blonde krullen waren samengebonden met een lint. Eidnár stopte, opende het portier en trok haar op schoot. Ze bracht een vlaag frisse winterlucht mee en iets aards, de geur van hooi. Ze kuste hem op zijn wang, pakte meteen het stuur vast en begon er verwoed aan te draaien. Eidnár gaf voorzichtig gas en zo reden ze tot aan de veranda.

'Goed gedaan, Ravna. Nog eventjes en dan kun je het helemaal zelf.'

Toen Helena lachte, leek het meisje haar pas te zien.

'Helena, mag ik je voorstellen aan mijn dochter? Ravna, dit is Helena, ze komt bij ons op bezoek.'

'Hallo mevrouw Helena,' zei ze, 'ik ben al zes.'

Ze stak aan elke hand drie vingers op. 'Hoe oud ben jij?'

Eidnár knipoogde naar Helena.

'Dag Ravna, ik ben veertig.' Ze bewoog beide handen met gespreide vingers vier keer naar het kind, als in een klapspelletje.

'Dat is oud! Dan ben je veel ouderder als mijn papa. Ik heb net mijn geitje eten gegeven en mama en ik hebben vanmorgen wafels gebakken. Wil je ze proeven?'

Junne bleek een volwassen variant van het elfenmeisje. Helena begreep direct waarom Eidnár zich tot haar aangetrokken voelde. Alles aan haar straalde, en in haar heldere blik lag een onweerstaanbaar vertrouwen in zichzelf en de wereld besloten. Ze leek allerminst verrast door het onaangekondigde bezoek.

Helena verbaasde zich over de vanzelfsprekendheid waarmee ze werd verwelkomd in hun midden, maar voelde ook een steek van jaloezie voor het ongekunstelde huiselijk geluk waar ze getuige van was. Terwijl de volwassenen met elkaar praatten, zag ze dat Ravna dromerig naar buiten staarde en in haar neus begon te peuteren. Ze ging volledig op in haar bezigheid, schroefde haar vinger in haar neus en stak hem vervolgens in haar mond. Toen het gesprek even stilviel en ze allemaal verbouwereerd naar Ravna keken, zei ze met een ondeugende twinkeling in haar ogen: ‘Snot is lekker zout.’

‘Ravna, dat zeg je toch niet,’ berispte Junne haar lachend.

‘Maar je hebt wel gelijk,’ viel Eidnár zijn dochter bij.

De grapjes, de kleine aanrakingen, de vertrouwdheid die deze mensen met elkaar verbond.

Misschien was het niet zo moeilijk om te geven vanuit overvloed.

Junne onthaalde haar op verse wafels met bosbessenjam en liet trots haar fotoboeken zien. Vol vuur vertelde ze over het werk van Ellisif, een sterke vrouw die was opgekomen voor de sociaal zwakken in de regio. Haar prachtige zwart-witfoto’s toonden het harde leven van alledag van de Sami, hun cultuur en hun relatie met de rendieren. Het landschap was een figurant in alle beelden.

Helena vroeg zich af hoe het kwam dat haar foto’s zo’n verstilling ademden. Misschien lag het aan de ernst van de mensen. Hun serieuze gezichten straalden aanvaarding uit, aanvaarding van hun lot vol ontbering en armoede. Toch las ze ook trots in de blikken van de geportretteerden, en ving ze hier en daar een glimp van weemoed op, alsof een enkeling al voorvoelde dat het oog van de camera iets vastlegde wat voorgoed verloren zou gaan.

***

Weer thuis ruimt ze haar boodschappen op. De ingrediënten voor de kippensoep die ze straks wil maken legt ze alvast klaar op het aanrecht. Ze kijkt naar de jongen die nog precies zo ligt zoals ze hem achterliet. Slaapt hij? Ze hurkt bij hem neer en strijkt zachtjes over zijn wangen, voelt de ademhaling uit zijn neusgaten op haar hand. Hij slaapt. Een klein deuntje welt in haar op, ze neuriet het zachtjes. Een slaapliedje.

Dan zet ze thee en installeert ze zich in de schommelstoel. Haar boek ligt op het tafeltje ernaast, een spaander hout doet dienst als boekenlegger. *Ein Winter auf Mallorca*, het autobiografisch relaas van George Sand over haar verblijf met Frédéric Chopin op Mallorca. Ze had het destijds na haar eerste vakantie met Leif bij Marit in de bibliotheek besteld. Het had weken geduurd voordat ze bericht kreeg dat het boek binnen was, helemaal vanuit de Nationale Bibliotheek in Oslo.

Ze had het nooit teruggegeven. Ze ontdekte het pas maanden nadat de uitleentermijn was verstreken. Het boek had zich op onverklaarbare wijze onttrokken aan het administratieve systeem, want hoewel ze het vergat in te leveren kreeg ze nooit een herinnering of een boete.

Ze had het boek niet helemaal uitgelezen, ergens halverwege was haar aandacht verslapt en was het aan zijn lange zwerftocht door het huis begonnen voordat het in de boekenkast belandde. Elke keer als ze de rug zag staan, waarop met plakband een code en het logo van de Nationale Bibliotheek was bevestigd, kreeg haar schuldgevoel een speldenprikje. En toch vond ze het ook passend: het was alsof de roman ervoor had gekozen om bij haar, een Duitse in Noorwegen, te blijven. Onlangs had ze het in een opwelling tussen twee andere romans uit gepeuterd en zich voorgenomen er opnieuw in te beginnen. Alsof ze door de roman alsnog helemaal uit te lezen iets kon terughalen, of zelfs met terugwerkende kracht iets kon repareren wat zo ongemerkt was stukgegaan.

Met Leif had ze niet lang nadat ze waren getrouwd een bezoek gebracht aan het kartuizerklooster in Valldemossa op Mallorca, het dorpje waar het liefdespaar Sand en Chopin drie maanden in de winter van 1838 verbleef. De koelte in het klooster stond in schril contrast met de vurige liefde van de componist voor zijn muze. Ze stelde zich voor hoe die twee door de gangen van het klooster, steelse kussen uitwisselend, achter hun gastheer de abt aan liepen die honderduit vertelde over de geschiedenis van de plek. Een terras grenzend aan de bibliotheek gaf uitzicht over de vallei. Ze had lang aan de balustrade gestaan, het weidse landschap ingeademd.

Als ik nu spring, sterf ik gelukkig.

Ze hadden door de steile straatjes gedwaald en de bloemenpracht bewonderd, de felgekleurde, knisperende sluiers van de bougainvillea, de keramieken potten aan de muren met een bont kleurenspektakel van geraniums, begonia's, fuchsia's en cyclamen.

Naast elke huisdeur hing een miniatuur lantaren en een gekleurd tegeltje met een lieflijke afbeelding en de tekst: *Santa Catalina Thomás pregau per nosaltres*, Santa Catalina Thomás bid voor ons. Pregau per nosaltres, Helena herhaalde het enkele keren en probeerde de r te laten rollen, om het echt Catalaans te laten klinken. De heilige Catalina had visioenen en kon de toekomst voorspellen, stond in het foldertje dat ze bij het klooster hadden meegenomen. Hoewel ze niet meer in God geloofde, of de Lieve Heer, zoals haar moeder hem had genoemd, bleef *pregau per nosaltres* als een mantra in haar hoofd hangen.

Ze verbleven in een hotel rural, een tot gastenverblijf omgebouwde olijvenperserij. Het was al eeuwen in het bezit van een trotse Catalaanse familie waarvan de vader en de oudste dochter de zorg voor de gasten op zich hadden genomen. Bij het inchecken hadden ze alleen de vader ontmoet die hen naar een kamer op de eerste verdieping bracht. Trots wees hij op het pronkstuk, een houten hemelbed. Met een behendig gebaar had hij het gordijn uit het haakje gewipt, waardoor het ruisend een eind langs de rail boven aan het bed was gegleden. Daarbij keek hij Leif veelbetekenend aan.

Toen ze merkte dat haar vestje nog bij de receptie lag snelde Leif naar beneden om het te halen. Na een kwartier ging ze kijken waar hij bleef. Hij stond met zijn rug naar haar toe, schuin leunend over de balie met zijn hoofd gestut in de kom van zijn hand, en lachte. Een mooie jonge vrouw met zwart haar en vurige ogen schoof hem een foldertje toe. Haar verzilverde lachje deed haar denken aan het gerinkel van de goedkope armbanden, die de eigenaar van een snuisterijenwinkel haar had voorgehouden.

Ze voelde zich een indringer toen ze hem op de schouder tikte en vroeg of hij het vestje had gevonden.

'Ah, daar ben je, lieverd!' zei hij stralend en stelde haar voor aan de dochter des huizes.

Twee zonovergoten weken hadden ze doorgebracht op het eiland, met lange wandelingen door het Tramuntanagebergte, gevolgd door siësta's in hun houten hemelbed waarvan Leif de gordijntjes sloot als hij wakker werd om met zijn warme handen en mond loom haar lichaam te liefkozen. Ze huurden een auto, reden naar Bunyola en kochten op het kleine station tickets voor het mahonichouten stoomtreintje dat tussen Palma en Soller reed. Op de houten banken zaten ze dicht tegen elkaar en genoten van de reis langs amandel-, olijven- en citrusgaarden, de prachtige uitzichten op de bergen en het schorre blazen van de stoomfluit die de machinist na elke stop liet klinken.

Ze maakten een dagtochtje naar het klooster van Lluc, hoog in de bergen, waar ze in de basiliek luisterden naar het engelengezang van de kinderen die op het wereldberoemde conservatorium zaten. Na afloop van het concert ruisten de leerlingen in hun hemelsblauwe soutanes in rijen van twee langs het devoot kijkende publiek van toeristen terug de ingewanden van de kerk in, terwijl hun kristalhelder gezongen melodieën nog in de koepels en gewelven leken na te galmen.

Eén jongen was haar bijzonder opgevallen, door zijn trotse houding en de uitdagende blik waarmee hij de kerkgangers monsterde. Zijn lange, zwarte haar viel steeds voor zijn ogen en hij schudde het als een flamencodanser uit zijn gezicht. Was hij een incarnatie van de jonge herder Lluc die in de dertiende eeuw La Moreneta had gevonden? De Zwarte Madonna werd in een hoge nis achter het barokke altaar bewaard. Aan het einde van de dienst was het deurtje piepend opengegaan en hadden de bezoekers kort een blik op haar mogen werpen voordat ze weer in de schaduwen verdween. Ze vroeg zich af hoe het voor hem moest zijn, voor alle kinderen, om zo ver weg van thuis te zijn, om te leven in het internaat waar ongetwijfeld strenge leefregels en rituelen golden. Ze observeerde de priester die de kinderen liet voorgaan. Iets in zijn houding en gebaren gaf haar koude rillingen, die ze bleef voelen lang nadat ze naar buiten waren gegaan, de tjirpende middaghitte in.

De reis naar Mallorca was haar eerste vakantie naar een warm land en opende voor haar een nieuw kleur- en smaakpalet. Ze genoot van de lokale gerechten, bereid met veel knoflook en kruiden, van vis, konijnenbouten, lamsvlees, gepeperde worsten, de groenten en het fruit waarin je de zon kon proeven. Tot laat in de avond zaten ze op een terrasje op het kerkplein, waar de hitte van de dag nog lang in de stenen bleef hangen. Vaak noteerde ze haar indrukken in een notitieboekje, flarden tekst die ze later tot gedichten wilde uitwerken. *Als kleine beloftes hielden de bomen hun mandarijnen omhoog*, *De tijd tuimelt avondrood in zee* en *Weet een vogel dat hij op een eiland leeft*?

Soms las ze enkele regels voor aan Leif, die meestal in een

reisgids zat te bladeren of van de omgeving genoot, en altijd zei hij 'mooi'.

'Maar wat vind je er zo mooi aan,' vroeg ze een keer, toen ze merkte dat hij vol interesse het tafeltje achter haar gadesloeg waar drie jonge toeristes waren neergestreken die druk met de ober in discussie waren over hun bestelling.

'Gewoon,' zei hij, 'je hebt zo'n aparte kijk op de dingen.'

'En jou vallen weer heel andere zaken op,' lachte ze.

Ze sloot haar boekje, ging rechtop zitten, hief haar glas wijn. 'Proost. Op het kijken en het zien. Op ons! Pregau per nosaltres.'

Pas na het bezoek aan het klooster in Valldemossa werd haar interesse voor Chopin gewekt. Ze kocht eerst langspeelplaten, later cd's, vooral van zijn nocturnes, in uitvoeringen van Barenboim, Rubinstein en Ashkenazy. De klanken brachten haar terug naar haar vroegste jeugd, naar haar geboortestreek. Meestal zette ze Chopin op als ze in haar schommelstoel bij de houtkachel naar de vlammen zat te kijken en een boek wilde lezen, dat al snel omgekeerd in haar schoot lag.

***

Als ze niet zijn rustige ademhaling zou zien, zou ze kunnen denken dat hij dood is.

Zijn handen rusten als kleine vogels op de deken. Ze zit in haar schommelstoel bij de houtkachel en kijkt naar de slapende jongen. Steeds trekt er een kleine rimpeling onder zijn oogleden door, alsof er koikarpers in de vijver van zijn herinnering zwemmen. Ze vraagt zich af in welk verhaal hij zich bevindt. Het is al bijna middag. Ze denkt er niet aan hem te wekken. De honger zal dat doen.

Ze legt haar boek weg en pakt de mand bij de kachel om in de schuur hout te halen. Zijn fiets staat tegen de hare geleund, alsof het nooit anders was. Het smalle zadel met de uitpuilende vulling doet haar denken aan de croissants in een rol, die je tegen het aanrecht moet slaan zodat het binnenste eruit puilt. Een kleine luxe. Leif bracht vroeger geregeld een paar rollen mee als hij in Bergen was geweest. Ze hield van de zoete smaak van de croissants, maar het was vooral de sensatie van de druk en het knappen – het openbarsten van de rol – die haar een vreugdevol genot bezorgde.

Ze bukt en vult de mand. Als ze zich opricht moet ze zich aan het deurkozijn vasthouden, het wordt haar zwart voor ogen. Pas als de vlekken verdwenen zijn ziet ze hem. Hij zit op een van de berken die in een groepje bij elkaar staan op het veld tussen het huis en de schuur. Zijn korte lakzwarte snavel is omgeven door witte veertjes. Zijn witte vedertooi met hier en daar een bruin streepje valt nauwelijks op tussen het zwart-wit van de berkenstam. Ze staat een meter of vier bij hem vandaan, hij maakt geen aanstalten om weg te vliegen. Met zijn gele oogjes houdt hij haar scherp in de gaten, net zoals zij hem.

Een tijdje staat ze zo oog in oog met de sneeuwuil.

'Dag uil,' zegt ze en knikt hem toe.

Het is een mannetje, dat weet ze zeker, die zijn bijna helemaal wit. De vrouwtjes hebben meer strepen. Jaren geleden had ze met Leif tijdens een wandeling in het voorjaar een vrouwtje zien broeden op haar grondnest, een kuil in de stenige grond bedekt met veertjes, mos en bladeren. Thuis hadden ze de sneeuwuil meteen opgezocht in het vogelboek. De mannetjes konden wel zestig centimeter groot worden, met een spanwijdte tot anderhalve meter.

Ze wil niet naar binnen uit angst dat hij wegvliegt. Maar de kou dwingt haar om in beweging te komen. Zelfs als ze nog enkele meters nadert op weg naar het huis blijft hij roerloos op zijn tak zitten. Hij draait zijn hoofd helemaal mee tot ze op de veranda stapt. Van daaruit heeft ze geen zicht meer op de vogel die, wanneer ze een auto haar pad op ziet rijden, algauw verdwijnt in de nisjes van haar geheugen.

Finnmark, winter 2013, Magnus

Hij kan zich wel voor zijn kop slaan dat hij ingedut is. De camerabeelden laten duidelijk zien dat er een man op een fiets de grens is overgestoken, tijdens zijn dienst. Hij had wakker moeten blijven, ook al was het laat. Verdomme, het is ook altijd veel te warm in dat hok.

Of misschien zat hij net op de wc. Wie verwacht er nou een grensganger om die tijd?

Hij spoelt de opname nog een paar keer terug, bekijkt de korrelige nachtbeelden: tengere man, kleine koffer op bagagedrager, moeizaam ploegend door de sneeuw. Het is niet zo lang geleden, hij moet nog in de buurt zijn. Wanneer zijn collega Natalja arriveert om hem af te lossen, drinkt hij geen koffie met haar zoals gebruikelijk, maar maakt hij zich met een smoesje uit de voeten. De beelden zijn dan al gewist. Meteen heeft hij spijt van deze onbezonnen actie. Waarom toch altijd zo impulsief, hoort hij zijn moeder zeggen.

Maar dit gaat hij aan niemand vertellen, zeker niet aan haar. Hij moet die vent vinden, misschien kan hij alles nog rechtbreien. De kans dat iemand de beelden van zijn dienst nakijkt is klein. Maar als het gebeurt, is te zien dat er iets ontbreekt, tussen 01.32 en 01.34 uur, twee minuten die hem de kop kunnen kosten.

Gejaagd krabt hij zijn ruiten schoon voordat hij de ijskoude auto in stapt en met slippende banden de weg op draait. Bij Helena's huis, een eind buiten het stadje, besluit hij in een opwelling de afslag te nemen. Hij moet toch ergens beginnen. Misschien heeft zij iets gezien.

Ze staat net op de veranda met een mand hout, die ze op de balustrade neerzet als hij uitstapt.

'Hei, Magnus, wat brengt jou hier? Alles goed met je moeder?'

'Ja hoor, geen zorg, met moeder gaat het goed. Krakende wagens lopen het langst, zoals ze zelf altijd zegt. Ik kom net van mijn werk en dacht, ik rij even langs om te zien of je misschien iets nodig hebt uit de stad.'

'Dank je, dat is aardig, maar ik heb vanochtend al boodschappen gedaan. Ik heb alles in huis.' Haar gedachten gaan razendsnel. Het fietsspoor is dichtgesneeuwd, zijn fiets staat in de schuur. Van waar Magnus staat, onder aan de veranda, kan hij niet de woonkamer in kijken en de slapende jongen op de bank zien.

'Kom, laat me je even helpen met dat zware hout.'

Ze deinst terug, lacht.

'Nee joh, niet nodig. Dat kan ik prima zelf. Het is mijn dagelijkse oefening in gewichtheffen. Het houdt me jong. Je wilt een oude vrouw toch niet de kans ontnemen om fit te blijven?'

Ze heft haar arm op en maakt een vuist om haar spierballen te laten zien. Even ziet ze zichzelf de jongen de veranda weer op slepen. Dat was te veel voor haar oude gestel, daarvoor betaalt ze nu de prijs. Ze legt haar handen op haar onderrug, masseert met haar vingers de pijnlijke plekken, recht haar romp ('tieten vooruit, kont naar achteren' luidt nog altijd het devies van Marit) en glimlacht.

Ineens heeft ze met hem te doen. Het is zo'n goeie jongen, zegt Marit altijd. Blinde moederliefde. Een goeie jongen, ja. Wat wonderlijk misschien, een eenzaat. Plichtsgetrouw en hulpvaardig. Maar op de een of andere manier blijven de vrouwen uit zijn buurt alsof ze, net als zij, instinctief aanvoelen dat hij als een matroesjka bestaat uit steeds kleinere versies van zichzelf. Identiek, maar allemaal hol.

'Tja, dan ga ik maar weer.'

Magnus staat besluiteloos naast zijn auto en gooit zijn sleutelbosje nonchalant in de lucht. Een kop koffie is toch het minste wat ze kan aanbieden, maar ze lijkt niet van plan om hem binnen te vragen. Het ding valt in de sneeuw.

Sukkel, denkt hij en bukt zich om het op te rapen. Als hij opkijkt, valt hem op dat de deur van de schuur een beetje openstaat. Hij ziet twee fietsen. Van Leif en Lena.

'We krijgen veel sneeuw. Als er wat is, dan bel je, hè? Gesprongen waterleidingen, lekke banden, extra hout, bescherming tegen gespuis, altijd tot je dienst!'

Hij knipoogt en probeert haar uitdrukking te lezen, maar haar schildpaddenoogjes verraden niets. Ze huivert en kruist haar armen voor de herten op haar borst.

'Dank je, Magnus, dat is heel lief. Ik hou het in gedachten. Doe je de groeten aan Marit, ik zal haar gauw bellen.'

Ze wacht tot hij in de auto is gestapt en met een arm rond de leuning van de bijrijderszit achterwaarts de weg weer op draait. Pas dan pakt ze de mand en duwt met haar heup de deur open. Haar hart klopt in haar keel.

Finnmark, winter 2013, Nizar

Vlakbij, het zware ademen van een dier. Een krachteloos gekerm dringt uit de diepte tot hem door tot hij beseft: hij is het zelf. Hier op deze bank, in deze kamer. Waar is hij? Gestommel en geschuifel. Een klepperende deur.

Als hij beweegt, even hoest, verschijnt een vrouwengezicht dicht bij het zijne. Ze kijkt hem onderzoekend aan, vriendelijk. Schrandere ogen omringd door zachte rimpels.

'Drikke,' zegt ze, en reikt hem een mok met daarin een gezoete, koude kruidendrank die hij gulzig drinkt. Overal is hout, dat dringt tot hem door, houten schrootjes aan de muren, een houten plafond, een houten tafel, stoelen, zelfs de snuisterijen op de vensterbank zijn van hout. Hout knettert in de kachel.

Zijn koorts sleurt hem keer op keer terug naar de verblindende sneeuwvlakte waarin hij rillend neervalt, waarin de kou zijn lichaam in lichterlaaie zet.

Hij is een gloeiende sneeuwengel in dwarrelende velden van katoen.

***

Hij staat met zijn vader voor de ingang van Hammam Al Malik Al Zahir, een naam die in sierlijke letters in de marmeren steen boven de deur is uitgehouwen. De hammam ligt in de oude stad achter de grote moskee, zijn vader is een regelmatige bezoeker.

'Hallo Abdullah, mag ik je voorstellen aan mijn zoon Nizar,' zegt Masud tegen de medewerker die hen bij binnenkomst welkom heet. Abdullah kijkt vertederd naar Nizar.

'Vrede zij met jullie. Eerste keer, jongen? Kijk maar goed naar je vader, Abu Nizar, dan komt het goed. Veel plezier samen!'

Het is rustig in de hammam, het ruikt er naar eucalyptus en olijfzeep. Masud laat hem zien waar hij zijn kleding en schoenen kan opbergen en hoe hij de roodgeblokte doek om zijn middel bindt. Op stenen slippers volgt hij het zigzagpatroon van zwarte en zandkleurige tegels in de centrale ontvangst- en rustruimte. In het midden de achthoekige fontein, waarvan de ingelegde tegeltjes in oker, roestbruin, zwart en wit een bloemenmotief vormen. Zonlicht valt door de rode, blauwe en groene glas-in-loodramen. Nizar ziet deze kleuren ook terug in de raampjes van de hoge koepel die de ruimte overspant. Op een verhoogd gedeelte langs de muren zijn banken, waarop een paar in doeken gewikkelde mannen genieten van zoete thee, een waterpijp en *mujadara*. Masuds favoriete snack na een bezoek aan het badhuis: linzen, rijst, krokante uien en komijn. Hij krijgt deze lekkernij ook, straks.

Masud gaat hem voor naar de stoomruimte, waar het nevelig en bedompt is en waar uit de melkachtige diepte steeds nieuwe gedaanten opdoemen. Het water klatert, stroomt, borrelt, plenst, druppelt, tinkelt zilverachtig op de stenen vloer. Hij volgt zijn vaders voorbeeld en wast zich afwisselend met warm en koud water dat hij met een bakje uit een stenen reservoir schept. Masuds behaarde lichaam is gespierd. Nizar kijkt gefascineerd naar zijn buik, rug en armen. Zo wil hij later ook worden.

'Het komt uit een bron,' zegt Masud, 'het water. Deze hammam is al heel oud, uit het jaar 375, dat stond boven de ingang, heb je dat gezien?'

Nizar heeft inderdaad de inscripties gezien, 985 AD en 375 AH.

'Wat betekenen die letters?'

Masud vertelt hem dat de hidjra, de tocht van de profeet Mohammed van Mekka naar Jathrib, het huidige Medina, voor hen het begin van de jaartelling markeert. De jaartallen worden daarom aangegeven met AH, Anno Hegirae in het Latijn, het jaar van de hidjra. De christenen daarentegen beschouwen de geboorte van Christus als beginpunt van hun kalendertelling. AD staat voor Anno Domini, het jaar van de Heer.

Wat zijn vader allemaal weet! Nizar denkt na over het verschil in jaartelling. Hij kan het bijna niet bevatten: hoe kan het zijn dat de christenen honderden jaren vooruit leven in de tijd? Gaat de tijd bij hen sneller en zullen zij dus eerder bij de Dag des Oordeels geraken? Terwijl zijn vader op een stenen tafel gaat liggen en de masseur met een ruwe handschoen zijn lichaam begint te scrubben, ligt Nizar languit op de warme tegels en denkt na over deze kwestie.

Dan is het zijn beurt om op de tafel te gaan liggen en krijgen zijn gedachten geen kans meer om zich waar dan ook mee bezig te houden. Warm water omspoelt hem als een omhelzing. De handschoen schuurt over zijn lichaam, zet zijn huid in lichterlaaie. Alles brandt en prikt. Zijn voeten trekt hij telkens weg, want het kietelt. Nizar probeert niet in een hysterisch gegiechel uit te barsten. Hij wil niet dat Masud spijt krijgt dat hij hem meegenomen heeft, hij is geen klein kind meer. Het trekt en schuurt als zand op verbrande huid. Maar dan is hij alleen nog maar huid en schuim als de zeepzak met de olijfoliezeep over zijn voeten, benen, billen en rug glijdt. Hij roetsjt weg op een gladde helling, kan zich nergens aan vasthouden, een vallen zonder bodem, draaiend, duizelend.

De overgang tussen het ruwe en het zachte is zo abrupt, de sensatie zo overweldigend dat de tranen hem in de ogen springen. Het water uit zijn ogen vermengt zich met de damp, het zweet en de condens in de stoomruimte, vocht uit eenzelfde bron.

'Schone man,' zegt Masud, als hij later afgespoeld, afgedroogd en met doeken omwikkeld naast zijn vader plaatsneemt op de bank in de rustruimte.

'Voor jou, mujadara en thee.'

Hij geeft zijn zoon een plagerig duwtje, trekt hem dan dicht tegen zich aan en zegt nog eens: 'Schone man.'

Lange tijd zitten ze zwijgend naast elkaar. Masud neemt af en toe een trekje van zijn waterpijp. Nizar gloeit en tintelt en voelt zich tegen zijn vaders sterke lichaam zo geborgen dat hij wegdommelt. De geur van eucalyptus en kamille, het klateren van water.

Het stevige lichaam van zijn vader dat hij door de doeken heen voelt is de rugleuning van de bank waarop hij ligt, het dekbed waarin hij zich in zijn koortsachtig gedraai steeds strakker heeft gewikkeld de hammamdoek, de hand op zijn voorhoofd, van zijn vader, de vrouw, Jamahl.

Het druppelende water knettert als droog hout in de kachel.

Finnmark, winter 2013, Helena

Ze heeft de mand met hout bij de kachel gezet en een paar blokken op het vuur gegooid. De jongen is even wakker geweest, heeft een paar slokken gedronken, maar voordat ze een woord konden wisselen is hij teruggezakt in zijn koortsige droom.

Een deel van de boodschappen die ze in het stadje heeft gehaald liggen uitgestald op het aanrecht. Een stilleven van drumsticks, prei, wortelen, selderij, peterselie en spaghetti, ingrediënten voor een stevige kippensoep die ze straks wil maken. Maar voordat ze aan de soep begint gaat ze eerst naar boven, naar de blauwe kamer. Ze wil daar iets pakken. Er is een gedachte die op de trap al vervliegt en even staat ze besluiteloos voor de deur.

Als ze de klink vastpakt en hem langzaam naar beneden duwt, wordt ze teruggeworpen in de tijd, meer dan vijftig jaar, en beginnen de weeën opnieuw.

***

Het is nacht. Ze komen met flinke tussenpozen, maar ze weet dat het nu menens is.

Dat ze straks een klein mensje in haar armen zal houden, lijkt haar ineens geen rechtvaardiging voor deze helse pijnen. Ze denkt aan het oog van de storm, waar Marit het over had. Daar moet ze zien te komen.

Leif ligt rustig naast haar te slapen.

Je weet nog van niets, terwijl ik al op weg ben gegaan, denkt ze.

Het is tussen haar en het kind. Ze heeft het koud, ondanks het warme dekbed, ondanks haar pyjama en sokken. Ook dat had Marit verteld, dat je steenkoud kunt worden als het kind komt. Ze kreunt, nu de ontsluitingsweeën elkaar in steeds sneller tempo opvolgen.

'Leif, het is begonnen,' zegt ze en stoot hem aan. Meteen is hij klaarwakker.

'Moet ik de dokter bellen dat we eraan komen,' vraagt hij bezorgd, 'gaat het?'

Ze knikt en probeert op te staan. Hij staat al naast haar, legt zijn arm rond haar middel en loopt met haar naar de woonkamer. Het koffertje voor het ziekenhuis staat sinds enkele dagen naast de voordeur klaar.

'Ik geloof dat mijn vliezen zijn gebroken.' Het vocht dat nu langs haar benen druppelt, zorgt dat Leif haar weer de slaapkamer in draagt, op bed legt.

'Ik kan niet meer opstaan,' kreunt ze.

Leif draait het nummer van de huisarts, steeds opnieuw.

'Verdomme, die dove kwartel neemt niet op.'

Uit wanhoop belt hij Marit. Binnen twintig minuten staat ze in hun slaapkamer, stroopt haar mouwen op en draagt Leif op water te koken, handdoeken te pakken en vooral in godsnaam op te houden met zijn zenuwachtige gegrinnik.

Dan wil ze niet meer. Ze is moe en uitgeput, het persen leidt tot niets; wat in haar is gegroeid is te groot voor de opening waardoor het naar buiten moet. Alsof je in een kleine bovenwoning van losse planken een kast hebt gebouwd die met geen mogelijkheid meer de trap af kan, met geen mogelijkheid meer door de deur past.

'Je moet gericht persen, concentreer je, verdomme! Puf maar met me mee.'

Het anders zo goedmoedige, maar nu gespannen gezicht van Marit is vlak bij het hare. Haar zurige nachtadem, elke keer wanneer ze vol vuur demonstreert hoe je dat doet, gericht puffen, laat haar kokhalzen.

'Niet verslappen nu, je kunt dit. Hou nog even vol!'

Nu komt ze in een goed ritme, in een ademhalingscadans waarin ze met de opklimmende pijn meegaat tot ze in het oog van de storm belandt, een niemandsland waar geen enkele prikkel haar nog raakt, waar het windstil is, tot ze denkt dat ze uit elkaar zal barsten en het kind uit haar pulserende binnenste gekatapulteerd wordt.

'Ik zie het hoofdje al,' roept Marit, 'kom op, nog heel even, meid, ja, ja, kijk!'

In een vloedgolf van pijn, bloed en smurrie floept ineens verrassend makkelijk een glibberig lijfje uit haar en het zet het, na een moment van totale stilte, op een onbedaarlijk krijsen. Het rood verwrongen gezicht is zo hartverscheurend lelijk, het mensje zo ontredderd in zijn tandeloze schreeuw dat ze lachend en huilend tegelijk haar armen uitstrekt om dit wezen veilig in haar armen te verwelkomen.

'Het is een jongen,' zegt Marit, en legt het met bloed besmeurde hoopje mens op haar borst, 'hij is prachtig! Precies Leif!'

En terwijl ze later – nadat de nageboorte met een laatste wee naar buiten is gestuwd en donkerrood op een schaaltje ligt, een nutteloze homp nu het haar taak heeft volbracht – door de inmiddels gearriveerde huisarts met naald en draad de huid krijgt gehecht waarlangs het kind zich een weg naar het licht heeft gescheurd en de naald keer op keer in haar onverdoofde vlees wordt gestoken, voelt ze niets anders dan jubelend geluk om het verfrommelde mensje in haar armen.

'Andor, mijn kleine Andor,' fluistert ze. 'Jij bent het al die tijd geweest.'

***

Ze heeft het kind te slapen gelegd, nadat ze hem heeft gebaad en zijn lijfje met babyolie ingewreven, nadat hij gulzig haar beide borsten heeft leeggedronken. Ze geniet van de zoete steek van het eerste zog, elke keer opnieuw, zodra ze zijn klaaglijk hongerhuiltje hoort, zijn geur ruikt, zelfs maar aan hem denkt. Ze geniet van het gemene prikken in haar tepels, een pijn die voor altijd met hem verbonden is. Ze kan haar ogen niet van hem afhouden. Niet als hij wakker is en drinkt met klokkende geluidjes, zijn kleine sterke vingers om haar vinger geklemd, niet als hij slaapt.

Ze heeft het kind te slapen gelegd, in zijn ledikant in zijn eigen blauwe kamertje.

Een restje melk glimt rond zijn mond en met een punt van het laken veegt ze het af. Achter zijn gesloten oogleden bewegen zijn ogen snel heen en weer. Soms lijkt het alsof er kort een schaduw over zijn gezichtje trekt, hij fronst, maakt smakkende geluidjes, zijn lippen bibberen en pruilen alsof hij in huilen zal uitbarsten en dan weer verschijnt er een gelukzalig glimlachje rond zijn mond. Ze tuurt naar dit miniatuurtje, bestudeert zijn zachte maar scherpe nageltjes met de bleekblauwe maansikkeltjes, de ragfijne haartjes op zijn bovenlip, het geprononceerde gleufje tussen mond en neus, zijn perfect gevormde oortjes, zijn wenkbrauwen die alle kanten op schieten in de spasmen van zijn droom. Zijn wereld bestaat slechts uit woordloze indrukken, uit kleuren, klanken, geuren, een pulserende brij van sensaties beweegt zich op zijn netvlies en raast door zijn kleine systeem van cellen, weefsels, organen. Ineens is ze overweldigd door de macht die zijn geboorte haar gegeven heeft. De gedachte dat zij het juk van zijn geluk op haar schouders heeft is nauwelijks te dragen.

Ze heeft het kind te slapen gelegd en hoewel er nog zoveel te doen is, kan ze niet van hem wegkomen. Ze ruikt aan zijn donkere haartjes, snuift zijn zoete babygeur op. Voelt zijn flinterdunne ademhaling op haar hand, staart naar zijn lichaam onder het dekentje. Ademt hij? Hij ademt, ja, ze ziet zijn kleine borst onder het laken op en neer gaan.

Hij ademt, hij droomt, hij slaapt.

***

Lief Gretchen,

Het is alweer zo lang geleden sinds ik je schreef! Natuurlijk weet jij met twee kleine meisjes maar al te goed hoeveel tijd en energie het moederschap kost. Hoe gaat het met jou, Paul, Sonja en Sofie? Ik hoop dat alles goed is, dat de meisjes het goed doen en dat jullie je problemen hebben overwonnen. Het feit dat jullie gelukkig weer in hetzelfde bed slapen, zoals je schreef, is in elk geval een stap in de goede richting!

Andor groeit als kool. Ik heb een paar maanden geleden moeten stoppen met de borstvoeding, vanwege een gemene borstontsteking waarvoor ik medicijnen moest slikken, die ook in de moedermelk terechtkwamen. Een hele overgang, van borst naar fles, je had hem moeten horen krijsen, zo zielig. Eerst weigerde hij de speen, maar toen hij te veel honger kreeg, gaf hij zijn verzet op.

Hij houdt zijn eigen flesje al vast, lacht naar iedereen, begint te kruipen en praat dat het een lieve lust is. Nou ja, praten, het is meer gebrabbel, maar hij kan heel goed aangeven wat hij wil. En wat hij niet wil, dat vooral. Het is zo'n groot geluk dat we hem hebben gekregen; hij maakt de donkerste dagen licht, en je weet hoe donker het hier kan zijn.

Weet je nog, Marit, mijn goede vriendin? Ze is de tweelingzus van Anna, de Noorse vrouw die we tijdens onze huwelijksreis op het schip hebben ontmoet. Marit werkt in de bibliotheek en heeft me aan een baantje geholpen, vier ochtenden in de week, boeken bestellen, uitlenen, innemen, opruimen, rubriceren, dat soort dingen. Ik ben zo blij dat ik onder de mensen ben en daardoor de taal ook makkelijk leer. Ik merk wel dat de meeste mensen heel erg stug zijn, afwachtend. Het feit dat ik Duitse ben helpt niet, ze zijn hier behoorlijk anti-Duits, vanwege de oorlog natuurlijk.

Ik neem Andor altijd gewoon mee naar de bieb. Meestal ligt hij rustig te slapen, of hij speelt met een boekje of zijn gebreide bal (zo mooi, ik wist niet dat je zo goed kon breien. Als ik het ding uit zijn handjes probeer te wrikken zet hij het op een brullen). Als er geen bezoekers zijn, zing ik liedjes voor hem.

Leif is vaak van huis. Ik raak eraan gewend dat hij steeds wekenlang weg is, ergens met de kustexpress op zee, onderweg tussen Kirkenes en Bergen. Voordat Andor er was vond ik dat eenzaam en zwaar, maar nu ben ik verrast als hij ineens weer met zijn koffer voor de deur staat. Dan is het huis een troep en zijn de kasten bijna leeg, zozeer raak ik de tijd kwijt als ik met Andor ben.

München moet prachtig zijn in de lente!

Soms ben ik jaloers op jullie, met al dat heerlijks dat de stad te bieden heeft. Zoveel cultuur: theater, bioscoop, cafés, restaurants, musea, literatuur.

Ik ben weer met schrijven begonnen, het was er zomaar weer, de gedichten vloeien uit mijn pen. Marit heeft me overgehaald er een paar naar literaire tijdschriften te sturen. Ze wil me helpen om een selectie te maken, heel spannend.

Zo jammer dat we elkaar niet zomaar eventjes kunnen opzoeken, Gretchen. Ik ben zo benieuwd naar de meisjes, en naar jullie natuurlijk.

Stuur je gauw een paar foto's?

Bijgaand ook een fotootje van Andor met zijn lievelingsbal. Is hij niet snoezig?

Veel liefs, je Helena

***

Het kamertje van Andor, destijds door Leif in hemelsblauw geverfd, doet dienst als strijk- en opslagruimte. En als logeerkamer, hoewel er nooit iemand blijft slapen. Het gastenbed is bezaaid met kleding en spullen die ooit nog eens van pas kunnen komen.

Naast de archiefkast staat een doos met daarop Varia.

De muffe geur van oud papier komt haar tegemoet als ze hem naar zich toe trekt en opent. Een stapel brieven van Gretchen uit München bijeengehouden door een lint, een paar fotoboeken, een blikken doosje met losse foto's, de eerste sokjes van Andor, zijn blauwe bal, haar schriften met gedichten, een kalfsleren dagboek met slotje waar 'brieven aan een blinde' op staat, een zijden kousje gevuld met aarde.

Ze haalt een deel van de spullen uit de doos en stalt ze uit op het bureau.

Een fotootje dwarrelt uit een stapel krantenknipsels. Werner, haar jeugdvriend. Gebogen over een schoolboek, guitig opkijkend naar haar, de fotograaf. Hoe vaak ze niet samen huiswerk hadden gemaakt, elkaar overhoord, aangespoord. Hoe vanzelfsprekend het was om samen te zijn. De dagelijkse lange wandelingen naar school en terug, zijn onvoorwaardelijke vriendschap. Werner, die voor haar opkomt als ze door een groepje etters onder aanvoering van Herman Büdde voor Vuile Polack wordt uitgescholden.

Werner, met zijn tomeloze energie en optimisme. Zijn vrijgevigheid. Het molenspel, zijn eerste zelfgemaakte cadeau voor haar toen ze net in Huis 4 woonden, nadat zijn vader haar kies had getrokken. De zware herenfiets die ze altijd mocht lenen. De corsage die hij haar gaf op hun eerste dansavond.

'Ach, Werner toch,' zegt ze hardop tegen de foto terwijl ze met haar duim over zijn krullen strijkt. 'Ik heb zo lang niet aan je gedacht. Hoe is het jou vergaan? Leef je nog?'

Ergens moet ze nog een paar brieven van hem hebben, brieven die hij schreef nadat ze naar Kirkenes was verhuisd, en een kaart voor de geboorte van Andor. Daarna was het stil geworden. Zou hij nog wel eens aan haar denken?

Ineens heeft ze haast. Ze veegt met haar mouw het stof van de computer, doet de stekker in het stopcontact en zet hem aan. Op het papiertje ernaast de instructies van Magnus hoe ze op het internet moet zoeken. Werner Erlingen, typt ze. Even zweeft haar wijsvinger boven het bord op zoek naar de entertoets. Een lijst met hits: krantenartikelen, sportuitslagen, foto's van congressen met glimmende kalende mannen in pak, Facebook-verwijzingen.

Geconcentreerd tuurt ze naar haar scherm en klikt dan op een van de foto's, waarop een gezin staat afgebeeld. Ineens staat hij daar, ouder, kaler, gezetter, maar onmiskenbaar Werner. Zijn arm om een mooie vrouw, bijna even groot als hij. Het is niet

Eva, de vriendin die hij destijds had. Ze was ervan overtuigd dat die twee zouden trouwen. Twee jonge vrouwen, duidelijk hun dochters. *Radioloog W.H. Erlingen, chef-arts nieuw ziekenhuis.* Die letter H stond voor Hubertus, ineens weet ze weer dat ze hem altijd liefkozend Berty noemde.

Hij was ongemerkt uit haar gedachten verdwenen. En al die tijd leefde hij elders, studeerde, droomde, reisde, ontwikkelde hij zich tot de man die hij als jongen al beloofde te worden. Ontmoette hij een vrouw met wie hij een gezin stichtte met twee prachtige dochters.

'Zo, zo, je hebt het gemaakt, Berty,' mompelt ze bewonderend. 'Je kon altijd al dwars door alles en iedereen heen kijken.'

Ze scrolt verder in de lijst met zoekresultaten en ziet het omslag van een boek, geschreven door W.H. Erlingen. Een egodocument, verschenen bij een obscure uitgeverij, zo'n 20 jaar geleden. *Stunde Null, ein Junge in der Nachkriegszeit.* Dagboekfragmenten, anekdotes, foto's en gedichten. Gedichten! Ze kan haar ogen niet geloven. Werner als dichter. Misschien komt ze ook in het boek voor, de naoorlogse jaren waren de jaren waarin zij samen opgroeiden in Huis 4 in Kiel, als broer en zus. Twee handen op één buik. Polackenpack noemde Büdde hen altijd.

Opgetogen klikt ze het omslag aan, komt dan op de site van de uitgeverij, waar ze na enkele klikken het spoor bijster raakt. Steeds springen nieuwe reclames in beeld die ze per ongeluk opent. Ze vervloekt de computer, baalt ervan dat ze zich er niet genoeg in verdiept heeft. Het is ongetwijfeld heel simpel om met één druk op de knop terug te keren naar het omslag, wist ze maar hoe. Waarom heeft ze die cursus in de bieb niet gevolgd? De enige die haar zou kunnen helpen is Magnus, en die wil ze nu juist niet in huis. Gefrustreerd trekt ze de stekker aan het snoer uit het stopcontact. Een kleine burgerlijke ongehoorzaamheid tegenover Leif, die haar met dat soort dingen altijd berispte. Een droge pok en een vonkje uit het stopcontact, dan dooft het beeldscherm.

Ze laat alle spullen op het bureau in de blauwe kamer staan en wijdt zich, weer beneden, aan de soep voor de slapende. Spoelt twee drumsticks af onder de koude kraan en bevoelt het lobbige, bleke kippenvel. Strijkt over de bultjes waar de veertjes hebben gezeten en schuift het vel als een voorhuid over het glanzende vlees eronder. Dan houdt ze de drumsticks in de palm van haar hand. De consistentie van het vlees, net de ballen van Leif. Twee zachtgekookte eieren in een zakje. Zo kwetsbaar.

Ze hield ervan om ze met één hand ferm te omklemmen en ze zachtjes tegen elkaar te kneden. Niet te hard, het was een precaire handeling die altijd het gewenste effect had. Soms had ze, als ze in gezelschap waren, terloops haar hand opgehouden in juist dat gebaar dat alleen voor Leif herkenbaar was. Hoe het hem een fractie van een seconde ontregelde, hij even verschoof, en de draad van het gesprek dan weer oppakte.

Hun liefdesleven was, ondanks alles, of misschien wel dankzij alles, lang spannend en goed gebleven. Ze glimlacht om deze associatie. Het is zo lang geleden sinds ze een man gevoeld heeft. Toen ze net getrouwd waren, had ze geprobeerd haar verwondering over alle nieuwe lichamelijke sensaties uit te drukken in een gedicht. *Je lichaam verkennen*. Het moet in een van haar schriftjes staan. Weer gaat ze naar de blauwe kamer en bladert door de schriftjes tot ze het gevonden heeft.

je lichaam verkennen

landkaart van huid, brug van hoofd naar rug,
ik wil je, glooiende schouders, waterval van krullen,
onschuld van navel, bereizen

je handen – op elke vingertop een traag verhaal -
vertellen zoveel meer dan we kunnen verzwijgen
taal van tong op gespannen vel

ik wil – zuchten in geopende ogen
klauwen, krassen, klemmen
het sluiten van ogen, het sterven -

je lichaam kennen.

Het sterven. Ze huivert. Niet alleen vanwege het tergend poëtische van de tekst, geschreven met jeugdig pathos in een kinderlijk handschrift, maar ook vanwege het voorspellende karakter ervan. Was niet elke dichter en schrijver bang dat het geschrevene realiteit wordt, dat de woorden de werkelijkheid naar zich toe lokken? Dat er onkenbare stromen in de wereld zijn, krachten die op zoek zijn naar antikrachten om in evenwicht te komen? *Was Du suchst, sucht Dich*, deze woorden van de Perzische mysticus Rumi, zijn haar altijd bijgebleven.

Nooit heeft ze zijn bedoeling beter begrepen dan nu. De uitgeputte jongen voor haar veranda, een vluchteling ongetwijfeld. Ze kent de beelden van de televisie: de stroom ontheemden uit Afrika en het Midden-Oosten, vluchtelingen op zoek naar veiligheid en stabiliteit. Maar de mensen op het journaal komen over water, het ruisen van de zee nog in de schelpen van hun oor.

Heeft haar eigen verlangen deze ene – die niet via de Middellandse Zee, maar via de Arctische route de oorlog wilde ontvluchten – naar haar toe geleid? Maar dan zou dat evengoed ook voor hem moeten gelden. Was hij onbedoeld op zoek geweest naar haar, een oude vrouw die teruggetrokken leefde in deze uithoek van de wereld?

Zelf een ontheemde. Een verdrevene.

Met een schok realiseert ze zich dat ze vergeten is haar handen te wassen, dat ze met haar plakkerige drumstickvingers door de schriftjes heeft gebladerd en dat de bacteriën nu overal moeten zitten.

Eén ding tegelijk, denkt ze, richt je nou toch eens op één ding tegelijk.

Ze moet om haar eigen chaotische aard grijnzen, om het gemak waarmee ze afgeleid raakt. Hoe vaak is het niet voorgekomen dat ze boodschappen aan het uitpakken is en dan bedenkt dat de stofzuigerzak geleegd moet worden en terwijl ze daarmee bezig is, dat ook de planten nodig water moeten hebben en dat die handeling weer associaties oproept met een passage uit een roman of gedicht die, wanneer ze voor de boekenkast staat om het bewuste fragment te vinden, leidt tot het leegruimen en opnieuw inrichten van de planken, terwijl de boodschappen urenlang half uitgepakt op het aanrecht liggen, de stofzuiger en de gieter als verlaten rekwisieten getuigen van haar verstrooide geest.

Leif had dat nooit begrepen. Voor hem was een taak iets wat je uitvoerde voordat je aan een volgende begon. En al die taken achtereen leidden naar een doel, dat je vooraf had vastgesteld. De maakbaarheid van het leven, daar geloofde hij heilig in. Je bent de smid van je eigen geluk, was zijn motto.

'Maar wat doe je met de beren op de weg, de botte pech die mensen treft in de vorm van ziekte en verlies,' bracht zij daartegen in. 'Niet alles is maakbaar, Leif. Het leven heeft toch ook een eigen verloop, dat losstaat van jouw wil. Dingen gebeuren nu eenmaal. Dingen waar je geen grip op hebt.'

'Vertel mij wat,' zei hij dan, 'rotdingen gebeuren. Maar je hebt altijd een keuze, juist bij tegenslag. De vraag is hoe je ermee omgaat. Ga je bij de pakken neerzitten, of probeer je positief te blijven, vooruit te blijven kijken? De mensheid is te verdelen in optimisten en pessimisten. En geloof me, Leentje, de optimisten trekken aan het langste eind!'

Zijn onbezorgde lachje liet geen enkele twijfel bestaan over de categorie waartoe hij zichzelf rekende.

Ze was wel eens jaloers op het gemak waarmee hij problemen negeerde, omzeilde, of, als hij er echt niet omheen kon, ze onder ogen zag en er meteen een positieve draai aan gaf.

Het was een gave.

Toch vond ze zijn aanpak ook oppervlakkig, bijna eendimensionaal. Ze weet het aan zijn vliedende geest, die nooit lang ergens bij stil kon staan, die zo vluchtig was dat hij nergens de diepte in ging, nergens aan bleef haken. Als stromend water, dat zich vormde naar de omstandigheden, altijd de weg van de minste weerstand koos, amorf en voortdurend onderweg.

Ze spoelt haar handen af, snijdt en wast de prei, de selderij en de wortels die ze samen met het vlees in het water doet, verkruimelt drie bouillonblokjes boven het brouwsel. Laat een handvol spaghetti als een mikadospel in de soep uiteenvallen en wacht tot de staafjes langzaam onder het wateroppervlak verdwijnen. Dan zet ze het vuur laag.

Eigenlijk zou ze het logeerbed in de blauwe kamer moeten opmaken zodat de jongen niet langer zichtbaar op de bank in de woonkamer ligt, maar bij de gedachte dat ze opnieuw zijn gewicht moet torsen, schiet de kramp al in haar rug.

De velletjes die ze gedeeltelijk van de drumsticks heeft af getrokken wil ze bewaren. Haar koelkast ligt vol met bakjes en kleine pakketjes aluminiumfolie; kliekjes en halfvergane restjes. Zonde om weg te doen. Ze pakt de rol uit de keukenla en zoekt naar het begin van de folie.

Te vaak heeft ze stukjes eraf gescheurd die niet over de hele breedte van de rol beginnen, het materiaal zit vast aan de randen, met als gevolg dat de repen steeds smaller worden. Bij elk gebruik wordt het probleem groter, de stukken aluminiumfolie kleiner. Ze probeert een beginnetje te vinden, peutert met haar nagel aan de rol, maar zodra ze een stukje te pakken heeft en eraan trekt, scheurt het af.

Waarom heeft ze het zover laten komen? Er moet een moment geweest zijn waarop het heel eenvoudig was om de schade te beperken. Waarom heeft ze niet meteen ingegrepen bij de eerste tekenen dat de folie niet over de hele breedte afrolt? Waarom heeft ze genoegen genomen met steeds kleinere stukken?

Het was een geleidelijk proces natuurlijk, eigenlijk had ze haar behoefte aangepast aan wat er mogelijk leek, zonder zich te realiseren dat ze invloed had op wat er mogelijk was.

Ze bestudeert de rol, zoekt met haar vinger over het nauwelijks waarneembare reliëf om te voelen waar de oorsprong van het probleem ligt. Alles begint achteraan.

Niet vanuit het midden, maar aan een van de uiteinden van de rol moet ze beginnen. Ze pulkt en frunnikt, en wanneer dat tot niets leidt, pakt ze een aardappelschilmesje en probeert het lemmet onder het flinterdunne laagje te steken, schiet daarbij uit en steekt de punt van het mes in haar handpalm.

Meteen vloeit het bloed en ze spoelt haar hand opnieuw af onder de kraan, drukt de theedoek erop en zoekt in dezelfde rommella naar een pleister. Het liefst zou ze nu de hele hoop snippers en stukken alufolie ineenfrommelen en weggooien, de rol terug in de la en het probleem vergeten, in het vervolg plasticfolie gebruiken of ovenpapier, of een nieuwe rol kopen, wat kost dat nou helemaal, de oude wegdoen.

Toch pakt ze de rol opnieuw op, zoekt naar de inkeping van het mesje en heeft dan eindelijk iets te pakken. Voorzichtig trekt ze aan het stukje dat steeds breder wordt, ze wikkelt de folie om haar zere hand, wikkelt en wikkelt, totdat haar hand helemaal verbonden is met aluminiumfolie, de baan weer over de volle breedte te gebruiken is, en de rol door deze actie zo goed als op is.

Op de bank de jongen, zijn benen opgetrokken, zijn gezicht naar de rugleuning, zwaar ademend. Ze dept zijn bezwete voorhoofd met een washandje, kamt met haar vingers zijn haren uit zijn gezicht. De koorts is nog niet gedaald.

De slapende is al zo'n vertrouwde aanwezigheid in haar huis, zijn ademhaling een gestage cadans. Ze stookt het vuur nog eens op, gaat in de schommelstoel tegenover hem zitten en kijkt naar de glooiende lijnen van zijn lichaam onder de dekens. Hij zou haar kleinzoon kunnen zijn, een zoon van Andor. Bij zijn oma op het platteland, aan het bijkomen van zijn jachtige studentenleven, van liefdesverdriet of een veeleisende baan.

Zou Werner kleinkinderen hebben? Nu ze onverwachts een glimp van hem heeft opgevangen is ze ineens razend nieuwsgierig naar zijn levensloop. Ze herinnert zich hun eerste ontmoeting nog goed. Een slungelige, onbevangen krullenbol. Een zielsverwant, uit dezelfde streek als zij, zoon van de tandarts die haar ontstoken kies trok. Haar tong glijdt over het ribbelige plekje in haar mond waar de kies ooit zat. Als het aan hem had gelegen dan hadden ze verkering gekregen, dat weet ze zeker.

Ze hadden hun tienerjaren samen doorgebracht. Het was simpelweg nooit bij haar opgekomen om hem met andere ogen te zien, Werner was gewoon Werner die haar adoreerde. Kun je verlangen naar iets wat je al bezit? Ze heeft zijn aandacht en trouw voor lief genomen; wat altijd beschikbaar is verliest zijn mysterie.

Was er dan helemaal geen aantrekkingskracht? Hij was toch

een mooie jongen, zeker naarmate hij ouder werd. Er waren genoeg meisjes die met hem wilden zoenen en meer. Lief en zorgzaam was hij, maar ook energiek. Toch viel dat allemaal in het niet bij het instant fysieke effect dat Leif op haar had gehad. Woest aantrekkelijk. Charismatisch en doortastend. Dat zeker, altijd recht op zijn doel af. En toch ongrijpbaar, niet te bezitten.

Wat moet het Werner pijn hebben gedaan toen Leif op het toneel verscheen. Hoe kan hij zo stilletjes uit haar leven zijn verdwenen, ze hebben nooit echt een punt achter hun vriendschap gezet.

Ze herinnert zich een lange autorit naar het zuiden van Duitsland en hoe het landschap zo geleidelijk was veranderd dat ze verrast was dat ze plots omringd was door bergen. Er was niet één punt geweest waarop je de overgang kon markeren.

Net zo ongemerkt was het landschap van hun vriendschap veranderd.

Werner was haar getuige geweest. Hij had meteen ja gezegd toen ze hem vroeg.

Nu pas dringt echt tot haar door hoeveel hem dat moet hebben gekost. Vierenvijftig jaar na dato, ze rekent de jaren na op haar hand. Hoe heeft ze zo gevoelloos kunnen zijn?

Ze was zo gelukkig met Leif, zo verliefd. Hij was een stuk drijfhout waar ze zich als drenkeling hartstochtelijk aan had vastgeklampt, zo kort na de dood van moeder.

Werner begreep dat. Hij was haar vriend geweest, in de ware betekenis van het woord, misschien wel de enige die ze echt heeft gehad. Aan hem hoefde ze niets uit te leggen, hij kende haar nest, haar geboortegrond, haar geschiedenis. Hij kende de tongval, de uitgesproken en onuitgesproken regels van de streek. Het was iets natuurlijks, iets dierlijks bijna. Een instinctmatige verbondenheid tussen leden van dezelfde stam.

Ineens stromen de tranen over haar wangen. Ze komen uit een oude bron waarvan ze het bestaan vergeten was. Ze likt de druppels uit haar mondhoeken. Het oude verdriet smaakt verrassend zoet.

Van zijn ouders, Konrad en Beate, hadden ze een prachtig huwelijkscadeau gekregen, een cassette met een zilveren bestek. Werner had haar een klein pakketje toegestopt, nadat hij haar met een ongekende heftigheid had omarmd. Het was een dagboek van zacht kalfsleer met een slotje, twee gouden sleuteltjes aan een ringetje.

'Voor je gedichten,' had hij verlegen gezegd.

Het dagboekje had ze voor dat doel nooit gebruikt. Te zonde. Haar gedichten stonden in talloze schriftjes met in de kantlijn correcties, krabbeltjes en tekeningetjes. De pagina's waren beduimeld, koffie- en theeringen, vetvlekjes, kruimels van onbestemde etenswaren en geplette beestjes, maar er zaten ook gedroogde grassen en bloemen tussen.

Het cadeau van Werner zou een heel andere functie krijgen. Ze was er zo zuinig op geweest dat het jarenlang ongebruikt was gebleven.

Aan Leif schreef ze in het begin lange brieven tijdens de maanden van zijn afwezigheid. Over het verloop van haar zwangerschap natuurlijk, haar bezigheden in en rond het huis, haar werk in de bibliotheek, haar vriendschap met Marit, de kleine dingen van de dag. Soms stuurde ze een gedicht mee, hoewel ze wist dat 'mooi' het hoogst haalbare was. De post die ze verstuurde noemde ze de zonnige brieven.

Maar evenzoveel brieven werden niet verstuurd, die waarin twijfel doorklonk, eenzaamheid, gemis. Ze had ze kunnen verscheuren of verbranden in de houtkachel, maar ze had het gevoel dat ze zichzelf daarmee verloochende. Een onbeschreven kalfsleren dagboek met een slot werd de plek waar haar schaduwkant mocht bestaan.

Op het etiket schreef ze: *Brieven aan een blinde.*

Weer gaat ze naar boven, naar het bureau waar haar spulletjes liggen uitgestald.

Haar geschiedenis teruggebracht tot enkele tastbare parafernalia. De blauwe gebreide bal van Andor, gemaakt door Grethe. De kleur is verschoten, de wol ruwer nu het materiaal zo lang niet is aangeraakt. Ze ruikt eraan, de geur van oude spullen is erin getrokken. Geen zweem van het kind.

Dan pakt ze het blikken doosje op. Het deksel zit een beetje vastgeroest, de kleine steekwond in haar handpalm begint weer te bloeden als ze het loswrikt. Ze kiept het doosje om en meteen valt haar oog op een foto van Leif, languit zonnend op een badlaken, de armen gekruist achter zijn hoofd. Naast hem een transistorradio en een koelbox.

Op de achtergrond het meer waar ze zo vaak gingen zwemmen.

Het was de zomer waarin ze niet wist hoe heerlijk ze was.

***

Ze knijpt haar ogen tot spleetjes, tegen de schittering van de zon op het water.

'Ik ga erin,' zegt ze terwijl ze haar Agfa Clack opbergt in de harde bruine camerahoes.

'Kom je mee?' Ze geeft hem een duwtje met haar voet, die hij plotseling vastgrijpt.

'Eerst een kus,' zegt hij.

Haar krullen vallen over zijn gezicht als ze zich bukt om hem te zoenen. Meteen zoeken zijn warme handen naar de sluiting van haar bikinitopje, die hij behendig openwipt.

'Leif, niet doen,' angstvallig houdt ze haar handen voor haar borsten.

'We zijn toch de enigen hier, geen mens te bekennen. Ik heb het altijd eens in de vrije natuur willen doen, met de zon op m'n blote kont, jij niet? Doe je handen 's weg, laat me zien wat voor prachtigs je daar hebt.'

Hij zit nu op zijn knieën en trekt haar naar zich toe. Ze kijkt nog eens om zich heen. Zijn tong op weg naar haar tepel, ze ziet zijn speeksel glinsteren en zucht. Het meer, spiegelglad en fonkelend in de late namiddagzon, omringd door de dichte begroeiing van berken en naaldbomen. Geen levende ziel in de buurt. Leif heeft nergens last van, hij lijkt geen schaamte te kennen, geeft zich volledig over aan het moment. Zijn gretigheid windt haar op, maar tegelijkertijd heeft ze het gevoel dat zij, zoals wel vaker, alert moet zijn voor twee, nu hij zichzelf zo volledig verliest. Iets met communicerende vaten.

Ze laat hem begaan, maar blijft op haar hoede, stijgt op, registreert. Twee mensen op een badlaken, postzegel van geluk op een briefkaart aan het universum. Twee lichamen in een vreemd gevecht verwikkeld, de pompende heupen van Leif, haar handen op zijn billen die ze in een steeds sneller ritme tegen haar heupen dwingt.

'Vond je het wel lekker,' vraagt hij even later als hij van haar af rolt, weer naast haar ligt, 'je was er niet helemaal bij, hè?'

'Die harde ondergrond was niet zo fijn, en ik was steeds bang dat er iemand zou komen. Ik voelde me niet echt op mijn gemak, bespied.'

Terwijl ze praten vinden hun handen elkaar, hun vingers dansen een tedere choreografie. Ze wil het liefste tegen hem aan liggen nu, omklemd door een gespierd been, zachtjes met haar tong de contouren van zijn lippen volgen, vloeibaar worden.

Ineens heeft ze overal jeuk, van de mugjes en kleine beestjes die tussen de steentjes door scharrelen, van zijn zaad tussen haar benen.

'Kom, nu gaan we zwemmen.'

Ze springt op en trekt hem overeind. Met de armen als een koorddanseres zijwaarts gespreid beweegt ze balancerend tussen de kleine keien het water in. Het zomerse meer is nog steeds koud, omklemt haar bij de enkels, de knieën, beneemt haar de adem als ze het water tot aan haar hals dichtritst. Ze geeft geen kik. Met enkele krachtige slagen is ze een eind bij Leif vandaan, die schaamteloos naakt aan de oever staat, zich uitrekt, de luidruchtige vogels nakijkt die over het meer scheren en achter de bosrand verdwijnen.

Dobberend op haar rug, haar armen als zeewier heen en weer deinend, denkt ze aan haar man. Zojuist lag hij nog zwaar ademend boven op haar, zijn grimassen van genot waaierden als een zwerm vogels over zijn gezicht, tot hij zijn ogen opende, haar zag en niet zag, zijn blik naar binnen werd gezogen, naar een gebied waar zij geen toegang had.

Met veel gespetter en geproest duikt hij even later naast haar op, zijn natte haren in een vreemde frisuur aan zijn schedel geplakt. Met duim en wijsvinger snuit hij zijn neus, schudt dan woest het water van zijn hoofd. Grijnst breeduit naar haar.

Even ziet ze hoe ze hem onder water duwt, uit alle macht. Haar benen van achteren rond zijn middel geklemd, met haar handen op zijn schouders drukt ze zich op uit het water. Hij is niet beducht op haar onverwachte actie, verdwijnt onder water, de mond geopend in een verbijsterde schreeuw. Dan dwingt ze hem verder de diepte in, met haar voeten op zijn schouders verrijst ze als een feniks uit het meer, staand op een onzichtbaar, nauwelijks meer tegenstribbelend fundament.

Meteen schaamt ze zich voor deze gedachte, zwemt naar hem toe, omhelst en kust hem.

'O, verrek, ik ben vergeten mijn horloge af te doen,' zegt hij.

Geschrokken tikt hij een paar keer tegen de wijzerplaat. De tijd staat stil.

Ze weet zeker dat Andor die middag is verwekt.

***

De geur van kippensoep haalt haar uit haar dagdroom. Ze legt de foto terug in het blikje, klaar om naar de soep te gaan kijken, maar pakt toch nog een ander fotootje op.

Een heel ander tijdperk, zwart-wit. Haar vader met aan zijn hand een klein meisje, gekleed in een jurkje en schort, de haren gevlochten en in een lus vastgemaakt. Apenstaartjes noemden ze dat.

Ze bestudeert haar kleine ik – de open blik, de ronde ogen, de manier waarop ze staat, fier rechtop, haar schouders een beetje naar achteren – een mooi kind. Nieuwsgierig naar de wereld.

Dat was ik. En verdomd, ik ben het nog steeds. Hoe de volwassene al in het kind verborgen zit zie je altijd pas achteraf.

Wie was je, vader? Ik was te klein om je te kennen, en later was je er niet meer.

Je werd een figurant in onze nooit opgetekende familievertelling. Moeder sprak niet veel over je. Ik weet niet eens hoe jullie elkaar hebben ontmoet. Was het liefde op het eerste gezicht, of was het een verstandshuwelijk?

Haar vader en zij staan bij de manshoge rododendrons naast de stal van Max en Moritz. Op de achtergrond is nog net een stukje Ferdinand zichtbaar, in de weer met een riek en een baal hooi. Het is de enige foto die ze van hen heeft. Twee mannen, vader en stalknecht, gevangen in een moment met haar als verbindende schakel. De statische houding van haar vader doet haar denken aan de levensgrote bordkartonnen foto van een acteur bij de ingang van een bioscoop waarnaast ze ooit poseerde.

Haar vader is een gedachte die haar ontschiet, de stalknecht een gevoel dat opwelt.

Ferdinand. Het is zo lang geleden allemaal.

Als ze de foto teruglegt voelt ze iets hards. Een van Leifs manchetknopen, 24-karaats goud, een glanzend vlakje met een diagonale matte streep waar een diamantje in schittert.
Uit de erfenis van zijn vader.

Hij ligt verrassend zwaar in haar hand voor zo'n klein voorwerp, een relikwie uit vervlogen tijden. Wie draagt er tegenwoordig nog zoiets? Instinctief ruikt ze eraan; het edelmetaal geeft niets weg.

Hij had ze gedragen op hun trouwdag, een geraffineerd detail dat de glans van zijn trouwring onderstreepte. Ze bekijkt het sieraad aandachtig. Strijkt over de matte streep en het steentje. Het scharnierend dwarsstaafje beweegt nog soepel.

Vanuit haar keel maakt een oude woede zich van haar meester.

***

Ze sorteerde Leifs was, daags na zijn thuiskomst. De witte kapiteinsoverhemden die ze bij vertrek zo netjes gestreken en opgevouwen in stapeltjes in de koffer had gelegd, lagen nu verfrommeld op een hoop, samen met zijn T-shirts, enkele broeken, onderbroeken en sokken.

Tussen de kleren viel iets hards op de grond, het doosje met de manchetknopen. Ze was verrast dat hij ze meegenomen had op reis, hij droeg ze alleen bij speciale gelegenheden.

Op een van de overhemden zaten rode spetters. Ze rook eraan. Alles wat ze in haar handen kreeg werd besnuffeld. Ruiken gaf haar altijd directe informatie, sneller dan proeven, zien of voelen. Tomatensoep. Vertederd zag ze voor zich hoe hij de lepel met soep naar zijn mond bracht, erop blies en enkele spatten op zijn borst morste.

Ze hield van geuren. Van alle geuren, zolang ze natuurlijk waren. Niet het chemische van parfums, verf of lijm, maar van geuren die iets vertelden over het wezen van het besnuffelde.

Elke avond voor het slapengaan, als ze zich uitkleedde, rook ze aan haar ondergoed. Haar kruidige muskusgeur stelde haar gerust en gaf een gevoel van geborgenheid.

Het verborgen ritueel was begonnen in het barakkenkamp vroeger. Een kleine oase van troost. Na al die jaren kon ze de miniemste verandering opmerken: de metalige ondertoon die haar menstruatie aankondigde, het scherpe aroma als er een verkoudheid of griepje op komst was. Op opwindende dagen bevatte het geurpalet diepere tonen dan op kleurloze dagen.

Leif wist niets van deze gewoonte.

De blauwe onderbroek die ze uit de stapel viste rook naar hem, vermengd met een zweem urine en een vage wasmiddelgeur. De gestreepte rook anders. Ze kon de lucht niet thuisbrengen. Ze snoof de geur nog eens diep op en schudde haar hoofd. Gooide de onderbroek terug op de stapel. Poederige jasmijn en iets zoetigs, kazigs. *Gjetost*, de karamelachtige geitenkaas die ze op kerstavond aten. Haar brein weigerde de informatie te verwerken die ze had binnengekregen. Pas de volgende dag, toen ze de schone was opvouwde, realiseerde ze zich dat ze een andere vrouw had geroken.

De puzzelstukjes die ze in de loop van de tijd toevallig had aangetroffen klikten plots in elkaar tot een samenhangend geheel.

'Wat op het schip gebeurt, blijft op het schip. Tuurlijk jongen,' had Karl tegen Leif gezegd, toen ze al een paar ouzo's achter de kiezen hadden.

Solveig, de jonge collega van het hoofdkantoor, die een seizoen was meegevaren om het scheepsgevoel te ervaren, zoals ze het noemde, was Helena meteen opgevallen tijdens een personeelsfeestje. Niet alleen omdat ze een ravissante nauwsluitende jurk met een enorme split droeg, maar vooral vanwege haar betekenisvolle blikken naar Leif en de vertrouwelijkheid die ze kennelijk met hem had.

Toen hij haar aan Helena voorstelde, haakte Solveig zich even bezitterig aan zijn arm en zei: 'Nou, jij boft maar met zo'n geweldige vent! Besef je wel wat voor een geluksvogel je bent.'

Leif stond er schaapachtig bij te grijnzen in zijn kapiteinspak.

Haar oog viel op zijn manchetknoop.

'Wat prachtig, hij zou het vast geweldig vinden dat je ze weer draagt.'

Helena was verbijsterd. Had Leif met haar over zijn vader gesproken, over zijn manchetknopen? Toen hij even drankjes voor hen ging halen, boog Solveig zich naar haar toe.

Ze rook naar jasmijn.

'Leuk je eindelijk te ontmoeten. Leif heeft me veel over je verteld. Ik kan inderdaad wel zien dat je een mooie vrouw moet zijn geweest.'

Het ergste was dat Leif haar na afloop niet geloofde. Ze had het natuurlijk verkeerd verstaan, ze zag spoken. Solveig zou zoiets nooit doen.

Er was altijd die vage onrust wanneer hij wekenlang met zijn schip op reis was en ze nauwelijks contact hadden, op een incidenteel telefoontje na. Een keer had hij een kaartje gestuurd vanuit Svolvær op de Lofoten. Een paradijselijke eilandengroep, met eeuwige sneeuw bedekte rotspartijen die uit de ijsblauwe zee opdoemden, kleurige poppenhuisjes en baaien met spierwit zand. Ze waren er op hun huwelijksreis geweest.

Ze kende zijn vaarschema en wist dat de boot enkele uren in de kleine haven lag.

Weet je nog, dit uitkijkpunt? Het is zo prachtig hier! Je Leif. had hij met zijn priegelige handschrift geschreven. De kaart verontrustte haar, nog nooit had hij tijdens een stop een wandeling gemaakt of een kaart gestuurd, nog nooit had hij 'Je Leif' geschreven.

Het was het seizoen dat Solveig aan boord was.

Het schip, de wekenlange zeereizen, de collega's. Voor haar was het een parallel universum waar ze geen deel van uitmaakte. Als Leif vertrok, vertrok hij uit haar leven tot hij weer thuiskwam. Hij vertelde niet veel over zijn werk, hield zich op de vlakte als ze aandrong. Ze begon een hekel te krijgen aan de zee, het schip en alles wat daarmee samenhing. Zag tegen haar wantrouwen op als hij vertrok en tegen haar onzekerheid als hij thuiskwam.

Ik was gewaarschuwd, dacht ze. Zeevarenden leiden twee levens, een aan boord en een aan wal. Onverenigbaar.

***

Dan valt haar oog op de laatste brief van Gretchen die boven op het stapeltje met brieven ligt. Ze heeft hem gelezen ja, lang geleden alweer. Hongerig, zoals ze al haar brieven leest, al krijgt ze nauwelijks meer post, staand bij de keukentafel met de jas nog aan. Hij zat bij het laatste kerstpakket dat ze drie jaar geleden kreeg. Maar waar ze andere brieven altijd later in alle rust nog eens herleest, met een kop thee binnen handbereik, had ze deze direct opgeborgen. En nooit beantwoord.

Ze trekt hem onder het lint vandaan en propt hem in de mouw van haar trui.

Weer beneden ziet ze dat het kippenvlees in de bouillon is losgeweekt van de botjes. Ze trekt het zachte vlees met een vork uit elkaar en vist de knookjes met een schuimspaan uit de soep. Legt ze naast elkaar op het aanrecht.

Bikkelspel. Als kind speelde ze het met Gretchen die erg behendig was in het werpen en opvangen van de stukjes bot. Gek, hoe al die nooit gebruikte woorden liggen te sluimeren in je geheugen tot ze door een associatie weer tot leven worden gewekt. Het purperen zakje noemde Leif dat altijd, dat deel van je hersenen waar vage herinneringen liggen opgeslagen die alleen indirect, via een geur, geluid of gevoel tot leven gewekt kunnen worden.

Met haar hoofd boven de dampende pan krijgt ze plots zin in de sauna. De stoom walmt tegen haar huid en even sluit ze genoegzaam de ogen, klamme warmte op haar gezicht. Dan wist ze abrupt de condens weg met dezelfde mouw waarmee ze eerder de stoffige computer heeft afgeveegd. De brief knispert.

Het is al zo lang geleden sinds ze voor het laatst gebruik heeft gemaakt van hun eigen sauna, die ze als verrassing voor Leifs vijfenveertigste verjaardag had laten bouwen. Het was niet echt een verrassing natuurlijk, ze hadden ervoor gespaard, maar ze had tijdens zijn afwezigheid en zonder zijn medeweten de organisatie op zich genomen en ervoor gezorgd dat er bij zijn thuiskomst een sauna stond op het terrein achter hun huis. Aan het feit dat ze dit project zo daadkrachtig ter hand had genomen ontleende ze een zekere trots, hoewel ze dat later, in de jongste

IJstijd zoals Leif het had genoemd, anders was gaan zien. Hij was een charmeur en hij wist precies hoe hij je moest bespelen om zijn zin te krijgen, terwijl je zelf al die tijd het gevoel had aan het roer te staan.

Toen ze met hem naar Noorwegen kwam had ze nog nooit van sauna's gehoord.

Het idee om naakt met anderen in een zweethuisje te zitten leek haar gênant en bespottelijk. Voor Leif was het de gewoonste zaak van de wereld, hij bewoog zich even natuurlijk mét kleding als zonder, ongeacht het gezelschap. Ja, hij had een goed lichaam, hij hoefde zich nergens voor te schamen. Maar dat was het niet, wist ze. Zelfs met een minder fraai lichaam zou hij zich met hetzelfde natuurlijke overwicht, dezelfde souplesse gedragen hebben. Dat zat tussen de oren, daar zat het epicentrum van zijn aantrekkingskracht voor haar. Het was iets ongrijpbaars, iets wat haar razend en radeloos tegelijk maakte.

Het geheim van zijn autonomie ontrafelen. Aan het draadje trekken van zijn persoonlijkheid, zoals ze wel eens een proeflapje met een ingebreid patroon had uitgehaald. Van het mooie breiwerkje bleef niets anders over dan twee kleuren woldraad in kleine golfjes, een gelijkmatig cardiogram dat de hartslag van het breiwerk leek weer te geven.

'Lena, je weet niet wat je mist. Het is zo'n heerlijk gevoel om helemaal schoon te zijn, het luie zweet eruit. Alles tintelt en je voelt dat je lééft! En daarna slaap je als een roos. Ik gun het je zo, die sensatie,' had hij aangedrongen, 'dampend uit de sauna komen, in de verse sneeuw neerploffen en dan een sneeuwengel maken. Dat is het lekkerste wat er is, bij wijze van dan, hè. Misschien is het in het begin een beetje ongemakkelijk, maar na een paar minuten vergeet je gewoon dat je naakt bent. Zo zijn we toch geboren, liefje. En je hebt zo'n prachtig lichaam, wees er trots op!'

Ze wilde niet dat hij haar preuts vond, daarom ging ze mee. De eerste keer alleen met Leif, in de buitensauna van Karl en Elsa, zijn collega van de boot die met zijn vrouw op reis was. Ze mochten zoveel als ze wilden gebruikmaken van hun sauna die aan een idyllisch meertje lag.

Het was precies zoals hij had gezegd. Na de eerste onwennige momenten vergat ze haar naaktheid en genoot ze van de weldadige warmte, de rust en de engelen, die ze vanaf dat moment bij elk saunabezoek in de sneeuw achterliet. In de loop der jaren had ze een hele verzameling sneeuwengelen gemaakt. Ze stelde zich altijd voor hoe uit de verse afdruk een door haar bezielde engel opsteeg naar Andor, zodat hij wist dat zijn moeder aan hem dacht.

Omdat Leif weken achtereen op zee was, hadden de bouwvakkers tijd genoeg om de grond te egaliseren, beton te storten en daarop van schorsloze sparren- en dennenstammen een formidabele constructie neer te zetten. Een Kelosauna, met capaciteit voor acht personen.

Ze had via Eidnár voor een zacht prijsje een grote partij hout en een mooie houtkachel op de kop weten te tikken. Eidnár had verstand van die dingen. Als hij al niet zelf over de juiste materialen beschikte, dan wist hij via via wel wat te ritselen. En hoewel hij niet zelf betrokken was bij de bouw kwam hij in die dagen geregeld langs om de vorderingen 'met eigen ogen te aanschouwen', zoals hij het plechtig noemde. Dat vond ze, naast zijn lichte ogen, opmerkelijk aan hem: zijn robuuste uiterlijk in combinatie met zijn formele taalgebruik.

Ook toen de sauna allang af was bleef Eidnár komen, nu eens met een houten sauna-emmer of een opgietlepel, dan weer met een thermometer of een zandloper die hij voor haar aan de muur bevestigde. Nooit kwam hij met lege handen.

Magnus had flink meegeholpen met zijn vader Kjell die de leiding van het project op zich had genomen. Hij was twee jaar ouder dan Andor. Een uit de kluiten gewassen negentienjarige, met handen als kolenschoppen en een koddig loopje waardoor het leek alsof hij met elke stap naar voren tuimelde. Zijn mond stond altijd een beetje open door een overbeet. Marit had haar eens huilend verteld dat zijn klasgenoten hem de Bever noemden.

De meedogenloosheid van kinderen. *Schmutzige Kakerlaken.*

Hij zei niet veel, volgde zijn vaders instructies nauwgezet op, en hield haar met argusogen in de gaten. Ze had een instinctieve hekel aan deze jongen, van kleins af aan al, simpelweg omdat hij er wél was. Ze schaamde zich ervoor, de jongen had haar niets misdaan. En hoezeer ze ook haar best deed om haar afkeer niet te laten blijken, zijn antenne ving haar onuitgesproken signalen feilloos op.

Het waren drukke weken geweest met elke dag kerels op haar terrein, die ze verzorgde met koffie en thee en uitgebreide lunches. Wanneer in de namiddag het gezaag en gehamer verstomden, de transistorradio die de hele dag in de buitenlucht had staan schetteren werd uitgezet en de mannen in hun auto's wegreden, daalde met het wegstervende motorgeronk en een laatste claxongroet de stilte als een gesteven tafellaken weer over haar bestaan.

De inscriptie. Zou hij er nog zijn? Per ongeluk stapt ze met haar sokken in het plasje gesmolten sneeuw rondom haar laarzen die ze aantrekt zonder ze dicht te ritsen. Gewapend met de sneeuwschuiver die ze van de veranda meeneemt, knerpt ze een nieuw spoor naar de sauna, een eindje achter het huis. Nadat ze de ingang sneeuwvrij heeft gemaakt, probeert ze de deur te openen. Hij klemt. Met een ruk trekt ze hem open. De sauna is al jarenlang niet meer in gebruik, maar de geur van eucalyptus is diep in de poriën van het hout gedrongen. Ze knipt het licht aan. Zoveel tijd – opgedeeld in zandminuten – heeft ze in deze ruimte doorgebracht. Het zweet van Leif zit nog in de planken. Maar ook dat van haarzelf. En van Eidnár.

Na die eerste kennismaking aan de reling in de haven had hun vriendschap zich snel ontwikkeld. Eidnár kwam steeds vaker naar de bibliotheek. Soms leende hij kinderboeken voor Ravna, andere keren legde hij romans op de balie waarvan ze vermoedde dat hij ze zomaar uit de kast had gegrepen zonder zelfs de flaptekst te lezen.

Ook liep ze hem in het stadje geregeld tegen het lijf. Altijd hadden ze zoveel te bepraten dat een van beiden midden in een verhaal verschrikt op het horloge keek en uitriep: 'O, zo laat alweer? Ik moet nu echt gaan, tot gauw!'

Er was iets onbenoembaars, iets vanzelfsprekends. Een verwantschap.

Ja, ze was acht jaar ouder, maar wat maakte dat uit? Ze was ontwaakt uit een lange winterslaap, rekte en strekte zich uit, knipperde met haar ogen in het felle licht, geeuwde, zuchtte diep. Lakte haar nagels weer eens. Maakte zich wat vaker op. Kocht een leuke jurk en haarverf voor de eerste grijze haren. Ze zochten steeds vaker elkaars gezelschap op, gingen wandelen, zwemmen, kanoën. Vaak gingen Junne en Ravna mee.

Tot ze niet meer meegingen.

'Wat heb je toch met die Eidnár,' had Leif gevraagd. 'Je bent wel erg dik met die Sami en zijn vrouw.'

'Die Sami? Wat klinkt dat onaardig. Ja, het klikt gewoon. Ontzettend leuke en hartelijke mensen zijn het. Een verademing. Heel open, niet zo benepen als de meesten hier. Eerlijk gezegd voel ik me na al die jaren nog steeds een buitenstaander. Ik ben nog steeds “die Duitse”. Voor jou is dat toch anders, je bent en blijft een Noor. Ook al heb je in Duitsland gewoond en is je eigen moeder zelf ook een Duitse. Behalve bij Anna, Marit en Kjell, voel ik me eigenlijk alleen bij Eidnár en Junne volledig op mijn gemak. Ze beoordelen me niet om mijn afkomst. Ik bedoel, niemand zal het hardop zeggen, maar ik voel altijd die reserve, die afstand. Altijd die verholen achterdocht.’

‘Ach, je kent ze toch, de mensen hier. Soms moet je daar een beetje doorheen kijken. En toegegeven, als Duitse sta je natuurlijk wel één-nul achter. Vergeet niet dat ze hier flink tekeer zijn gegaan, en dat dat generaties lang in het collectieve geheugen is blijven hangen. Het helpt ook niet dat ik zo vaak van huis ben en dat je er alleen voor staat.’

‘Maar ik ben het beu om te boeten voor iets waar ik niet verantwoordelijk voor ben.’

Leif gaf haar een plagerig duwtje, net iets te hard. Het deed zeer.

‘Gelukkig weten ze lang niet allemaal hoe ontzettend leuk Duitse meisjes kunnen zijn. Behalve dan die Eidnár.’

Ze ontweek zijn blik en keek naar buiten, naar de sauna.

Kortgeleden nog maar had ze daar met Eidnár gezeten, haar arm om zijn schouder.

‘Ze heeft me verlaten.’ Verslagen had hij haar aangekeken.

‘En ze heeft Ravna meegenomen.’

Hoe makkelijk het was geweest zijn woorden en zijn tranen te stoppen door haar mond op de zijne te drukken. Hoe makkelijk om elkaars kleren uit te trekken in de beschutting van de halfdonkere ruimte die naar hout en eucalyptus rook. Hij stroopte haar bloes af alsof hij een konijn ontvachtte, met een snelle, trefzekere beweging. Even dacht ze nog dat ze het daarbij konden laten, dat hun naaktheid functioneel kon zijn, twee vrienden in de sauna.

Nog was er niets gebeurd wat niet goed te praten viel. Niet echt.

Hij zoende precies zoals ze zich dat had voorgesteld, aandachtig en lief. Zijn lichaam was warm en passend, gespierd door arbeid. De Pelsjager. Ze sloot haar ogen en zag hoe hij in zijn werkplaats het giftige vlees uit Kim sneed, grote lillende hompen. Hoe hij met Ravna achter het stuur zat, zijn vierkante handen over de hare, hoe het zonlicht goudspikkels in zijn blauwe ogen strooide.

Ze registreerde dit, net als de woede die aan kwam rollen als een storm op zee.

Terwijl haar handen over Eidnárs rug naar zijn billen gleden en ze haar nagels in zijn vlees klauwde, zag ze Solveig om Leifs nek hangen.

Een geluksvogel, ja, dat was ze.

Ze hurkt voor de onderste bank; aan het rechter uiteinde ziet ze het vierkantje dat Eidnár later in het hout had gekerfd met de horizontale streep in het midden. Leif had het nooit opgemerkt. Het is de samenvoeging van hun letters H en E, onzichtbaar voor de argeloze kijker. Ze strijkt met haar vinger over het kleine reliëf. Het lijkt op een acht zoals je die op elektrische wekkers ziet. Leif had er eentje, met een nare, doordringende wektoon die haar elke keer met blinde paniek vervulde als hij afging. Ze had het ding weggedaan na zijn dood. Ze heeft geen wekker nodig. Het verleden staat elke nacht aan haar bed om te horen of ze niets vergeten is.

Ze draait de zandloper om, gaat zitten en trekt de brief uit haar mouw. Strijkt hem glad op haar been. De datum boven aan het eerste velletje, drie jaar geleden alweer.

Waar ben ik al die tijd geweest?

Vier velletjes volgeschreven met het keurige, regelmatige

handschrift van Grethe, die altijd Gretchen was gebleven in haar gedachten, het kleine zusje, al was ook zij een oude vrouw.

Lieve Lena,

Ik ben de hele week al onrustig. Ik probeer het weg te drukken, me te storten op de zorg voor Paul die ondanks veel rust en medicatie niet echt goed opknapt van zijn laatste heupoperatie. Maar ergens blijft het zeuren, en hoe meer ik probeer de beelden te negeren, hoe hardnekkiger ze overdag en vooral 's nachts aan mijn hersenschors komen rammelen.

Ik heb me voorgenomen om jou met deze brief duidelijk te maken wat me bezighoudt, wat mijn perspectief op de zaken is. We zijn de jongsten niet meer, mijn god, we zijn zeventigers en hoe dankbaar mogen we zijn dat we deze gezegende leeftijd hebben bereikt! Maar laten we eerlijk zijn, het grootste deel van ons leven ligt achter ons. De tijd raakt op.

Jouw laatste brief heeft me behoorlijk van mijn stuk gebracht. Je terloopse opmerking over Sonja en haar biologische vader heeft een oude wond opengereten. Jij weet als geen ander dat ik smoorverliefd was op Martin en dat ik niets liever wilde dan met hem een gezin stichten, ook al was ik pas twintig toen ik zwanger van hem raakte. Ik was radeloos, zelf een kind nog. Dat hij met de noorderzon vertrok heb ik hem nooit vergeven. En ja, ik ben Paul eeuwig dankbaar dat hij destijds met mij, een meisje in positie zoals dat toen heette, wilde trouwen en het kind als het zijne wilde beschouwen. Het was voor ons meteen duidelijk dat we er geen woorden meer aan vuil zouden maken. Paul was Sonja's vader en dat was dat.

Tegenwoordig ligt dat allemaal anders, vandaag zou ik misschien een andere keuze maken, maar we hebben het over eind jaren vijftig, ongehuwde moeders bestonden gewoonweg niet. We hadden ook de pil nog niet en bij alles wat met seks buiten het huwelijk te maken had voerden schande en schaamte de boventoon. Jouw vraag of we het haar ooit verteld hebben vind ik gevoelloos. Ben je onze afspraak vergeten dat we het er nooit meer over zouden hebben? Je hebt het me destijds plechtig beloofd. Maar mijn aanvankelijke boosheid en teleurstelling hebben plaatsgemaakt voor iets anders, noem het een inzicht. Ik zal daarop terugkomen.

Maar eerst moet me iets van het hart. Ik weet dat jouw kijk op ons verleden heel erg verschilt met die van mij. Ja, ik ben jonger en ik heb een ander karakter. Je was altijd mijn grote zus, mijn beschermer. Jij kijkt door een andere bril naar onze jeugd, ziet het romantische aspect van ons leven op de hoeve in Silezië. De lange winters waarin we met de paardenslee naar de kerk gingen, de adventskaarsen, de kerstboom die moeder met linten en strikken versierde, de zelfgebakken koekjes, de zuurkool met aardappelen en witte worst die we traditiegetrouw op *Heiligabend* aten, de feestelijke slacht van de varkens in de herfst waarbij het een drukte van belang was op de boerderij met mensen uit de wijde omtrek, de versierde paaseieren, de kamillepluk en de eindeloze zomers waarin wij door de mais- en korenvelden zwierven. Altijd samen, want er waren op die verafgelegen plek geen andere kinderen om mee te spelen.

Natuurlijk heb ik die herinneringen ook, maar er zijn ook andere. We hebben het predikaat *Heimatvertriebene* uit de *Ostgebiete* gekregen, bijna poëtische woorden die welbeschouwd de lading dekken, maar die niets vertellen over de totale chaos en de wanhoop die er heerste, de pijn, de kou en de ontbering die we leden. Keurige woorden waarachter bruut geweld schuilging. Verkrachtingen en vernederingen door de soldaten van het Rode Leger, als repercussie voor al het leed dat hun jarenlang door ons Duitsers was aangedaan. Heimatvertriebene. Er zit zelfs een nostalgisch tintje aan, het woord roept zwart-witbeelden op van een lange stoet stakkers met balen op hun rug, sjorrend aan zwaarbeladen handkarren. Mensen op de vlucht als iconisch beeld, mensen uit een vergane tijd. *Damals*.

Als kind waren we onderdeel van die chaos, leefden er middenin. Wat we zagen en meemaakten, onze vlucht naar het Reuzengebergte, daarna de verdrijving uit onze streek, onze tijd in het barakkenkamp en ook later tijdens die moeilijke jaren in Kiel, waarin we niets hadden en gepest werden door onze klasgenoten, heeft me diep geraakt.

Ik heb lang geprobeerd om alle herinneringen weg te stoppen, te bagatelliseren – wij behoorden immers tot de daders en wat we hadden meegemaakt was ons verdiende loon – maar ze zijn met een enorme kracht naar boven gekomen, als een bal die je onder water probeert te drukken, maar die uit je handen glipt en naar boven schiet.

Het zijn altijd de kinderen die de grootste slachtoffers van oorlog en geweld zijn, zij dragen de schade daarvan een leven lang met zich mee. De oorlog heeft me vooral geleerd dat we mededogen met onze kinderen moeten hebben, en daarmee met onszelf, voor onze eigen toekomst als mensheid.

Ik vraag me wel eens af of het een bewuste keuze van je is om alleen de zonnige kant van ons verleden te zien, of dat je niet anders kunt. Ik heb jouw besluit om met Leif naar Noorwegen te verhuizen wel moeten accepteren, maar nooit begrepen. Zo kort na moeders dood hadden we elkaar tot steun moeten zijn. Ik heb je ook intens gemist in de eerste jaren na de geboorte van Sonja, waarin ik het zonder naasten moest stellen. Gelukkig heeft de warmte waarmee Pauls familie me destijds heeft opgenomen veel goedgemaakt.

Lieve zus, we komen uit hetzelfde nest, hebben in onze jeugd dezelfde dingen gezien en meegemaakt maar in plaats van dat het ons dichter bij elkaar heeft gebracht, heeft het voor een verwijdering gezorgd. Zo voel ik dat. Nu de beste jaren achter me liggen besef ik dat eens te meer. Jij bent de enig overgeblevene die mijn geschiedenis vanaf het prille begin kent en nu de tijd begint te dringen voel ik de behoefte om onze ervaringen naast elkaar te leggen om te kijken of er niet toch meer overeenkomsten dan verschillen zijn.

Zo graag was ik samen met jou naar onze geboortegrond afgereisd, op zoek naar ons verleden. Ik weet zeker dat het onze band had kunnen versterken. Inmiddels ben ik al een paar keer terug geweest naar Silezië, of beter gezegd naar het grondgebied dat vroeger die naam droeg, tegenwoordig is het natuurlijk Polen. Ik heb de hoeve bezocht, of wat ervan over is, een ruïne tussen glooiende velden vol koolzaad en mais. Van de oude grandeur is niets meer over. Misschien is het maar beter dat dit verval niet op jouw netvlies staat gebrand zoals bij mij, maar het heeft me wel geholpen om onze geschiedenis in perspectief te zien.

Ik raak het beeld niet meer kwijt van de stervende merrie die ik bij mijn laatste bezoek aan ons ouderlijk huis op het erf zag. Ze lag op de stenen voor de ingevallen stallen, koudewolkjes kwamen uit haar neusgaten en uit haar binnenste kwam een vreselijk geluid. Een soort gekerm, bijna menselijk. Het was zo droevig. Af en toe hief ze haar hoofd en keek me met glazige ogen aan, maar ze was te verzwakt om nog op te staan. Ik heb gehuild en haar geaaid en zachtjes toegesproken. Moest ik haar uit haar lijden verlossen? Ik wist niet hoe en had ik dat wel geweten, ik kon het niet. Natuurlijk dacht ik aan Max en Moritz, onze twee trouwe paarden. En hoe het lijden van deze merrie misschien wel symbool stond voor de ondergang van het land van onze jeugd, Silezië.

Overigens hebben Paul en ik geprobeerd om het juwelenkistje van moeder te vinden, veertien en acht stappen vanaf de appelboom, weet je nog? Maar we hebben niets kunnen vinden. Misschien zijn de Polen ons voor geweest, of ligt het er nog, verborgen in de grond, een vergeten tijdscapsule.

Het heeft me jaren therapie gekost om de kluwen van schaamte en schuld te ontwarren. Want schaamte en schuld waren altijd aanwezig, om de gruwelijke en onbegrijpelijke misdaden die zijn gepleegd uit naam van het volk waartoe ik behoor.

Ik weet, ik ben niet verantwoordelijk voor de ellende en het leed, en toch ben ik bang dat het op de een of andere manier in mijn genen is terechtgekomen. Vandaar mijn extra alertheid. De diepgewortelde afkeer tegen alles wat vreemd en anders is steekt opnieuw de kop op in dit land, hoewel ik betwijfel of hij eigenlijk ooit echt weggeweest is.

De aard van het kwaad, de banaliteit ervan, fascineert me en vervult me met een diepe afschuw. Volgens Hannah Arendt zijn de motieven en wortels voor kwaadwillendheid niet altijd gelegen in haat, maar zijn ze het gevolg van onvermogen of de weigering om na te denken. Om jezelf en anderen kritisch te bevragen.

Misschien bestaat het Grote Kwaad inderdaad niet en is het een optelsom van vele 'kleine kwaden'. Is niet ieder mens zelf verantwoordelijk voor al zijn slechte daden, die meestal voortvloeien uit onnadenkendheid, opportunisme, conformisme, hebzucht, onmacht, maar ook altruïsme en ja, zelfs liefde?

De reden waarom ik Sonja nooit over haar biologische vader heb verteld komt voort uit liefde, dacht ik, liefde voor haar en ook voor Paul, die ik allebei niet wilde kwetsen. Mijn god, hoe moet een jong meisje zich voelen als ze hoort dat haar biologische vader haar niet wilde, haar bestaan gewoonweg heeft ontkend? Ik heb weliswaar uit liefde gehandeld, maar heb toch kwaad gedaan door iets niet te doen. Ik heb mijn kind niet de waarheid verteld over haar eigen achtergrond. Hoe langer ik wachtte, hoe moeilijker het werd om het ter sprake te brengen. Ik heb er jarenlang mee geworsteld, tot ik me erbij had neergelegd dat we allemaal beter af waren als dit geheim nooit aan het licht zou komen.

Jouw brief heeft die oude wond weer opengereten, en hoewel ik in eerste instantie boos en verdrietig was, heeft het me aan het denken gezet. Vergeving is de sleutel tot vrijheid. Ik heb mezelf niet kunnen vergeven voor de leugen waarop Sonja's leven is gebaseerd. Tot nu. Ze heeft recht op de waarheid. Paul had bezwaren, begrijpelijk, maar ik heb net zolang op hem ingepraat tot hij ook inzag dat dit het juiste is. Ik ga het haar vertellen. Tegen de tijd dat je deze brief leest, weet ze wie haar biologische vader is.

Ik hoop dat ze Paul en mij zal vergeven. En vooral begrijpen. Ik wil je bedanken, Lena, dat je me – misschien onbewust – hebt geholpen om tot dit inzicht te komen. Wat de uitkomst ook zal zijn, de waarheid moet aan het licht komen.

Hopelijk heb je fijne kerstdagen en een goed begin van het nieuwe jaar.

Vier je de feestdagen weer samen met Marit, zoals altijd?

Veel kussen, je Grethe

PS: Ik hoop dat de inhoud van het pakketje je bevalt! De traditie van de zelfgebakken kerstkoekjes hou ik in ere zolang mijn gezondheid het toestaat.

Ze blijft nog een hele poos zitten, voordat ze de brief weer netjes opgevouwen terug in haar mouw stopt. 'Ach Gretchen,' verzucht ze.

Wat zijn we meer dan een verzameling ervaringen, indrukken en herinneringen? Als een sleepboot trekken we het net achter ons aan, waarin niet alleen onze eigen geschiedenis, maar ook die van vele generaties voor ons verstrikt zit. We hebben allemaal onze eigen weg moeten vinden uit het verleden. Onze paden waren verschillend en ja, ze hebben ons ver uit elkaar gevoerd, maar maak je geen zorgen, ook mijn herinneringen zijn vers en intact.

Ze sluit haar ogen, leunt tegen de wand. Ruikt de eucalyptus en het hout. Ruikt de geur van de stallen, de pulverdroge kamille, de kersenhanden van haar moeder.

Silezië, winter 1945, de Sneeuwuil

De honger heeft me verdreven uit mijn natuurlijke leefomgeving in het Hoge Noorden. Daar heerst vadertje vorst. Muizen en lemmingen hebben zich veilig verschanst, diep onder de sneeuw, onbereikbaar voor mijn gretige klauwen. Honger dwingt me zuidwaarts, maar ook hier, ver buiten mijn leefgebied, regeert de kou.

Daarbeneden woedt jullie oorlog. Het landschap staat in brand. Vanuit het oosten rukken de soldaten van het Rode Leger op. Verblind door haat en wraakzucht, aangespoord door de naderende overwinning, zaaien ze dood en verderf op hun tocht westwaarts.

Oog om oog, tand om tand. Vergelding voor wat hun jarenlang is aangedaan, dat willen ze. Wat jullie van ons dieren onderscheidt, de rede en het mededogen, is ver te zoeken.

Het naderend onheil dwingt velen om voor de gevechtslinies uit te vluchten. Naar het westen. Vooral vrouwen, kinderen en bejaarden, de mannen zijn aan het front.

Daar beneden pakt een moeder in grote haast een paar noodzakelijke spullen in een tas. Haar twee meisjes zitten al te blauwbekken op de paardenkar die in een colonne van karren, beladen met mensen en huisraad, richting het Reuzengebergte in het westen zal trekken. De zusjes vrezen de reuzigheid van de reuzen die ze in het gebergte zullen tegenkomen, maar dat vertellen ze niet aan hun moeder.

Vlucht is een reusachtig woord. Terugkeer een fluisterwoord.

De ijzige winter eist onderweg zijn tol, het oudste meisje wordt ziek tijdens de lange tocht, een blaffend hoestje, gloeiende koorts, longontsteking. Als de moeder in een lazaret een arts smeekt om naar haar kind te kijken, is zijn vermoeide antwoord: 'Er sterven hier dagelijks honderden soldaten. Ik kan voor één ziek kind mijn post niet verlaten, vrouw. Het spijt me, maar ik kan voor jouw dochter geen uitzondering maken.'

Ze zoeken hun toevlucht in een klooster in het gebergte, waar een non zich over het zieke meisje ontfermt. Na weken is ze voldoende hersteld en besluiten de vluchtelingen het erop te wagen. Nu er berichten komen dat het ergste gevaar geweken is willen ze terug naar huis. Het Russische leger is weliswaar als een wervelstorm over hun streek geraasd, maar is verder getrokken richting Berlijn en het westen.

Het meisje zal zich herinneren hoe ze in een maanbeschenen nacht op de hoeve thuiskomen en ze in de voortuin een bomkrater aantreffen. Een brede gapende muil in de bevroren aarde.

Binnen heerst chaos. Wat niet gestolen is, is vernield. Anderen hebben bezit genomen van het statige huis, de moeder en haar dochters worden verbannen naar een schamel onderkomen op het terrein. Hun leven heeft een onverwachte afslag genomen, ze zijn in onherbergzaam gebied beland. Een gebied waar de reuzen heersen.

De afwezige vader bestaat alleen nog in geprevelde gesprekken.

In juli, na de capitulatie, zullen in Potsdam de pennen van de geallieerden daadkrachtig over documenten krassen. Hun handtekeningen verschuiven de oostgrenzen van Duitsland een heel eind naar het westen. Silezië, Pommeren en Oost-Pruisen zullen alleen nog in herinneringen bestaan, de gebieden ten oosten van de Oder-Neisse komen onder beheer van de Poolse regering. Miljoenen Duitsers die er nog wonen moeten hun huis verlaten. Wie niet zelf maakt dat hij wegkomt, wordt verdreven. Met harde hand. Oog om oog, tand om tand. Het perpetuum mobile van de menselijke natuur. Jullie vaste liedje, door alle eeuwen heen.

Finnmark, winter 2013, Helena

Ik herinner me Polen, zomer 1946. Een huis dat geen thuis meer is.

Ik herinner me hoe moeder het probeerde te verbergen met een glimlach en kleine gebaren, maar haar anders zo stralende ogen stonden dof. Hoe haar handen frunnikten als ze in de kamer stond en haar gedachten door het raam naar buiten tuimelden, hoe moe en gespannen ze eruitzag als ze zich onbespied waande en in de keuken van weinig een maaltijd maakte.

Ze had die ochtend met Ferdinand staan fluisteren, ik kon niet verstaan wat ze zeiden, maar het klonk angstig en gehaast. Daarna zag ik hoe Ferdinand in een ingewikkelde choreografie van stappen een plek in de tuin uitzocht, waar hij met een spade een gat groef en daarin het sieradenkistje van moeder neerlegde, gewikkeld in een doek, zoals hij enkele weken geleden ook met Mitzi had gedaan. Wij hadden snikkend haar nog warme kittenlijfje in een doosje gedaan en het toegedekt met een wafeldoek en een paar lekkere hapjes voor onderweg meegegeven.

Later zag ik hoe moeder foto's uit het familiealbum scheurde en ze in een envelop stopte. Ook propte ze kleren in de grote leren tas, van haarzelf, van Gretchen en mij. Niet op de bedachtzame manier waarop ze de was vouwde en in de kast legde, de hoekjes precies op elkaar, maar slordig, afwezig. We zouden snel op reis gaan. Alweer.

Ik herinner me hoe ze die avond in de deuropening van mijn kamertje stond, haar elegante gestalte van achteren beschenen door de kaars in de gang.

'Slaap je al,' vroeg ze. Ik schoof een eindje naar achteren in bed en ze kwam op de rand zitten. Ze legde haar hand op mijn hoofd en begon zachtjes te kriebelen. Ze rook naar kersen. Ik wilde dat ze altijd daar zou blijven zitten, met haar kersenhanden op mijn haar.

'Weet je nog hoe we, toen je heel klein was, in de boomgaard bij tante Gitta en oom Walter aan de grote tafel zaten en taart aten? Oom Walter vroeg wat jullie later wilden worden en Gretchen zei onmiddellijk "verpleegster". Jij moest eerst nadenken. Toen riep je uit: "Een Rilke. Net zoals bij mama op het nachtkastje ligt!"

De volwassenen waren vertederd om zoveel onnozelheid, maar ik voelde me gloeien van trots. Je kijkt op een speciale manier naar de wereld, zoals dichters doen. Houd dat vast, wat er ook gebeurt.'

Ze slikte en begon, in het trage ritme van haar handen die over mijn haren streken, een gedicht op te zeggen.

Die Blätter fallen, fallen wie von weit,
als welkten in den Himmeln ferne Gärten;
sie fallen mit verneinender Gebärde.

Und in den Nächten fällt die schwere Erde
aus allen Sternen in die Einsamkeit.

Wir alle fallen. Diese Hand da fällt.
Und sieh dir andre an: es ist in allen.

Und doch ist Einer, welcher dieses Fallen
unendlich sanft in seinen Händen hält.

Ik herinner me dat moeder me die nacht wakker maakte. Ferdinand en Gretchen stonden al bij de voordeur toen ik aangekleed beneden kwam.

'Trek nog maar een extra jas aan, Helena.'

Op de binnenplaats stonden de hengsten Max en Moritz al aangespannen voor de kar. Ik legde even mijn hand op Moritz' fluwelen neus en duwde mijn wang tegen de hals van Max. Snoof hun vertrouwde geur op. Ferdinand hielp Gretchen en mij op de laadbak, waar we tussen plunjezakken en dekens, een koffer en de leren tas dicht tegen elkaar aan gingen zitten.

'Niks vergeten, Käthe,' vroeg Ferdinand zachtjes toen hij naast moeder op de bok had plaatsgenomen. Moeder schudde haar hoofd.

Met een ruk kwamen we in beweging. Gretchen viel al snel tegen me aan in slaap. Ik dacht aan Mitzi, die nu alleen achterbleef in de grond samen met de glimmende kettingen, armbanden en oorbellen van moeder, en ik bleef maar kijken, naar onze hoeve die steeds kleiner werd, naar de stal van Max en Moritz, naar de maanbeschenen velden vol wuivend graan dat ons uitgeleide leek te willen doen, en kijkend naar de eindeloze sterrenhemel boven ons had ik het gevoel dat ik wegreed uit een wereld die ik nooit meer terug zou zien.

Ik herinner me hoe ik later die nacht door geroep werd opgeschrikt uit een hazenslaapje. We waren over landwegen gereden, zonder iemand tegen te komen. Maar nu stonden er drie mannen bij de wagen, die in een verre taal iets naar ons riepen.

'Eraf! Nu!'

We stapten af en ik zag hoe moeder en Ferdinand met de mannen praatten. Ferdinand haalde zijn beurs tevoorschijn en gaf deze aan een van hen. De man haalde alle biljetten eruit, stak ze in zijn borstzak, slingerde de lege beurs achteloos de berm in en knikte. Toen zei hij iets tegen een van de anderen en deze nam Ferdinand mee naar de bosrand.

Moeder kwam snel naar ons toe, sloeg haar arm om ons heen.

'Het kan zijn dat ze een haas gaan schieten. Ferdinand moet hen daarbij helpen.'

Haar stem leek van ver te komen, alsof hij onder een stapel dekens vandaan kwam.

We hoorden een knal en zagen een lichtflits tussen de bomen.

Gretchen begon te huilen en klemde zich vast aan moeders been toen de twee mannen grijnzend op ons afkwamen. De man die het geld had aangepakt, aaide Gretchen over haar wang. Toen keek hij naar mij en tilde mijn kin op. Hij floot zachtjes tussen zijn tanden en zei iets, waarop de ander lachte. Hij wilde mijn hand vastpakken, maar moeder duwde hem weg.

Haar stem klonk zoet en flemend toen ze snel begon te praten in een taal die ik niet begreep. Voorzichtig maakte ze zich los uit Gretchens omklemming en ging heel dicht bij de man staan. Ze glimlachte naar hem. Hij greep haar bij de nek vast en leidde haar een eind vandaan waar Ferdinand met de andere man in het bos verdwenen was.

Ik pakte Gretchens arm vast en fluisterde: 'Stil maar, ze komt zo terug.'

De man van het vuurwerk kwam ook weer bij ons staan, zonder Ferdinand. Ze klommen allebei op de kar en doorzochten onze spullen. Een van hen vond de envelop met foto's die moeder uit het familiealbum had gescheurd; hij slingerde het pakketje met een grote boog uit de kar. De foto's fladderden als kleine nachtvogels in het rond voordat ze in het gras belandden. Toen gingen ze op de bok zitten, eentje nam de teugels, riep 'Mirko! Mirko!' en terwijl de kar langzaam begon te rollen, kwam de man die Mirko heette tussen de bomen vandaan gerend, struikelend, en hees hij zich, terwijl hij zijn broek en hemd rechttrok, op de rijdende kar.

Gretchen en ik renden meteen naar de plek waar de man moeder mee naartoe had genomen. Ze lag op de grond en kreunde zachtjes. Toen ze ons zag probeerde ze overeind te komen. Haar kleren waren gescheurd en ze had maar één schoen aan.

'Zijn ze weg,' vroeg ze steeds opnieuw.

'Ja, ze hebben alles meegenomen, Max en Moritz, de kar, onze spullen,' snikten we.

'Alleen de foto's, die hebben ze weggegooid.'

Gretchen vond moeders schoen, ik raapte de foto's op en bracht haar het stapeltje. Eéntje stopte ik in de binnenzak van de winterjas die ik over mijn zomerjas droeg, die waarop vader en ik bij de manshoge rododendrons stonden voor de stal van Max en Moritz. Op de achtergrond zag je nog net een stukje van Ferdinand, een riek met een baal hooi eraan voor zich uit houdend.

We hielpen moeder overeind.

'Helena, Grethe, die mannen mogen dan onze spullen hebben meegenomen,' zei ze met verstikte stem, 'maar we hebben elkaar nog. Wat ze ook gezegd of gedaan hebben, dát hebben ze ons niet afgepakt.'

Moeder trok ons naar zich toe en een tijdje hield ze ons zo stevig vast dat ik bijna geen lucht meer kreeg. Ik voelde Gretchens haar in mijn oor prikken.

'Waar blijft Ferdinand toch,' vroeg ze. Ik luisterde niet naar moeders antwoord.

De lucht kleurde al donkerblauw en ik dacht aan het blauwe uur, de tijd kort voor zonsopgang, waarover Ferdinand me had verteld. Een tijd van onschuld, zo had hij het genoemd, een tijd waarin de wereld zichzelf opnieuw uitvindt.

De eerste vogels begonnen te fluiten toen moeder, Gretchen en ik lopend op weg gingen naar het stadje waarvandaan de trein zou vertrekken. Dat we niets meer hadden, slechts een stapeltje foto's, leek moeder niet te deren. Ze rechtte haar rug, nam ons allebei bij de hand en zette er stevig de pas in.

***

Ik herinner me het station dat ik nauwelijks meer herkende. Ik was er vroeger een paar keer met Ferdinand geweest toen hij naar meneer Brennwitz moest, de opticien, voor een nieuwe bril en we daarna samen een gebakje in de *Konditorei* gingen eten. In de kleine winkel van Brennwitz hing een speciale, bijna gewijde geur. Overal lagen brillen in vitrines. Achter in de winkel bewaarde hij in een fluwelen doosje de glazen schijfjes die hij in een meetinstrument schoof om precies de sterkte van Ferdinands bril te kunnen bepalen.

Het anders zo rustige pleintje voor het station wemelde in de vroege ochtend van de mensen. Families met kinderen boven op volgepakte kinderwagens, mensen met koffers, tassen, bundeltjes bezittingen. Een oude man zat op een hutkoffer, een sigaret smeulend tussen zijn vingers. Een vrouw met een huilende baby op de arm liep onrustig heen en weer. Geroep en geschreeuw, soldaten liepen door de menigte en zwaaiden met papieren, gaven aanwijzingen. Moeder sprak een vrouw aan en kreeg te horen dat er over twee uur een trein zou vertrekken.

'Ik ga naar Brennwitz toe, hij zal ons zeker geld lenen,' zei ze en wees ons een hekje waar we op haar moesten wachten.

'Geef elkaar een hand en blijf hier tot ik terugkom. Het zal niet lang duren.'

Ze verdween in de menigte en ik pakte Gretchens hand, die voelde als het uit het nest gevallen vogeltje dat ik eens van Ferdinand vast mocht houden, broos en klein en oneindig zacht.

Toen moeder terugkwam had ze een bruine papieren zak in haar hand.

'Brennwitz heeft het hart op de goede plek, ik wist het,' zei ze.

Uit de zak haalde ze sneetjes brood met kaas: zijn lunchpakket, met zorg ingepakt door zijn vrouw. Pas toen we het brood roken voelden we de hongerkramp in onze maag. Ze had ook twee hardgekookte eieren, een appel en een kleine drinkfles met water meegekregen. We namen alle drie een paar slokjes, de eieren en de appel bewaarden we voor in de trein. Toen moeder de rest weer inpakte zag ik een witte streep op haar pols waar haar zilveren armband had gezeten. Ze had hem enkele jaren geleden van vader voor haar verjaardag gekregen. Had ze betaald met het sieraad? De streep deed me denken aan de lichte plekken op de muren in de hoeve, waar onze schilderijen hadden gehangen, toen we uit het Reuzengebergte waren teruggekeerd en ons huis was ingenomen door de hoefsmid en zijn gezin.

Geroep. De trein! De trein! De massa op het plein bewoog in de richting van het perron dat vol stond met mensen en spullen. Nog voordat de goederentrein tot stilstand kwam, probeerden de eerste mensen al de deuren te openen en erin te klimmen. Iemand kreeg een klap van een wapenstok en viel. Aan moeders hand wurmden we ons naar een van de geopende wagons. Een man die al in de wagon stond, hielp ons in te stappen en we gingen snel met onze rug tegen de houten schotten aan staan om een beetje houvast te hebben. Toen klonk het fluitsignaal, de deuren werden gesloten en de trein kwam piepend in beweging. Het was benauwd in de wagon, er kwam geen zuchtje wind door de kieren van de houten schotten, maar als ik heel stil stond, met mijn ogen dicht en mijn gezicht vlak bij een smalle opening in het schot, kon ik me inbeelden dat ik achter op de fiets zat bij Ferdinand, dat we samen over het hobbelige pad reden en ik met mijn hoofd tegen de klankkast van zijn rug leunde terwijl hij een deuntje bromde. En nog voordat we het stadje uit waren was één vrouw begonnen te zingen, eerst zacht en daarna steeds luider, '*Nun adé Du mein lieb Heimatland*' en andere vrouwen neurieden mee, totdat ook zij begonnen te zingen en het lied van de ene wagon op de andere overwaaide en de trein een veelstemmig koor werd dat als een melodielijn door het landschap van mijn jeugd slingerde.

Ik herinner me de talloze stops, het wachten, het aanhoudende gekrijs van baby's en het klaaglijk gejammer van de kleine kinderen. De geur van angst, de mensen dicht tegen elkaar aan gedrukt. Het gekerm en gesteun van de oudjes, de gebeden die ze prevelden. Ik herinner me de ruwe stof van een jas die tegen mijn wang schuurde, de klamme hand van Gretchen die de mijne zocht. Het haastige gefluister, de ernstige blik in moeders ogen, de dode in de hoek van de wagon.

Ik huilde niet, dat weet ik zeker.

Mijn herinneringen zijn vers en intact. Misschien omdat ik ze nooit opgedolven heb, ze nooit onderzocht en bevraagd heb. Ze hebben al die jaren ongeschonden liggen sluimeren, in het purperen zakje.

Mijn herinneringen zijn als het gezonken houten oorlogsschip de Vasa, dat in de zeventiende eeuw tijdens haar eerste tocht in de haven van Stockholm kapseisde en onder water verdween. Door het brakke water van de Oostzee bleef het schip, maar ook de botten en gebitten van de verdronken opvarenden, goed geconserveerd. Onzichtbaar, maar aanwezig. Pas toen het schip begin jaren zestig werd geborgen, werd duidelijk hoe de tijd geen vat op de Vasa had gehad.

Leif en ik hebben het Vasamuseum in Stockholm bezocht, en ik herinner me de tranen die over mijn wangen bleven stromen toen ik oog in oog stond met een springlevend verleden.

Barakkenkamp ergens in het westen, 1946

Stank, jeuk en pijn zijn de gezellen die mee uitstappen wanneer de goederentrein uit het oosten arriveert op het station. De heilige drie-eenheid van de oorlog: stank, jeuk en pijn. Zij begeleiden de verdrevenen op hun voettocht langs de ruïnes en puinhopen, op weg naar de barakken aan de rand van de verwoeste stad. Ze snellen vooruit, vol ongeduld om zich in het nieuwe onderkomen te nestelen en te verspreiden onder de nieuwkomers.

Honger krioelt als een veelpotig insect in de hoofden van de mensen. Houdt zich op in het hart van elke herinnering, jaagt alle gedachten op zoals een hond zijn kudde naar de ingang van de schaapskooi, waar met grote letters op staat: 'Semmel, Spätzle, Hackbraten, Rostkartoffeln, Maultaschen, Flammkuchen, Knödel, Weisswurst, Scharzwälderkirschtorte, Apfelstrudel, Kaffee, Bier, Wein', of gewoon: 'Pflaume, Karotte, Ei.'

Elke gedachte eindigt bij de hongerpoort.

Bij aankomst tumult van honderden mensen, vrouwen, kinderen, oudjes en gewonde soldaten. Ze krijgen een plek aangewezen, een paar vierkante meter per gezin, of wat daarvan over is. Op de grond liggen met stro gevulde jutezakken als matras.

Altijd staat er één op die weet wat te doen, iemand uit eigen gelederen die de rust en kalmte bewaart in de chaos, die aanwijzingen geeft, een plan heeft. Iemand met de verte in haar ogen. Het is een verpleegster uit Oppeln. Ze heeft als frontzuster in een veldhospitaal gewerkt, kermende mannen onder handen gehad en naderhand hun ogen gesloten. Zij handelt, ook nu, wanneer honderden vluchtelingen samendrommen in de barakken. Er worden touwen overdwars en in de lengte van de ruimtes gespannen met daarover dekens, doeken, lakens, alles wat als afscheiding kan gelden. Van bovenaf gezien een schaakbord van hokjes, waarop het leven van de bewoners – of het nu pionnen, lopers, werkpaarden of koninginnen zijn – zich gelijktijdig afspeelt.

Wat het oog ziet: dozen, rugzakken, tassen, koffers, plunjebalen, overal verspreid.

Wat het oog niet ziet: sieraden ingenaaid in zomen van jassen, geld in verborgen vakken van tassen, waardepapieren opgerold tussen kleding.

En eetbaars, stukken brood, koeken, worst, een ei, meegebracht uit het oosten, uit de mond gespaard, gedragen op het lichaam onder kleding, verstopt in jaszakken, om de trekkende honger nog even aan de lijn te houden. Wat het oog ook niet ziet: een handvol Silezische aarde in een zijden kous, gedragen onder het hemd van een moeder, zonder waarde, zonder smaak, onbetaalbaar.

De vlooien, luizen en wantsen hebben het naar hun zin. Zij doen zich tegoed aan het bloed, nestelen zich in matrassen, dekens en geïmproviseerde kussens, in kledingkragen, op hoofden, armen, buiken, benen, enkels en vermeerderen zich sneller dan een hand de jeukende plek tot bedaren kan brengen. De jeuk is acuut en ondraaglijk. Het krabben trekt rode strepen op de huid tot het gaat bloeden, tot er korstjes ontstaan, die jeuken en door vuile nagels opengekrabd moeten worden.

Lang nadat de herinnering aan de jeuk verdwenen is, zullen de littekens getuigen van de aanwezigheid van de vlooien, luizen en wantsen.

De huid vergeet niet.

De frontzuster uit Oppeln is de buurvrouw in de barak van Käthe, Gretchen en Helena. Ze formeert – in samenspraak met andere vrouwen uit de barakken – groepjes die op zoek gaan naar eten. De zomer van 1946 loopt ten einde en de bevolking is als een sprinkhanenplaag over de verschroeide aarde geraasd, heeft alles genomen wat maar eetbaar is. De graanvelden zijn leeggeroofd, net als de fruitbomen, de bessenstruiken, de bermen met bloemen en kruiden. Het land is kaalgeplukt en de mensen blijven op hun honger zitten.

Soms is het de taal uit de geboortestreek die verbindt, soms de leeftijd, soms het beroep, maar vaker nog iets wat niet hoorbaar of zichtbaar is, een gedeelde herinnering die zich niet weg laat wuiven, niet weg laat krabben, niet weg laat slikken.

Gevallen. Het woord zingt rond in het kamp. Zoveel gevallenen, en het worden er met de dag meer. In de barakken wordt vaak over hen gesproken. Iedere bewoner heeft zijn eigen gevallenen, opa's, vaders, broers, neven. Helena vermoedt dat ze zich ernstig bezeerd hebben tijdens hun val, en veel pijn lijden, omdat hun familieleden zo verdrietig zijn. Ze vraagt zich af of ze ergens vanaf gevallen zijn, gestruikeld, of gewoon van honger en vermoeidheid omgevallen zijn. Het zijn altijd de mannen die vallen, de onhandige mannen.

Helena ziet ze in het kamp, op straat, in de vele wachtrijen die de stad rijk is. Ze zijn weer opgekrabbeld, velen zijn kreupel en lopen op krukken, hebben paarse brandwonden op hun gezicht, bloederige bandages om hun armen, benen, hoofd. Ook vader is gevallen, heeft ze moeder snikkend tegen de frontzuster horen zeggen. Misschien heeft hij daarbij zijn hoofd zo hard gestoten dat hij een hersenschudding heeft opgelopen en nu de weg naar zijn gezin kwijt is.

De paar vierkante meter die de verdrevenen tot hun beschikking hebben, afgebakend door dekens en doeken, wordt een thuis. In de beslotenheid van hun dekenland, zoals ze het noemen, in de beslotenheid van haar hoofd binnen het dekenland, in de beslotenheid van haar gedachten binnen haar hoofd binnen het dekenland ligt een gedicht van Rilke ingesponnen in zijn cocon.

Wir alle fallen. Diese Hand da fällt.
Und sieh dir andre an: es ist in allen.

Und doch ist Einer, welcher dieses Fallen
unendlich sanft in seinen Händen hält.

De herfst is koud, nat en tochtig. Vroege sneeuw vlokt door de kieren van het dak op de dekens en de schamele bezittingen van de barakbewoners. Vorst houdt het leven in een ijzige greep. 's Avonds trekt Käthe haar meisjes dicht tegen zich aan en vertelt alle sprookjes en verhalen die ze kent. Ze draagt uit haar hoofd gedichten voor, van Rilke, Goethe, Schiller, Hölderlin. Verzint verhalen die zich in tropische oorden afspelen. De kinderen luisteren rillend en klappertandend naar de avonturen onder de brandende zon. Als ze geen verhalen meer heeft, begint ze sprookjes te combineren, Raponsje die duizend jaar slaapt in haar toren, tot ze wakker wordt gekust door Hans, de broer van Grietje. Sneeuwwitje die wordt opgegeten door de boze wolf, maar daar met behulp van Klein Duimpje weer uit komt, Assepoester en Doornroosje die zeven geitjes moeten zoeken in een ver, warm land.

Er is een pakket uit Chili gearriveerd van Käthes broer Klaus. Lang voor het uitbreken van de oorlog is hij met zijn vrouw naar Zuid-Amerika geëmigreerd om zijn geluk aan de andere kant van de oceaan te beproeven. Ze proberen Käthe en haar kinderen te ondersteunen waar ze kunnen. Käthe heeft Gretchen en Helena verteld waar Chili ligt, dat je een eindeloos lange zeereis moet maken om in het smalste land van Zuid-Amerika te komen, met de hoge bergen in het oosten en de duizenden kilometers lange kust in het westen.

Met vooruitziende blik heeft Käthe een kinderwagen geleend en is met de bus naar het postkantoor gereden waar het pakket na zijn lange tocht over de oceaan op haar ligt te wachten. Een bediende helpt haar om het in de kinderwagen te laden. Eenmaal buiten ruikt ze aan het pakket. Ze vermoedt koffiebonen, meel, erwten, kleding misschien. Ze hoopt vurig op chocola. Het pakket is hermetisch afgeplakt, ruikt nergens naar. Haar naam in het keurige handschrift van haar oudere broer wiens gezicht ze zich nauwelijks meer voor de geest kan halen. Pas thuis in dekenland pakt ze samen met haar dochters het pakket uit. Het is stil aan de andere kant van de stoffen grens, de bewoners wachten met spanning de verwonderde kreten van de meisjes af. Kilo's voedsel, inderdaad koffiebonen, erwten en meel, cacaopoeder én chocola: tien repen. Er zitten ook kledingstukken in: wollen vestjes en jurkjes voor de meisjes in een veel te grote maat. Met pijn in het hart beseft Käthe dat haar broer geen idee heeft hoe klein de honger alles houdt. Haar schoonzus heeft speciaal voor haar een paar nylon kousen bijgevoegd, ragfijn met een zwarte naad. Onbruikbaar in de vieze barakken waar de vrouwen wel iets anders aan hun hoofd hebben, maar als ze haar hand en arm voorzichtig in een van de kousen steekt, wordt ze overspoeld door een geluksgevoel dat haar de omvang van hun ellende alleen maar scherper onder ogen brengt.

Helena en Gretchen krijgen ieder een hele reep chocola. Gretchen neemt één stukje en legt de reep onder haar kussen. Helena breekt steeds kleine brokjes af die ze laat smelten op haar tong, net zolang tot ze alleen nog de zilveren wikkel met de laatste flinters chocola overhoudt, die ze ook aflikt. Van het zilverpapier knutselt ze vier ringetjes, voor haar moeder, haar zus en zichzelf. De vierde stopt ze in haar geluksblikje, een conservenblikje waarin ze – behalve de ring – ook een gedroogd blad van de ginkgoboom, een muizenschedeltje, een blauwe scherf glas die in het zonlicht schittert als een saffier en een paar gebrande koffiebonen bewaart.

Het voedselpakket betekent niet alleen eten, maar ook ruilhandel. Een beker koffiebonen is goed voor een stuk spek, een handvol erwten levert twee vorken op, het cacaopoeder wordt geruild voor een brood en de nylons wisselen van eigenaar voor een paar afgedragen schoenen.

Waar niets meer is, ontstaat ruimte voor alles. Als eerste meldt de dood zich en kiest Hans, een jonge soldaat met een wondinfectie. Helena hoort hem nachtenlang in zijn koortsdromen kermen en roepen om zijn moeder. Op een ochtend is hij stil en ligt hij kaarsrecht, zijn lange armen gestrekt naast zijn lichaam, stram in de houding voor zijn laatste mars. Snel volgen er meer. De dood is niet kieskeurig, hij heeft mannen, vrouwen en kinderen even lief. Friedrich, Wilhelm, Helga en Ulla. Fritz, het zoontje van Marie, en ook Karlchen, de baby van Brigitte. Ze worden uit hun barakken gedragen en op een open veld begraven.

Waar niets meer is, ontstaat ruimte voor alles. Men glimlacht, grinnikt, kirt, giechelt, ja, buldert zelfs van het lachen. Om niets. Om minder. Om de vindingrijkheid van Beate, die haar brandnetelsoep een 'prikkelende sensatie' noemt, om de zelfingenomenheid van Gertrude die in een afgetrapte bontjas door het kamp flaneert, de grimassen van Walter, de mopjes van Otto, de gekke dansjes van Ulrike, de mopsneus van Jochen die de hongerigen aan leverworst doet denken.

En er is honger naar streling. Het zachte van de overvloed heeft weliswaar plaatsgemaakt voor het dorre van het tekort, maar waar de maag rammelt, sterft ook de huid van verlangen naar een voedende hand. Soms zijn de aanrakingen toevallig en vluchtig, een arm die langs een arm strijkt, een hand die kort een rug aanraakt, een heup tegen een buik bij het passeren in de smalle ruimtes van de barakken. De ontbering is niet kieskeurig en zo worden nieuwe paren gevormd, niet gebaseerd op herkomst, middelen of uiterlijk, maar gestoeld op een wederzijdse honger. 's Nachts in haar barak hoort Helena tussen het gesnuif, gerochel en gesnurk een lichte boventoon. Het zingen van de gestreelde huid.

Kiel, zomer 1947

Vlak bij een voormalig militair vliegveld, even buiten de stad, hebben ze woonruimte toegewezen gekregen in een verweesd gebouw, kortweg Huis 4 genoemd.

Het is het laatste in een rij van vier identieke blokken, die zelfs nog na het laatste bombardement op de stad in augustus 1944 dienstdeden als kantoorruimtes voor de Kriegsmarine van de Wehrmacht. Hier werd de administratie van de oorlogsmachinerie te water bijgehouden, snelden jongste bedienden door de gangen met stapels formulieren, klonk het besliste geratel van typemachines en bezegelden zwierige handtekeningen het lot van velen.

Hier ook leidde eind januari 1945 het nieuws van de ondergang van de Wilhelm Gustloff, het passagiersschip van de nationaalsocialistische overheidsorganisatie Kraft durch Freude, tot grote verslagenheid. Een Sovjetonderzeeër, de S-13, had het schip op weg naar Kiel – volgeladen met ruim tienduizend zich veilig wanende vluchtelingen uit Oost-Pruisen – met drie torpedo's binnen een uur tot zinken gebracht. Negenduizend vrouwen, kinderen en mannen vonden de dood in de ijzige Oostzee, de grootste ramp in de geschiedenis van de scheepvaart.

Vierentwintig families uit de Ostgebiete vinden in deze gebouwen een nieuw thuis. De brandgeur van de oorlog is in de stenen getrokken, hij slaat je tegemoet zodra je de deur naar het trapportaal opent. Pas wanneer je daaraan gewend bent, komen de andere geuren vrij: van pis, uitwerpselen en verrotting. De ruimtes zijn beschadigd en leeggeroofd. Niemand wil hier wonen, maar de families zijn blij met een dak boven hun hoofd, al is het zo lek als een mandje.

Ze treffen een ravage aan in de twee ruimtes die ze toebedeeld krijgen: kapotte ruiten, puin en gruis. Papieren, overal. Drie grote jutezakken gevuld met stro liggen voor hen klaar, met daarop drie dunne grijze dekens, twee pannen, drie borden, drie bekers en een kleine bestekbak. Elke verdieping heeft een geïmproviseerde keuken, die ook als badkamer fungeert, en in dezelfde ruimte bevindt zich achter een schot de wc in de vorm van twee emmers, één voor vloeibaar en één voor vast.

Ze zitten op de bedden, onthutst en opgelucht over hun nieuwe onderdak, als er op de deur wordt geklopt. Käthe staat oog in oog met een rijzige man, die een stap naar achteren doet zodra de deur opengaat. Schuin achter hem staat een vrouw. Hij draagt een versleten jas, die ooit voornaam en duur geweest moet zijn – stof en snit verraden dat – en een te kleine hoed, die hij met een zwierige buiging afneemt.

'Goedendag, we willen ons graag even voorstellen, we zijn uw overburen. Konrad Erlingen, aangenaam, dit is mijn vrouw Beate. Onze zoon, Werner,' en hij maakt een armgebaar naar de deur achter hem, 'is alvast zijn kamer aan het inrichten.'

De ironie van zijn opmerking doet Käthe glimlachen.

'We komen uit Breslau. Familie van ons woont in Sleeswijk-Holstein, vandaar dat we in deze uithoek terecht zijn gekomen. In Breslau had ik een tandartspraktijk, mijn vrouw werkte daar ook als assistente, we hebben alles moeten achterlaten. Verschrikkelijk. Maar wat doe ik, ik praat en praat en vraag helemaal niet naar uw naam.'

Hij knikt en kijkt onderzoekend de kamer in. 'Het is me wat, die rommel, ik had nooit gedacht dat we blij zouden zijn met zo'n aftands onderkomen, maar honger maakt rauwe bonen zoet, nietwaar?'

'Wij zijn net pas aangekomen, mijn twee dochters en ik,' zegt Käthe. 'We moeten ook nog een beetje wennen hier, aan alles. Ik zou u graag uitnodigen voor een kopje thee, maar we hebben nog geen boodschappen kunnen doen.'

Nu moet hij glimlachen om de ironie in haar stem.

De deur achter Erlingen wordt opengerukt en een slungelige jongen met blonde krullen komt naar buiten gestormd.

'Papa, ik heb een pen gevonden! Hij lag onder de paardendeken en hij doet het nog!'

Hij houdt de pen met twee handen als een trofee in de lucht. Als hij de buren ziet – Helena en Grethe staan nu ook vlak achter hun moeder – komt hij met gestrekte hand op hen af om zich voor te stellen.

'Hallo, ik ben Werner Erlingen. Ik ben twaalf, maar noem mij maar dertien, want ik ben bijna jarig!' Nieuwsgierig kijkt hij naar de drie nieuwkomers, waarbij zijn open, heldere blik blijft rusten op Helena. Hij heeft zojuist het mooiste meisje op aarde gezien.

Ze zullen de hemel danken dat Konrad Erlingen tandarts is, een paar dagen later al, wanneer Helena midden in de nacht wakker wordt met vlammende steken in haar kies. Haar wang is opgezwollen en de pijn trekt door tot in haar nek. Als het onhoudbaar wordt, besluit Käthe bij de buren aan te kloppen. Verfomfaaid staat Konrad even later naast Helena met een opgerolde doek met allerlei instrumenten. Hij onderzoekt haar mond en mompelt iets onbegrijpelijks, extraheren. Käthe zet water op het brandertje en Konrad houdt een van de ijzeren instrumenten enkele minuten in het kokende water.

'Nee, nee,' jammert Helena, zodra ze de tang ziet.

Dan verschijnt Beate met een glas in haar hand.

'Neem dit maar, meisje, eerst even goed spoelen en nu doorslikken.'

Het goedje brandt in haar mond en ze moet bijna overgeven als ze het doorslikt en een verschrikkelijke hoestbui krijgt.

'Aardappelschnaps,' zegt Beate. 'Straf spul, maar het helpt.'

Nog een keer spoelen en nog een slok, en dan komen ze allemaal rond haar staan.

Konrad, die haar bemoedigend toeknikt, haar moeder die haar in een liefdevolle houdgreep neemt en Beate, een warme hand op haar schouder.

'Dit moet even, kind, het is zo voorbij, je zult snel verlost zijn van de pijn,' belooft Konrad, 'maak maar 's een heel grote mond, ja, verder nog, goed zo,' en met een zekere beweging grijpt zijn tang de ontstoken kies en wrikt hem met een paar krachtige draaien uit haar mond. Helena's opengesperde ogen zien nog de bloederige kies die Konrad triomfantelijk omhooghoudt, Beate die vlug de laatste slok schnaps achteroverslaat en de bezorgde uitdrukking op haar moeders gezicht, voordat ze flauwvalt.

De volgende dag is de ergste pijn verdwenen. Werner komt langs om de kies te bewonderen. Hij heeft op een stuk karton met zijn pen een veld met lijnen getekend, een molenspel. Platte witte en donkere steentjes dienen als pionnen. Trots overhandigt hij het cadeau. Beate heeft een papje van kamille gemaakt en het uitgeknepen goedje in een zakdoek op haar wang gelegd. De vertrouwde geur en werking van de bloempjes, die ze thuis altijd met Gretchen plukte, doen wonderen. Binnen enkele dagen herinnert alleen het gapende gat waar haar tong steeds zoekend overheen glijdt aan die pijnlijke nacht. Gretchen is boos dat het spektakel aan haar is voorbijgegaan en dat niemand de moeite heeft genomen om haar te wekken. Als troost mag zij de schoongespoelde kies houden, die al snel met de wortels omhoog als erepion wordt gebruikt, een klein v-teken op het zelfgemaakte bordspel.

Vliegveldkinderen, zo worden de verdrevenen meestal genoemd, maar vaker Polacken, vol afschuw uitgespuwd.

Helena is opgetogen dat ze weer naar school mag. De eerste dag, lopend op de te grote schoenen die ze van de frontzuster in het barakkenkamp heeft gekregen, de haren in twee vlechten, een smoezelige schort over haar versleten jurk. Bij de deur van het klaslokaal staat hun leraar, meneer Walrafs, die met een knikje en een opgetrokken wenkbrauw te kennen geeft dat ze naar binnen mogen. Hij sleept met zijn been, een overblijfsel van de oorlog, wat zijn intimiderende voorkomen een kolderieke twist geeft. Met grote passen beweegt hij door de klas alsof hij wil ontsnappen aan de herinnering van zijn ongeluk die hem met elke stap toch weer bijbeent.

De Vliegveldkinderen zoeken elkaars gezelschap achter in de volle klas die met veel passen en meten aan achtenveertig kinderen plaats biedt. Gretchen, Helena en Werner zitten in hetzelfde lokaal, net als Gisela en Lotte Puddel, de tweeling, ook uit Huis 4.

Polacken, klinkt het die eerste dag al in de klas en op het schoolplein uit de mond van Herman Büdde, een boerenpummel met hoogrode konen, waarin de echo van zijn ouders doorklinkt. Algauw doet een groepje trouwe secondanten van Herman fanatiek mee en raken de Vliegveldkinderen gewend aan het treiterige *Polacken, Polacken, smutzige Kakerlaken*! Meneer Walrafs gaat, wanneer het gesis achter uit de klas klinkt, volledig op in het bestuderen van zijn nagelriemen, of hij kijkt door het raam, zijn blik troebel als een vijver na onweer.

Voor haar twaalfde verjaardag mag Helena van haar moeder vier kinderen uitnodigen. Natuurlijk kiest ze Werner. Van de zusjes Lotte en Gisela wil ze eigenlijk alleen Lotte vragen, maar Gisela hoort bij het pakket, zoals haar moeder zegt, en dus nodigt ze beide meisjes uit. Ook haar vriendin Bärbel, de dochter van een van de leraren op school, mag niet ontbreken. Bärbel verheugt zich enorm op dit feestje, het is lang geleden dat er verjaardagen werden gevierd en bij de gedachte aan een zoete traktatie loopt het water haar al in de mond. De dag voor de verjaardag wanneer Helena en Bärbel samen oplopen, treuzelt ze bij het afscheid.

'Tot morgen dan, om twee uur!'

'Ik kom toch maar niet naar je feestje, Helena. Ik had het je eerder willen zeggen, maar...' Bärbel plukt wat aan haar schort en schopt met haar kapotte schoen een steentje weg. Ze ontwijkt de blik van haar vriendin.

'Hoezo, wat bedoel je?'

Bärbel staart naar haar schoenen, mompelt: 'Eigenlijk mag het niet van mijn ouders. Mijn moeder zegt dat we niet met jullie moeten omgaan, vanwege de luizen, en zo. En dat jullie beter terug kunnen gaan naar waar je vandaan komt. Er is hier geen plek. Er is niet genoeg te eten, en geen huizen om in te wonen. Jullie horen hier gewoon niet, dat weet je zelf ook wel.'

'Maar we zijn toch vrienden,' stamelt Helena.

Dit is niet het meisje dat naast haar zit in de klas, met wie ze eindeloos klapspelletjes doet, wier haren ze vlecht, aan wie ze al haar geheimen vertelt. Ze is een kleine uitvoering van haar moeder: de blik in haar ogen, de trek rond haar mond, zelfs de manier waarop ze zich omdraait en wegloopt: abrupt en met een onverbiddelijke rug.

Kiel, winter 1956, de Sneeuwuil

Vanuit de lucht kan ik de aard van de bewoners daar beneden herkennen. Het geordende landschap verraadt een precieze geest die graag overzicht houdt, ruimte geeft aan rechtlijnige vergezichten. Nog steeds ligt de stad in puin, de brokstukken van een megalomaan verleden worden tot gruis gestampt, omgevormd tot bouwstenen voor een nieuwe toekomst.

Wiederaufbau: Rekonstruktion oder Neuanfang?

Er wordt gesteggeld over deze keus voor behoud van het oude of een geheel nieuwe koers. De bedenkers: veelal dezelfde architecten die voor de gruwel al aan de touwtjes trokken. Omhoog die huizen, de lucht in, gestapelde dromen van een nieuw begin, omgeven door groen en ruimte voor het vierwielige blik dat zich over wegen spoedt, sneller dan ik vliegen kan. Of terug naar het gekende, vertrouwde.

De haven van deze stad is zwaar getroffen door brandbommen, de oude stad is aan stukken gereten door het spervuur van de wraakzucht.

What goes around, comes around, *zeiden de geallieerde vliegeniers die hun lading van verderf boven de werven, de haven en de huizen in het oude stadscentrum losten. De stad was lamgeslagen, drieduizend mensen vonden de dood, de gewonden waren niet te tellen.*

Maar de mouwen zijn nu opgestroopt. Voorwaarts! Het Wirtschaftswunder draait op volle toeren en iedereen wil zijn deel. Het verleden heeft zich in het collectief geheugen al genesteld als Die Schlimme Zeit. Vooral niet omkijken. De brokstukken lijmen en doorgaan, luidt het devies.

Kiel, winter 1956, Helena

Het is een koude winterochtend. Helena is vroeg opgestaan en heeft een kop zwarte thee voor Käthe en zichzelf gemaakt. De snee brood van gisteravond ligt hard en aan de randen opgekruld op het bord op haar moeders nachtkastje. Ze slaapt nog en even kijkt ze naar de broze, bleke gestalte in het bed. Het is koud in de kamer, ondanks het houtkacheltje dat dag en nacht brandt. Het hout dat ze er midden in de nacht op gelegd heeft, smeult nog wat na. Ze opent het glazen deurtje van de kachel en legt er twee nieuwe blokken op. Voorlopig zal haar moeder nog slapen en wordt het warm in de kamer. Ze kan er makkelijk een paar uur tussenuit.

Buiten staat de zware herenfiets van Werner tegen de muur. Ze opent het slot en klemt haar tas met zwemspullen op de bagagedrager. Ze geeft er een rukje aan om te controleren of hij goed vastzit. De kou doet haar ogen tranen en ze knippert een paar keer voordat ze haar linkervoet op het linkerpedaal zet, zich afzet en haar rechterbeen over het zadel zwaait, op weg naar het water waarin ze wil verdwijnen.

Ze draagt een zwart badpak met korte pijpjes. Haar bruine krullen laten zich ternauwernood onder haar badmuts dwingen. Na een korte douche betreedt ze de enorme ruimte van het zwembad. De hoge ramen over de hele lengte van het bad geven uitzicht op een feeërieke winterochtend. Ze geniet ervan om als eerste het wateroppervlak te doen rimpelen. Op de badmeester na is er verder nog niemand in het zwembad. Hij knikt even naar Lena en gaat verder met het invullen van waarden op een tabel die hij op een klembord tegen zijn aanzienlijke buik houdt.

Achterwaarts daalt ze het trapje af. Ze probeert zo min mogelijk deining te veroorzaken, laat zich kaarsrecht onder water zakken, totdat ze met haar voeten de bodem voelt. Dan zet ze zich krachtig af en begint te zwemmen. Eerst schoolslag, dan rugslag en ten slotte borstcrawl, baan na baan.

Ze gaat zo op in het ritme van haar slagen dat ze niet merkt hoe de tijd verstrijkt, hoe een man het zwembad betreedt. Een man in een donkerblauwe zwembroek met drie witte strepen. Hij rekt en strekt zijn atletische lichaam voordat hij op een van de startblokken gaat staan, zijn voeten nauwkeurig naast elkaar plaatst en geconcentreerd naar het wateroppervlak staart. Dan spant hij zijn spieren, zet zich af en duikt het zwembad in. Het water lijkt zich te openen om hem te ontvangen, slechts enkele spetters vliegen omhoog van de spiegel waardoor hij verdwijnt. Hij zwemt een heel eind onder water en komt in de baan naast Helena vlak voor haar boven en schiet dan met flinke vaart naar de kant waar ze hem in een soepele beweging ziet draaien.

Ze zal zich herinneren dat ze zich eerst bewust werd van een druk onder water, een stuwing, voordat ze hem zag.

Het stuk zeep dat later onder de deur van zijn douchecabine uit schiet en vlak bij haar voeten terechtkomt, markeert hun eerste ontmoeting. Hij stapt met schuim in zijn haar uit zijn hokje, de blik speurend op de grond gericht, zij houdt het stuk omhoog.

'Volgens mij heb ik wat je zoekt.'

'Daar zou je wel eens gelijk in kunnen hebben.'

Ze lachen, weten nog niet hoeveel waarheid in die opmerking

schuilt. Er is iets in zijn accent wat ze niet kan thuisbrengen.
Haar handen ruiken de hele dag naar zijn zeep.

Steeds vaker gaat ze zwemmen, in de hoop hem tegen te komen. Hij komt onregelmatig, maar altijd 's ochtends vroeg. Ze koopt een nieuw badpak, blauw met spaghettibandjes. Soms knikt hij haar vriendelijk toe, andere keren negeert hij haar. Zijn beheerste manier van doen irriteert haar, intrigeert haar. Vanuit het water bespiedt ze zijn lenige lichaam, soms probeert ze hem bij te houden in een andere baan. Altijd is hij sneller. Wekenlang is ze alert, hoopt hem te zien om indruk op hem te maken met haar soepele slag, haar techniek, haar snelheid.

Als ze op een maandagmorgen na haar zwemuurtje de tas op Werners fiets vastmaakt, staat hij ineens naast haar.

'Ik zou graag koffie met je willen drinken. Heb je nu tijd?'

Zijn directheid laat haar hart overslaan. Maar eerst wil ze naar huis, iets anders aantrekken, de natte haren fatsoeneren, zich mooi maken. Als ze niet ingaat op zijn voorstel is haar kans misschien verkeken, dus stemt ze in.

'Ik weet een leuk café in de buurt. We kunnen er samen naartoe fietsen, die van mij staat om de hoek.'

Ze schaamt zich voor de lompe fiets van Werner die ze altijd mag lenen, de stang die hinderlijk in de weg zit.

Het café is rustig op deze ochtend. Een ober staat wijnglazen te poetsen en wijst hun een tafeltje voor het raam. Ze drinken koffie en Leif Karlsen praat honderduit, in stromende zinnen die haar meenemen langs de Noorse kust, de grillige fjordeninhammen in, de open zee op, en weer terug naar de beschutting van de haven waar zijn toekomstige schip uit de vloot van de kustexpress aanmeert.

'Ja, de *hurtig ruten*,' lacht hij, als hij haar verbaasde blik ziet, 'de snelle route, het is de kustexpress die tussen Bergen en Kirkenes heen en weer vaart en vracht en personen vervoert. Ooit word ik kapitein op een van die schepen.'

Hij is geboren in het Noorse Kirkenes, een stadje tegen de Russische grens. Zijn Duitse moeder heeft hij nooit gekend, ze is kort na zijn geboorte overleden. De eerste zeven jaar van zijn leven heeft hij met zijn vader in hun eenvoudige houten huis in het buitengebied van Kirkenes gewoond. Omdat zijn vader ook voer en vaak van huis was, leek het hem beter om zijn zoon bij de zus van zijn vrouw en zijn zwager in Kiel onder te brengen, bij tante Erika en oom Bernhard. Vlak voor het uitbreken van de oorlog, in augustus 1939, nam Leif afscheid van zijn vader om bij het welvarende, kinderloze echtpaar in Sleeswijk-Holstein te gaan wonen. Ze ontvingen hem met open armen. Algauw zou hij hen Vonkel en Tutti noemen, een samentrekking van Vati Onkel en Tante Mutti.

Het afscheid op de pier in Oslo was van een bedrieglijke lichtheid, alsof zijn vader hem uitzwaaide voor een ritje met de schoolbus die hem in de namiddag weer thuis zou afleveren. De zevenjarige Leif vertrok in een matrozenpakje met zijn koffertje voor een vakantie in Duitsland, het avontuur tegemoet.

'Ze hebben stallen met paarden. Je mag een eigen paard, heeft Erika gezegd. Het wordt vast geweldig. En er zijn heel veel speelkameraden. Straks wil je niet eens meer terug.'

Ze zouden elkaar snel weer zien, drukte zijn vader hem op het hart toen hij hem overdroeg aan een steward op de veerboot. In Kiel zouden oom en tante hem opwachten in de haven.

Het was de laatste keer dat Leif zijn vader zou zien. Hij stierf geen heldendood op zee, maar kwam kort na het begin van de oorlog tijdens een bezoek in Tromsø in een obscuur haven-etablissement ongelukkig ten val waarbij hij zijn nek brak.

De herinnering aan hem is in de loop der jaren kleiner en

vager geworden, tot hij helemaal verdween, net als de zwaaiende man aan de kade.

Hij is bijna klaar met zijn opleiding aan de zeevaartschool in Flensburg. Binnen een jaar wil hij met zijn diploma op zak op een van de schepen van de kustexpress aanmeren, als vierde stuurman. Hij kan niet wachten om terug te keren naar Kirkenes, naar zijn ouderlijk huis. Op wonderbaarlijke wijze heeft het huis de talloze bombardementen van de Russen overleefd. Het hele stadje lag in puin, volledig verwoest, op een paar huizen na. Dat moet toch een voorteken zijn, hoewel hij niets met voortekenen heeft. Vonkel en Tutti willen het huis op hun kosten door een lokale aannemer laten opknappen en moderniseren. Het staat op hem te wachten, straks.

'En jij dan,' vraagt hij, 'kom jij uit Kiel?'

Hij wil alles van haar weten, waar ze geboren is, hoe ze in Kiel terechtgekomen is, wat ze doet. Ze vertelt hem glanzende verhalen over haar jeugd in Silezië. Ze vertelt schoorvoetend en geeft haar verleden een kleine draai met elke wending van haar stem, met elke oogopslag, met elke glimlach en elk gebaar waarmee ze een inmiddels opgedroogde, weerbarstige krul om haar vinger windt. Ze werkt als secretaresse op een krantenredactie, houdt van zwemmen en dansen, van literatuur en gedichten, van kersen, en het zo ver mogelijk spugen van de pitten, van veldbloemen, van gebakjes met slagroom, en ze droomt van verre reizen.

Na het tweede kopje koffie trakteert hij Lena op een glaasje kir royal: champagne met crème de cassis. Nee, hij duldt geen tegenspraak, ze moet met hem drinken.

'Dit is een feestelijk moment,' zegt hij.

'Maar hoezo dan,' vraagt Lena, terwijl ze aan haar glaasje nipt en het zoet van haar lippen likt.

Daar zitten ze, aan het tafeltje bij het raam. Twee jonge mensen, aan het begin van een scheepsreis. Hun schip koerst al met gehesen zeilen de haven uit, de open zee op.

Kiel, lente 1957, Werner

Lena heeft ja gezegd. Hij heeft het gewoon gevraagd, alsof het de normaalste zaak van de wereld was, ga je mee naar de dansavond. Al weken kijkt hij uit naar deze gelegenheid om haar voor zichzelf te hebben, haar lichaam tegen zich aan te houden.

Nog steeds durft hij zijn gevoelens niet te uiten. Ze weet het, denkt hij, en hij wacht op een signaal waarmee hij zeker kan zijn van haar antwoord op zijn vraag. Haar hand op zijn rug en een aai over zijn krullen was het hoogst haalbare toen ze kortgeleden had gezegd je bent mijn beste vriend, en elke keer als hij een diepe teug adem neemt om de woorden uit te spreken, maakt een grap, een verandering van gespreksonderwerp of een haastig afscheid het onmogelijk. Hij wil hun vriendschap niet op het spel zetten, maar zijn verlangen maakt hem radeloos.

In gedachten heeft hij haar al zo vaak gekust, uitgekleed en gestreeld dat hij zich een schoft voelt als ze hem aankijkt. Haar omgang met hem is zo natuurlijk, zo vanzelfsprekend. Steeds doemt weer dat beeld van haar op, alsof haar schaduw zich van haar losmaakt en een eigen leven leidt, liefdevol en gretig. Ze houdt hem uit zijn slaap en als hij eindelijk slaapt, duikt ze op in zijn dromen. Waarom zou ze niet van hem kunnen houden? In de spiegel ziet hij een slungel met een krullenbol, hij zou wat gespierder moeten zijn, wat rechter van postuur, wat doortastender. Werner begint met opdrukken en buikspieroefeningen, hij bestudeert zijn houding in de reflectie van de ruit als hij de passen oefent, als hij met haar schaduw danst op een muziekje in zijn hoofd. Misschien hoeft hij niets te zeggen; misschien voelt ze het als hij haar vastpakt, stevig maar niet te, en laat zijn handen in godsnaam niet te klam zijn.

Hij oefent het zoenen, met zijn tong op het zachte van zijn onderarm. Hij heeft alle scenario's al zo vaak doorgenomen, er kan eigenlijk niets meer misgaan op de avond dat hij – omwolkt door zijn vaders scheerwater – gekleed in een zwarte broek en een nieuw wit overhemd waarin de vouwen nog zichtbaar zijn, bij zijn buurmeisje aanbelt en er een prachtige hooggehakte vrouw in een donkerrode jurk opendoet, de haren opgestoken, de lippen gestift, stralend. Verliefd tot over de oren.

De danszaal, fonkelende donkerte, de weerschijn van de lampjes op de glimmend gepoetste houten dansvloer. Kijk dan toch, mensen, ik heb het mooiste meisje van de avond aan mijn arm.

'Lust je een glaasje bowl, Lena?'

Terwijl ze haar vruchtenbowl leeglepelt en nieuwsgierig de zaal rondkijkt, begint het orkest te spelen, 'Rocky tocky baby', een hit van Peter Alexander. De dansvloer stroomt meteen vol met uitbundig dansende paren. De stemming zit er goed in, en ook Werner en Lena zwieren en draaien en blijven bij alle volgende liedjes op de dansvloer. Als 'Andrea' van Die Montecarlos klinkt, is het vanzelfsprekend dat ze op het langzame nummer dicht tegen elkaar aan dansen en het duizelt Werner als hij haar haren ruikt, haar bezwete lichaam tegen zich aan drukt.

Dan voelt hij een klopje op zijn schouder. Verdwaasd kijkt hij op. Een lange knappe jongen, donker haar, breed en goedgekleed, tikt hem vriendelijk af en met weerzin staat hij deze dans aan hem af. Lena's ogen lichten op, kennelijk is hij geen vreemde want als vanzelf glijdt ze in zijn armen en voegt zich naar zijn bewegingen. Werner druipt af naar de kant waar de muurbloempjes hem nieuwsgierig bespieden terwijl ze in hun glaasjes bowl roeren. Van deze afstand ziet hij hoe goed ze passen, als twee puzzelstukjes.

Tegen zijn verwachting in danst Lena ook de volgende nummers met hem, de jongen fluistert iets in haar oor, ze lacht en haar rode jurk laait op bij elke draai waarbij haar fraaie benen zichtbaar zijn. Wat een mooi paar, hoort hij een meisje tegen haar vriendin zeggen. Nog voordat hij zijn kans heeft kunnen wagen, weet hij zich verslagen door deze zelfverzekerde rivaal. Hij vraagt een van de meisjes naast hem ten dans en Lena knipoogt naar hem als ze langszij komen.

Als het orkest pauzeert, staan ze met zijn vieren bij elkaar en hoort hij dat de jongen Leif heet. Lena kent hem van het zwemmen. Dat ze hem nooit over hem verteld heeft verontrust hem. Wist ze dat hij zou komen? Leif en Lena, hoe bespottelijk dat klinkt! Twee figuren uit een kinderboek.

Het meisje, Eva, is aardig. Aardig zoals meisjes zijn die het niet van hun schoonheid moeten hebben. Naturel. En hoewel hij haar bij het afscheid kust, haar mollige armen gretig om hem heen, weet hij dat hij zijn lippen op de verkeerde mond drukt. De enige ware mond heeft zich een eindje verderop aan andere lippen vastgezogen, ziet hij vanuit een ooghoek.

Ze rijden samen op zijn fiets terug naar Huis 4, Lena achterop, zijn jasje rond haar schouders. Lange tijd spreken ze niet met elkaar. Beelden buitelen achterwaarts langszij.

'Dat was een fijne avond, vond je niet?'

'Hm.'

'Eva is lief, ik vind jullie snoezig samen.'

'Snoezig,' schampert hij. 'En jij dan, wist je dat die Leif zou komen?'

'Nee, ik had niks afgesproken of zo, maar ik heb hem er wel

over verteld. Leuk dat hij kwam. Jullie tweetjes kunnen het ook goed vinden, hè?'

Hij kan zich wel voor zijn kop slaan. Blind, stekeblind is hij geweest. Alleen bezig met zichzelf en zijn waanidee dat het met Lena meer zou kunnen worden dan vriendschap. Als hij maar geduld had, als hij maar wat gespierder was, als hij maar hard genoeg zijn best deed. Als, als, als. En al die tijd had zij alleen maar oog voor die Leif. Het liefst zou hij haar van de fiets trappen, loop maar naar huis, spring maar bij hém achterop, maar hij verdraagt haar gewicht, haar armen rond zijn middel, haar wang tegen zijn rug. Ze neemt zoals altijd afscheid met een vluchtige kus op zijn slaap, voordat ze achter haar voordeur verdwijnt. Maar waar elke kus, hoe vluchtig ook, voorheen nog een belofte inhield, is het nu de bezegeling van zijn lot.

Maar ik hou toch van je, rotwijf. Judas. Meteen schaamt hij zich. Hij haat haar, wil haar meer dan ooit. Hij sluipt naar zijn slaapkamer en met zijn kussen tegen zijn gezicht gedrukt jankt hij zichzelf in slaap.

Bergen-Kirkenes, herfst 1958, Helena

Leif is opgetogen dat Helena de MS Nordstjernen eindelijk zal zien. Het schip waar hij over enkele jaren kapitein van hoopt te zijn ligt aan de pier in de haven van Bergen. Zodra ze het vanuit hun taxi kunnen zien, vallen alle verhalen die Helena erover heeft gehoord op hun plaats. Hij heeft niet overdreven. Het is imposant.

'Kijk nou toch hoe prachtig. Nordstjernen betekent poolster. Tachtig meter lang en bijna dertien meter breed, met ruimte voor 150 passagiers,' verzucht hij terwijl hij voor Helena langs buigt om het schip goed te kunnen zien. Snel tekent hij een hartje in de condens van zijn adem op de ruit, met een slordige pijl van de H naar de L, en wist het daarna uit om weer naar het schip te kijken.

'Het is gloednieuw, twee jaar geleden in Hamburg gebouwd, in de scheepswerf van Blohm & Voss. Vlak voordat we elkaar leerden kennen ben ik er een keer naartoe gegaan om te kijken. Ik kan niet wachten om aan boord te gaan en het eindresultaat te zien.'

Zijn enthousiasme werkt aanstekelijk, maar toch is Helena er niet helemaal gerust op. Ze is bang voor die onmetelijke watermassa, bang om zeeziek te worden, bang voor wat ze tegemoet gaat. Aan de horizon jaagt de wind donkere wolken bijeen.

'Maak je geen zorgen,' Leif knijpt even in haar hand, 'het

wordt geweldig! Je bent toch niet bang voor een beetje deining?'

Op de kade is het een en al bedrijvigheid. Taxi's en bussen rijden af en aan, passagiers zeulen met koffers en trolleys, roepende bemanningsleden snellen overal tussendoor. Ook het ruim wordt met vracht beladen. Rijdende stellages – bepakt met balen en pallets – denderen met luid geraas over metalen loopbruggen het binnenste van het schip in. Helena moet denken aan Jonas en de walvis. Ze kan niet weten dat zij net als de profeet drie dagen in de buik van de boot zal vertoeven voordat ze het daglicht weer zal zien.

Er hangt opwinding in de lucht, die in gejaagdheid verandert wanneer de eerste druppels vallen.

De nieuwe bruinleren koffer wordt hun meteen bij het betreden van de loopplank door een hulpvaardige bediende uit handen genomen. Ze krijgen een sleutel bij de kleine receptie en gaan op zoek naar hun hut. Leif loopt voor haar uit alsof hij al gezagvoerder van het schip is, alleen zijn uniform en pet ontbreken. Door een doolhof van trappen en lange gangen bereiken ze hun kajuit. De koffer staat al voor de deur. Het is een krap vertrek met twee smalle bedden boven elkaar, een tafeltje met twee stoelen en een wasbak. Bij binnenkomst ziet ze meteen de rozen en de fles rode wijn op het tafeltje.

'Wat lief!' Ze pakt het kaartje dat tegen de fles geleund staat.

'De kapitein van de MS Nordstjernen en het team wenst u een fijne huwelijksreis.'

Ze kijkt op. 'Heb jij dat geregeld?'

Leif tilt de koffer op het bovenste bed, zodat ze naast elkaar in de smalle ruimte kunnen staan.

'Ja, dat had ik bij de boeking doorgegeven. Ik wilde deze reis bijzonder maken, zo'n kans krijg je maar één keer. Het is wel een beetje behelpen qua ruimte, maar als pasgetrouwd stel hebben we niet zoveel nodig, toch? Een bed voor de koffer en eentje voor ons. Misschien lukt het ons wel om met z'n tweeën te vertrekken en met z'n drieën aan te komen.'

Lachend trekt hij haar tegen zich aan, zoent haar op haar oogleden.

'Hé, wat is dat? Tranen?'

Voor hem is het allemaal een groot avontuur. Ze gaan op weg naar zijn thuisland, naar zijn geboortehuis, naar het landschap van zijn jeugd. Voorgoed. Hun bescheiden bezittingen, wat huisraad, kleding en hun trouwcadeaus, alles is al per boot vooruitgestuurd naar hun nieuwe thuis. In het buitengebied van Kirkenes wacht het rode houten huis met de veranda op zijn nieuwe bewoners. Ze kunnen er zo in.

Helena laat alles achter. Haar werk, haar dierbaren. Gretchen en Paul met baby Sonja. Werner, haar beste vriend. En Käthe, op een begraafplaats in Kiel.

'Ik weet het, Leentje,' troost hij, 'je laat al het vertrouwde achter. Ik zal er alles aan doen om je je thuis te laten voelen in je nieuwe land. Ik verheug me op onze toekomst samen. En we zullen vast vaak bezoek uit het buitenland krijgen, zo vaak dat je er gek van zult worden. Vonkel en Tutti willen komen, en Gretchen, en Werner. Als je de taal eenmaal goed spreekt is alles ook veel makkelijker. Echt, je zult zien dat je er nooit meer weg wilt. Het is zo prachtig daar.'

'Ja, je hebt vast gelijk,' snikt ze, 'maar er zal niemand meer zijn om mama's graf te verzorgen als de verhuizing van Grethe en Paul naar München doorgaat. Hoe moet dat dan? Ik voel me zo'n vreselijke egoïst.'

'Welnee, onzin. Vraag Werner. Die wil dat vast voor je doen.'

Leif trekt een zakdoek uit zijn broekzak, zoekt een ongebruikt hoekje en veegt haar tranen weg. Terwijl hij de doek terugstopt werpt hij een steelse blik op zijn horloge.

'Kom, laten we vlug aan dek gaan, dan kunnen we de afvaart uit de haven nog zien!'

Wat een romantische huwelijksreis moet worden, begint als een deinende hel voor Helena, een weerloos stijgen, dalen, stijgen, dalen. Groen van ellende ligt ze op haar smalle bed met haar rug tegen de wand, een kussen tegen haar buik. Ze vervloekt de zee, het schip en Leif die haar overgehaald heeft om deze reis te maken en die zelf nergens last van heeft.

Elke keer als hij terugkomt van zijn expedities door de ingewanden van het schip die hij steevast afsluit met een bezoek aan dek, brengt hij een stormachtige vlaag ozon mee. Een teken dat er leven buiten de kajuit is. Leif verzekert haar dat ze aan dek moet komen, frisse lucht opsnuiven en naar de horizon kijken, maar ze kan het niet opbrengen.

'Ik voel me echt te beroerd. En het is toch veel te gevaarlijk aan de reling met die slagregens en rukwinden? Kom 's hier jij, wipwapheupenman,' brengt ze uit als Leif deinend voor haar staat. De wind heeft zijn kapsel flink omgewoeld, een opgetogen rood op zijn wangen geblazen.

'Het kan me niet woelig genoeg zijn. Ja, ik ben echt voor de zee geboren.'

'Ik kan het niet uitstaan dat ik ziek ben. Ik had me zo verheugd op deze reis, maar ik heb nog geen fjord gezien, alleen de rand van de wasbak.'

Ze schiet van het bed af en met de hand voor haar mond struikelt ze naar het toilet op de gang.

'Hou vol, lieverd, er is beter weer op komst,' zegt Leif tegen de deur waarachter hij zijn kersverse echtgenote hoort kokhalzen en kermen. 'Je moet gewoon wennen aan de deining.'

Lijkbleek komt ze het toilet uit.

'Troost je, er zijn veel passagiers ziek, heb ik gehoord. Je ziet het ook in het restaurant, er zijn veel lege plekken. Nog even en dan staan we samen aan de reling te genieten van het uitzicht en kan onze huwelijksreis echt beginnen!'

Natuurlijk heeft Leif al volop contact met de bemanning, dat verbaast haar niets. Hij heeft een rondleiding door de machinekamer gehad en is zelfs op de brug geweest. De kapitein en eerste stuurman kennen hem al bij naam.

Een paar dagen heeft hij zonder Helena moeten eten in het restaurant. Zijn vaste tafelgenoten zijn Bill en Carla, een ouder Amerikaans echtpaar op vakantie, en Anna, een Noorse op weg naar haar tweelingzus in Kirkenes. Leif spreekt nauwelijks Engels, maar dat belet hem niet om hele gesprekken met het stel te voeren, met handen en voeten en veel bravoure. Eten is een belangrijk gespreksonderwerp aan tafel. Drie keer per dag treffen de gasten elkaar in de eetzaal voor het ontbijt- en lunchbuffet en het diner. De variëteit is verbluffend en altijd is er keuze uit vele soorten vis: zalm, tonijn, kabeljauw, krab, vers aan boord gebracht in de havens die ze aandoen.

'Ik heb gehoord dat ze in mediterrane landen rauwe zee-egels eten. *Yes, sea-eagles, raw*!' weet hij zijn tafelgenoten te vertellen. 'Ze snijden ze doormidden met een groot mes, en hup, slurpen de inhoud zo naar binnen.' Hij houdt een denkbeeldige zee-egel vast en doorklieft hem met een denkbeeldig mes, zet de helft aan zijn mond en slurpt luidruchtig de denkbeeldige inhoud eruit. '*Sea-eagles, like oysters.*' Triomfantelijk kijkt hij de tafel rond, naar de verbouwereerde gezichten van de Amerikanen.

Hun gebulder laat de glazen op tafel rinkelen als het misverstand wordt opgehelderd. Ze blijven het maar herhalen, terwijl ze hun betraande ogen met het servet afvegen.

'*You crack me up, mister Laif.*'

'*Oh, boy. He meant sea-urchins.*'

Op de derde avond na hun vertrek uit Bergen voelt Lena zich pas fit genoeg om uit bed te komen. Ze draagt haar jurk van groene zijde. Käthe had haar geholpen om de patroondelen op de stof vast te spelden en met wit krijt over te trekken; de contouren van een lichaam op een plaats delict.

***

Toen alle delen waren uitgeknipt en met grove steken provisorisch aan elkaar genaaid had ze voor haar moeder gestaan om de taille en de zoom te laten afspelden, de armen zijwaarts geheven als een gekruisigde. Käthe hield een paar spelden tussen haar tanden geklemd en sprak met smalle mond.

'Hij staat je prachtig. Wat heb ik toch een mooie dochter. Dat groen past precies bij je ogen.' Ze keek Helena bewonderend aan.

'Eigenlijk moet je hier een sieraad bij hebben, een mooie ketting of een paar oorbellen.

Weet je,' ze trok de laatste speld tussen haar lippen vandaan, 'dat er een ketting is, die hier perfect bij zou passen? Ik heb hem van je vader gekregen, kort na je geboorte. Zilver met een hanger van smaragd. Hij ligt samen met al mijn sieraden in een houten kistje begraven in de achtertuin. Thuis. We konden niet veel meenemen op de vlucht destijds, daarbij hoopten we dat we terug konden keren als alles voorbij was.'

Ze drukte een speld diep in het speldenkussen. Zuchtte.

'Maar ik weet zeker dat ik nooit meer terug zal keren. Daarom wil ik dat je weet waar het kistje ligt, zodat jij het samen met Grethe op een goede dag kan opgraven. Jullie moeten alles delen natuurlijk, maar die ketting is voor jou. De vindplaats is heel makkelijk te onthouden, mijn verjaardag is de sleutel. Veertien augustus. Vanaf de appelboom – weet je nog, de appels met jullie letters – veertien stappen naar het zuiden, dan acht stappen naar het oosten. Daar moet hij liggen. Als de Russen of de Polen het kistje niet al gevonden hebben.'

Helena was verbijsterd over deze onverwachte confessie van haar moeder. Nog nooit had ze met haar over hun tijd in Silezië gesproken. Natuurlijk waren er verhalen van voor de oorlog, toen alles nog goed en mooi was, *die schöne heile Welt*.

Verhalen uit het familiegeheugen die met de jaren mooier werden, gladder, glanzender.

De zwarte Opel P4 die haar ouders in haar geboortejaar 1935 kochten bijvoorbeeld. Käthe, de eerste en enige vrouw in de wijde omtrek met een rijbewijs. Gendarmerie-Obermeister Küblitz, de dorpspolitieagent, had haar enkele handelingen laten uitvoeren, stapvoets een stukje vooruit, een stukje achteruit, een bochtje. Ze moest de ruitenwisser bedienen, de lichten aandoen en de richtingaanwijzer demonstreren en dat was dat. Een vrouw achter het stuur, hoogzwanger ook nog, een bezienswaardigheid. Ze bracht dorpsgenoten naar de dokter, haalde boodschappen in Breslau en maakte plezierritjes door het glooiende landschap.

Of de grammofoon met de opgezette hoorn, waaruit muziek schalde die door de geopende ramen over het erf tot in de stallen hoorbaar was. Ferdinand, die door de hoge staldeur naar buiten kwam gemarcheerd, met achter zich aan een parade van zes piepende eendenkuikens en twee fladderende zusjes.

En de appelboom natuurlijk, die elk jaar meer schaduw gaf en meer vruchten droeg voor ingemaakte appeltjes, compote, jam, stroop en taart. Elke oogst bracht twee speciale exemplaren voort, die waarop Käthe de uitgeknipte letters H en G had geplakt. Wanneer de appels aan het einde van het seizoen volgroeid en roodglanzend waren, haalde ze het papier eraf en stonden de letters van haar dochters in de schil afgedrukt.

'Beloof je me dat je teruggaat voor het kistje zodra het kan?'

Käthe streek over de stof, haar gedachten ver weg. Er welde een traan op uit haar ooghoek die over haar ingevallen wang naar haar kin rolde. Daar bleef hij even als een briljantje bungelen voordat hij op haar bloes uiteenspatte. Algauw volgden er meer, druppels die in de bedding van haar rimpels samenkwamen, vloeibaar heimwee.

Drie weken later, na een kort ziekbed thuis, begroeven de meisjes hun moeder in Kiel. Het was een mooie herfstdag met schilderachtige wolkenluchten die Helena aan Hollandse Meesters deed denken.

De groene zijden jurk die ze samen hadden gemaakt droeg ze ter ere van Käthe op haar huwelijksdag, een half jaar later. Het was een sobere viering, met Vonkel en Werner als getuigen en een handjevol andere gasten met wie ze na de ceremonie gingen eten in de tuin van een restaurant.

De hele dag voelde ze de warme handen van haar moeder, strijkend over de stof.

***

'Wat zie je er prachtig uit,' roept Leif bewonderend uit, 'ik heb de mooiste vrouw aan boord, wat zeg ik, de mooiste vrouw, punt!' Trots gaat hij haar voor naar hun tafel in het restaurant en stelt haar voor aan de drie tafelgenoten. Bill, Carla en Anna begroeten haar als een oude bekende. De ober heet haar met een diepe buiging welkom en steekt een kaars op tafel aan. Leif fluistert iets in zijn oor en even later komt hij met vijf glazen champagne terug.

De huwelijksreis kan beginnen.

Met de Noorse tafelgenote Anna klikt het meteen. Een jonge vrouw met een aanstekelijke lach en een onderkoeld gevoel voor humor. Ze is op weg naar haar tweelingzus en zwager in Kirkenes, Marit en Kjell, die net een kerngezonde baby hebben gekregen.

'Ik kan niet wachten om dat ventje vast te houden, in die mollige armpjes te knijpen. Hij schijnt al een hele bos haar te hebben. Ik ben tante geworden, tante Anna,' verzucht ze. Twee keer per jaar zoekt ze haar zus en zwager op in het hoge noorden en twee keer per jaar komt Marit voor een paar weken naar Bergen. Anna spreekt goed Duits, ze werkt als tolk voor een Noors bedrijf dat zakendoet met Duitsland.

Het weer is inderdaad omgeslagen, de strakblauwe lucht en het rimpelloze wateroppervlak hebben elke herinnering aan de deining, de stortbuien en de wind gewist. Elke dag na het ontbijt treffen ze Anna op het grote achterdek met zijn teakhouten planken vloer, om staand aan de reling of zittend in een van de ligstoelen te genieten van het uitzicht. De zee is zo kalm dat het lijkt alsof het decor van de fjorden door een onzichtbare hand traag langs de boot wordt geschoven.

Helena ademt diep door en voelt voor het eerst in maanden hoe haar ziel zich als een prop papier ontkreukelt. Haar verdriet en zorgen zijn niet verdwenen natuurlijk – net zoals de lijnen in het gladgestreken blad er nog zijn – maar er is ruimte om het papier te beschrijven met iets nieuws. Met plezier en verwachting.

Ze kijkt in het open gezicht van Anna, pakt haar bij de arm.

'Ik ben zo blij dat ik je ontmoet heb. Het is alsof ik je al jaren ken. En dat niet alleen, als je tweelingzus in Kirkenes als twee druppels water op je lijkt zoals je zegt, heb ik het gevoel dat ik nu al een vriendin in mijn nieuwe woonplaats heb!'

'Tja, twee voor de prijs van één,' lacht Anna. 'Jullie worden vast dikke vriendinnen! Ik ben gewoon jaloers op Marit dat ze zo'n leuke nieuwe dorpsgenoot krijgt.'

Ineens is er commotie aan dek. De passagiers verdringen zich aan bakboord, ook Leif staat al aan de reling en roept hen. Walvis, gonst het door de menigte.

Snel stelt Helena haar camera in. Dit moment, dit ene magistrale moment wil ze vastleggen, waarop de diepzeemastodont losbreekt uit de watermassa en gewichtloos in de lucht zweeft.

Vlak onder het wateroppervlak glijdt een blauwzwarte bultrug langszij. Even verdwijnt hij uit het zicht, de diepte in, maar dan rijst zijn enorme lichaam bijna volledig uit de golven op voordat de logge massa met een enorme klap op het water slaat. Ze kunnen zijn brede pokdalige kop met de vele knobbels duidelijk zien, elke keer als hij weer boven komt en zijn kunsten aan het publiek vertoont. Hij slaat nog enkele keren met zijn lange borstvinnen op het water en toont de witgevlekte waaier van zijn staartvin, maar dan is zijn nieuwsgierigheid bevredigd en verdwijnt hij uit het zicht, de diepe onderwaterwereld in.
Helena heeft alles door het oog van de camera gezien.

Als ze weken later het ontwikkelde rolletje ophaalt, zal er niets anders te zien zijn dan bruisend, spattend sop.

Door de speaker klinkt de metalige stem van de kapitein. Het schip zal over een half uur de haven van Svolvær op de Lofoten binnenvaren. Na een stop van vier uur gaat de reis in de namiddag verder naar de nabijgelegen Vesteralen.

'Ga mee aan land,' stelt Anna voor, 'ik weet een leuke wandeling, naar de Djevelporten op Fløya, de berg direct achter het dorp. Van daaruit heb je een schitterend uitzicht op de wijde omgeving. Het is wel een steile klim, zo'n 600 meter, maar als we een beetje doorstappen kunnen we binnen drieënhalf uur weer aan boord zijn. Doen? Het is een fraai staaltje *friluftsliv*, Helena, dan kun je alvast wennen aan onze nationale obsessie voor het buitenleven.'

Wanneer de scheepstoeter klinkt staan ze alle drie benedendeks, uitgerust met wandelschoenen, zonnehoed en rugzakje, te wachten om als eerste aan wal te gaan.

Anna heeft niet overdreven. Vooral het eerste stuk is zo steil dat Helena zwetend en hijgend achter de twee anderen aan klautert over de granieten rotsblokken. Als ze na drie kwartier op een vlakker stuk aankomen, moet ze eerst bijkomen en wat eten en drinken voordat ze verder kan.

'Hé, ik ben wel drie dagen ziek geweest. Vergeet dat niet.'

'Je doet het geweldig,' zegt Anna, die even naast haar komt zitten en haar op de bezwete rug klopt. 'We doen het rustig aan nu, we liggen mooi op schema.'

Als ze met een laatste krachtsinspanning het plateau bereikt, staan Leif en Anna al van het uitzicht te genieten. Daar ver beneden ligt Svolvær met zijn rode huisjes. Miniatuurauto's rijden over de wegen, op zee trekken schepen witte krassen in het water en tussen de speelgoedbootjes in de haven zien ze de Nordstjernen liggen. Het lieflijke landschap met zijn glooiende hellingen in herfsttinten gaat in de verte over in gekartelde en besneeuwde bergkammen die steil uit het water oprijzen. Een onwerkelijk panorama, een ademend schilderij in intense kleuren.

Het is een heldere dag en ze kunnen eindeloos ver over zee kijken. De aarde lijkt zich aan de horizon werkelijk te buigen. Helena heeft de sensatie dat ze op het dak van de wereld staat, nietig en oppermachtig. Tegelijk ziet ze zichzelf als een stip op een immense landkaart. In Kiel zijn andere stippen, Grethe, Werner, Käthe. Het gemis knijpt haar de keel dicht, maar toch is daar ook een ander gevoel, iets wat tegen de oppervlakte duwt, op uitbarsten staat, een jubel en blijdschap die ze al lang niet meer heeft gevoeld. Ze wil het uitschreeuwen, daar op die berg in haar nieuwe land, haar jonge hart bonkend tegen haar ribben, de longen volgezogen met schone berglucht. Ik ben er! Ik leef!

Ze pakt Leif vast, maar als ze hem wil zoenen, draait hij zijn gezicht weg.

'Niet hier,' fluistert hij terwijl hij besmuikt naar Anna kijkt.

Ze wil zijn arm om zich heen, hier samen met hem staan, maar Leif opent zijn rugzak, neemt een paar flinke slokken uit zijn waterfles. Dan smeert hij zijn gezicht in met zonnebrandcrème. Er zitten nog wat witte vegen op zijn voorhoofd en neus, maar ze zegt niets. Hij poetst een appel glanzend op tegen zijn broek voor de terugweg.

'Zullen we weer? Straks vertrekt de boot nog zonder ons.'

Zigzag springend en glijdend, behendig als twee berggeiten, gaan Leif en Anna haar voor. Flarden van hun gesprek over hoe hij zo snel mogelijk het Bokmål, een van de twee Noorse standaardtalen, weer onder de knie kan krijgen waaieren over de rotsen. Hun vrolijke stemmen – hé, kom 's hier jij, je hebt allemaal wit op je gezicht, een lachsalvo, een waarschuwing, pas op, hier is het glad, deze ligt los – verwijderen zich tot ze alleen nog haar eigen gehijg hoort. Op een grote kei rust ze even uit. Haar hand strijkt over het koele, gladde oppervlak van de steen. Ze voelt hoe hij op haar aanraking reageert, traag en bedachtzaam.

Hoeveel eeuwen ligt hij hier al, onopgemerkt en ogenschijnlijk zonder doel?

'Ik heb je gezien, lieve kei,' fluistert ze. 'En ik wil je bedanken dat je mij op je rug laat rusten.' Ze hurkt voor de steen en slaat haar armen om zijn bonkige vorm. Ineens voelt ze zich schuldig dat ze hem weer alleen moet laten. Dat hij nu weet hoe het is om opgemerkt en aangeraakt te worden, hoe kort ook, maakt het gemis de komende eeuwen misschien alleen maar groter. En dat terwijl hij zojuist nog volledig content was met zijn solitaire bestaan.

Als ze weer rechtop gaat staan, deint de zee nog in haar aderen na. Landziekte, de kwaal van mensen die lang op open water zijn geweest.

In de namiddag staan Bill en Carla al opgetogen te wijzen op het achterdek, waar alle opvarenden zich hebben verzameld om de invaart in de twee kilometer lange en honderd meter brede Trollfjord mee te maken. Leif, Helena en Anna komen bij hen staan.

'Kijk, mister Laif, dat zijn nou wat je noemt échte sea-eagles. Goddamnit wat zijn ze mooi, geen wonder dat het ons nationale symbool is,' zegt Bill en wijst naar de imposante roofvogels die boven de hoge rotswanden van de fjord rondcirkelen.

Carla geeft haar verrekijker aan Helena. 'Ze hebben hun nesten boven op de rotsen. Wat een schoonheid, kijk die gevingerde vleugels eens, en die witte staarten. Je kunt vanaf hier zelfs het geel van hun snavels zien.'

De boot tuft gestaag tussen de hoge rotswanden door en iedereen applaudisseert als de kapitein aan het einde van de fjord zijn schip met groot vakmanschap keert en terugvaart.

Later, toen ze al jarenlang bevriend was met Marit, die inderdaad in alle opzichten op haar tweelingzus leek, haalde ze haar herinneringen wel eens door elkaar, wist ze soms niet meer of ze iets nou met Marit of Anna had beleefd. Marit kende dat, zelfs haar eigen ouders konden hun dochters niet altijd uit elkaar houden. Ze had het opgegeven om iedereen te verbeteren. Welbeschouwd leefden zij en Anna twee levens in één, of één leven in tweeën.

'Die wandeling toen in Svolvær, weet je nog, met dat uitkijkpunt. Daar had ik voor het eerst het gevoel dat Noorwegen echt mijn thuis kon worden. De bootreis was voor mij een soort overgang van mijn oude naar mijn nieuwe leven. Ik heb daar zulke onvergetelijke indrukken opgedaan, de scherentuin bij het vertrek in Bergen, de bultruggen die langs het schip zwommen, de zeearenden bij de Trollfjord, de eindeloze rijen stokvis aan hun droogrekken op de Lofoten, mijn hemel, die geur, het passeren van de poolcirkel en de vreselijke levertraan die we ter ere daarvan kregen.'

Op die reis had ze ook onverwachte kanten van Leif leren kennen. Ze had hem in zijn natuurlijke omgeving meegemaakt en het was meteen zonneklaar dat dat zijn leven was.

Ze herinnerde zich het prachtige kunstwerk op het schip, dat bij een van de trappen hing, een reusachtig houten paneel met een zwierig zeepaard erop gegraveerd. Elke keer als ze erlangs liep kon ze zich niet bedwingen en moest ze de lijnen met haar vingers volgen. Op een keer zag de eerste stuurman toevallig wat ze deed en ze raakten in gesprek, hij sprak goed Duits.

Hij vertelde haar dat de afbeelding Hippocampus voorstelde, een mythisch zeepaard. In de Griekse mythologie trekt het dier de kar van Poseidon en wordt afgebeeld als een schuimende golf die op de kust af raast. In het menselijk brein zitten in beide hersenhelften ook twee van die zeepaardjes, wist hij, die een belangrijke functie hebben voor het geheugen en het opslaan van herinneringen.

Ze had de ring aan zijn vinger opgemerkt en hem gevraagd hoe hij het leven op zee ervoer, of zijn ervaringen op land heel erg verschilden met die op zee.

Ik heb twee levens, had hij gezegd. Het ene geeft me vaste grond onder mijn voeten, met mijn vrouw en kinderen, met een tuin waarin planten en bomen groeien en een weg die naar de kerk leidt waar ik 's zondags met mijn gezin psalmen zing. Het andere geeft me een gevoel van onmetelijke vrijheid, alsof ik gedragen word, een gevoel dat ik kan doorademen, verre horizonten verkennen, met de natuurelementen als vriend en vijand. De saamhorigheid en het plezier onderling zijn heel groot. Die twee werelden zijn onverenigbaar, het zijn parallelle universums, en dat maakt mij welbeschouwd tot een gespleten persoonlijkheid.

Hij had verlegen geglimlacht en zij lachte mee, want ze begreep hem zo goed. Maar tegelijkertijd gaf zijn verhaal haar koude rillingen, want ze wist dat hij haar voorland had geschetst.

Damascus, zomer 2013, de Sneeuwuil

Je kunt je afvragen hoe ik hier terechtgekomen ben, ver buiten mijn natuurlijke habitat in deze warme zomernacht hoog boven Damascus, of Shaam, zoals de Damascenen haar liefdevol noemen. De oudste stad ter wereld wordt beweerd, waarin alle overheersers en bewoners door de eeuwen heen hun sporen hebben achtergelaten, Arameeërs, Babyloniërs, Achaemeniden, Grieken, Romeinen, Arabieren, waaronder de Rashidun, Omajjaden en Abbasiden, Mammelukken, Ottomanen, Engelsen en Fransen. Al deze invloeden zijn niet alleen zichtbaar in de moskeeën, kerken, kastelen, paleizen, in de torens, zuilen, pleinen, parken en fonteinen van de stad, maar ook in de gezichten van de bewoners. En in hun ziel liggen diep verborgen de overtuigingen van hun voorvaderen. Een stad van tegenstellingen, van kennis en wetenschap, maar ook van onderdrukking en borrelende woede en haat.

Je kunt je afvragen hoe ik juist hier terechtgekomen ben.

Beschouw me als een dwaalgast, als een vreemde vogel die in onbekende contreien verzeild is geraakt, verdreven door een disbalans in het vertrouwde leefgebied. In plaats van de sneeuwvlakten en toendra's van het arctisch gebied waar ik thuishoor, vlieg ik hier hoog boven de Ghouta, de oase waaruit Damascus ontsproten is, bevloeid door de rivier Barada.

In het noordwesten verrijst het massief van de berg Qasioun, met zijn Heiligdom van de Veertig, genoemd naar de veertig pre-islamitische martelaren die zich tussen de rotsen van de berg verschansten op de vlucht voor de Romeinen. In de gedenkmoskee die de moslims ter ere van deze martelaren bouwden bevindt zich ook de Bloedgrot met de rode steen waarmee Kaïn zijn broer Abel zou hebben doodgeslagen. De allereerste moord in de geschiedenis van de mens. Het vocht aan het plafond van de grot zijn de tranen die de berg erom vergiet.

Verder weg, naar het zuidoosten, strekt de Grote Arabische Woestijn zich uit, zover mijn oog reikt.

Deze stad, bezongen in vele liederen en gedichten, heeft het zwaar te verduren. Jullie staan elkaar naar het leven, en waarom? Oude geschillen over interpretaties van teksten, over bezit van land, over verdeling van macht. Jullie mensen willen je gelijk halen, ten koste van alles.

Ergens in een kamer, in een buitenwijk van de stad, zit een man gebogen over zijn bureau. Geconcentreerd voert hij zijn handelingen uit. Draden worden bevestigd, verbonden. Een gordel, zwaar van explosieven, ligt gereed voor gebruik. Morgen, in de namiddag, zal hij hem omgespen, onzichtbaar onder zijn gewaad. Hij zal met zijn motor naar een controlepost rijden op een van de drukke toegangswegen naar de stad. Als hij aan de beurt is om zijn papieren te laten zien, zal hij de ander recht in de ogen kijken.

Met zijn duim op de knop zal hij zijn Grote Gelijk halen.

Damascus, zomer 2013, Nizar

Masud had met zijn vriend en oud-collega Anwar afgesproken. Ze hadden elkaar al een hele tijd niet meer gezien, na het uitbreken van de slag om Aleppo had Anwar de stad halsoverkop moeten verlaten. Waar hij naartoe was gegaan wist Masud niet. Toen Anwar hem belde was hij dan ook opgelucht en vol vreugde over het weerzien.

Ze waren in de middag bij de bijen geweest. Het deed Anwar goed om te zien hoe bedrijvig en gezond het volkje nog was, hoeveel honing Masud kon oogsten dankzij zijn toegewijde verzorging. Hij ging er prat op dat híj degene was geweest die zijn vriend had ingewijd in de geheimen van het imkerschap. En hoewel hijzelf al lang geen bijen meer hield en Masud inmiddels veel ervarener was, zag hij zichzelf nog steeds als leermeester.

Masud wist wel beter. Het paste bij zijn gelijkmatige en vriendelijke karakter om de ander in zijn waarde te laten en conflicten uit de weg te gaan.

De mannen spraken weinig, er was een vanzelfsprekendheid tussen hen die lange stiltes niet ongemakkelijk maakte maar hun genegenheid voor elkaar juist onderstreepte. De wereld van de bijen leek onveranderd, de oorlog had geen invloed op de uitbundig bloeiende bloemen en op de bedrijvigheid van het volkje. De natuur had geen boodschap aan de mens.

Was alles zoals vroeger geweest dan hadden ze 's avonds ongetwijfeld in de stad gegeten en aansluitend bij Naufara naar Abu Shadi's verhalen geluisterd, maar niets was meer zoals vroeger, behalve hun vriendschap. Het was een heerlijke zomerdag en ze aten de mezze die Amira had meegegeven – gegrilde aubergines, gevulde dadels, zelfgebakken brood met tijm – op een kleed onder de oude vijgenboom.

'Je vrouw is niet alleen mooi als de bloem van de hibiscus, ze is ook een uitstekende kok. Geef mijn complimenten aan haar, wil je? En voordat ik het vergeet,' Anwar rommelde wat in zijn rugzak en haalde er een vierkant pakje uit, 'een presentje uit mijn oude stad, als teken van mijn vriendschap en waardering.'

Masud pakte het uit en snoof de geur van de harde bruingrijze blokken met hun frisgroene hart diep in. 'Ah! Olijfzeep uit Aleppo! Amira zal het zeker ook erg waarderen. Dank je wel, mijn vriend.' Hij wreef met zijn duim over het reliëf.

'Het groene goud, toch? Hoe toepasselijk dat ik dan dit vloeibare goud voor je heb.'

Op zijn beurt gaf hij Anwar de potjes honing die hij in zijn rugzak had meegebracht.

Na de lunch gingen ze languit liggen en met de armen onder hun hoofd gesteund keken ze naar de strakblauwe lucht. De vraag die al de hele tijd in beider hoofden rondspookte, kon pas worden gesteld toen ze elkaar niet hoefden aan te kijken.

'Heb jij al bezoek gehad?' fluisterde Anwar ineens, hoewel er niemand in de buurt was.

'Ja,' fluisterde Masud nu ook.

Bezoek was het eufemisme voor de twee ongure gasten, agenten van de Mukhabarat, de veiligheidsdienst, die zonder te kloppen onlangs zijn werkkamer waren binnengekomen.

'Ze zijn langs geweest, ja. Ze wilden dat ik de namen van verdachte studenten zou doorgeven. Ik durfde hun niet de deur te wijzen, maar ik heb gezegd dat mij niets bekend is van opstandige studenten. Mijn gezin weet van niets, maar ik weet zeker dat ze terug zullen komen en dat ze het dan niet meer zo netjes zullen vragen. Wat is er toch van ons prachtige land geworden, Anwar? Wat van de belofte van meer democratie en inspraak, meer vrijheid? We zijn allemaal Syriër, maar in plaats van naar de overeenkomsten te kijken, worden we tegen elkaar uitgespeeld. Ik maak me grote zorgen, zijn ze ook al bij jou geweest?'

Anwar slaakte een diepe zucht, blij om eindelijk zijn verhaal te kunnen doen.

'Ik heb ook bezoek gehad ja, een hele tijd geleden al, daarom heb ik mijn positie aan de Landbouwfaculteit moeten opgeven, zogenaamd om gezondheidsredenen. Ik woon al een jaar op verschillende plekken, bij familie en vrienden. Ik sta op het punt om dit land te verlaten, Masud, vandaar dat ik je graag nog een laatste keer wilde zien. Morgenochtend vertrek ik, naar Londen. Vandaaruit wil ik samen met mijn contacten die ik in Engeland heb de achterblijvers steunen.'

Lange tijd spraken ze over de gevaren en de voor- en nadelen van een vertrek uit hun geliefde Syrië, maar Masud was standvastig en vertrouwde op een goede afloop.

In de namiddag pakten beide mannen hun spullen in en gingen op weg naar de stad.

Toen ze bij een van de vele wegversperringen vaart moesten minderen, schoot er vlak voor hen een motor de weg op. Hij haalde met een gevaarlijke manoeuvre ook de auto voor hen in. Binnensmonds foeterde Masud de bestuurder uit. De motor reed nu stapvoets naar de controlepost waar een groepje militairen bezig was een kofferbak te inspecteren.

Terwijl ze wachtten, zei Anwar: 'Ik heb enorm genoten van deze middag, vriend. Ik wens ons allebei veel moed, wijsheid en geduld en ik vraag God om een spoedig weerzien in goede gezondheid, misschien wel ergens in Europa. Als aandenken heb ik dit nog voor je.'

Hij trok een dubbelgevouwen papiertje uit zijn binnenzak en gaf dat aan Masud.

'Het is een gedicht van Mahmoud Darwish, *Wij gaan naar een land*. Ik vond het wel toepasselijk. Ik heb het voor je uitgeprint,' voegde hij er bijna verlegen aan toe.

Vooraan in de rij deed de motorrijder de klep van zijn helm omhoog. Hij keek de man die hem om zijn papieren had gevraagd doordringend aan.

Toen drukte hij op de knop.

Masud was op slag dood.

Dat wilde Nizar hartstochtelijk graag geloven toen hij zijn vaders lichaam moest identificeren. Hij lag gewikkeld in een wit laken op een betonnen vloer naast Anwar, in een rij met andere doden. Bij de aanblik van zijn geliefde vader, grauw en weerloos in die ruimte met al die andere levenloze lichamen, viel hij op zijn knieën. Een dierlijk geluid ontsnapte diep uit zijn keel. Hij kon het niet tegenhouden.

Herinneringen aan zijn vader overspoelden hem als de golven bij Tartous die hij als kind alleen aan de sterke hand van Masud had durven te trotseren. Elke keer als hij weer proestend bovenkwam was hij daar, zijn rots in de branding. Met zijn rust en kalmte, de twinkeling in zijn bruine ogen, zijn onvoorwaardelijke liefde voor zijn zoon.

Nu greep hij de koude hand van zijn vader, kuste hem en drukte hem tegen zijn voorhoofd. 'O vader, het is mijn schuld,' fluisterde hij. 'Vergeef me alsjeblieft. Ik had niets mogen zeggen, ik heb het over je afgeroepen. Het spijt me zo. Laat me niet alleen.'

Hij kreeg in een plastic zak de spullen van zijn vader mee, zijn schoenen, de gouden ketting, zijn trouwring, zijn portemonnee met zijn identiteitspapieren. Ook het afgescheurde papier dat zijn vader in zijn hand had gehad zat in de zak. Er stond een deel van een gedicht op van de Palestijnse dichter Darwish. Hij wist dat zijn vader hield van zijn poëzie, op zijn werkkamer had hij vele bundels in de boekenkast staan. Maar waarom Masud juist op dat fatale moment dit gedicht in zijn hand had gehouden, was hem een raadsel. Het leek wel een voorspelling. Hij voorvoelde dat het gedicht een speciale betekenis had in relatie tot zijn vaders dood, maar hij was niet in staat om ernaar te gissen. Toen hij het las, voelde hij een onmetelijk verdriet om het afscheid en tegelijkertijd putte hij troost uit de gedachte dat de geliefde dichter zo dicht bij zijn vader was geweest op het moment van sterven.

Wij gaan naar een land
Mahmoud Darwish

Wij gaan naar een land dat niet van ons vlees is.
De kastanje groeit niet uit onze botten.
Zijn stenen zijn geen geit in het lied der bergen;
de ogen der kiezels geen lelies van de dalen.
Wij gaan naar een land dat geen eigen zon over ons heen hangt.
De vrouwen van legenden klappen voor ons; een zee over ons en voor ons
Als graan en water van jullie zijn afgesneden,
eet dan onze liefde en drinkt onze tranen. [...]

Slechts één keer hadden ze serieus over vluchten gesproken, niet lang voor die fatale middag. Het had Nizar radeloos gemaakt dat hij zijn ouders met argumenten noch met smeekbedes kon overtuigen. Masud zag weliswaar de ernst van de situatie in, maar leek niet bereid om daar consequenties aan te verbinden.

'Je kunt je ogen toch niet sluiten voor wat er gebeurt, *yabi*. Kijk om je heen. De chaos, de dreiging. Er is tekort aan alles. Ben je niet bang? Ik wel! Ik leef in constante angst. Voor bommen, beschietingen, voor de haat van fanatici, voor verraad, schaarste, ziekte, pijn. Ik ben bang voor mijn eigen toekomst en die van mijn land. We moeten hier weg. Laten we het alsjeblieft proberen nu het nog kan.'

'Natuurlijk ben ik ook bang. Maar we moeten blijven,' was Masuds antwoord, rustig maar beslist. 'Ons land heeft blijvers nodig. Als we allemaal vluchten houden we een kapotgeschoten land over zonder hart, zonder ziel. Een spookland. En daarbij, oude bomen moet je niet verplanten. Waar zouden we nog moeten wortelen?'

Hij had het gezegd met een berusting die Nizar wanhopig en woedend tegelijk maakte.

'Oude bomen, dat klinkt alsof je het al opgegeven hebt! Jullie zijn niet oud. We moeten weg hier. Het is toch niet voor altijd. We komen terug zodra het weer veilig is. Alsjeblieft, luister dan toch.'

Het kalme karakter van zijn vader met zijn rotsvaste vertrouwen, zijn geloof in het goede in de mens, zijn enorme reservoir aan liefde, al die dingen die Nizar zo vurig aan hem bewonderde, waren nu precies de reden waarom zijn gebalde vuist hard op tafel knalde.

'Je bent blind, yabi,' riep hij met schelle stem uit. 'Straks ben je de sleutelbewaarder van een verwoest en uitgestorven land. Wat zeg ik? Je bent het nu al. En het zal alleen maar erger worden. Je offert niet alleen je eigen leven op aan een misplaatst gevoel van trots en verantwoordelijkheid, maar ook dat van je vrouw en mij. Is het je dat waard?'

Amira sloeg haar hand voor haar mond, terwijl ze ontzet van haar zoon naar haar man keek. Masud zat onbewogen aan tafel, zijn blik gericht op zijn hand waarmee hij wat kruimels tot een keurig hoopje veegde. Nizar had nog nooit zijn stem tegen zijn vader verheven, hem nog nooit tegengesproken.

Hij vervolgde, zachter nu: 'Het spijt me dat ik zo tegen je uitval, dat mag ik niet doen. Maar ik begrijp gewoon niet hoe iemand zoals jij, die zoveel van de wereld weet, niet ziet dat het zinloos is om te blijven. Hoe levensgevaarlijk het is. Het wordt nog je dood.'

Toen Masud opkeek, zag hij mededogen in de ogen van zijn vader, maar ook iets onverbiddelijks.

'Ik begrijp je zorgen, zoon. We moeten waakzaam zijn en hopen op een goede afloop. Mijn vertrouwen is groter dan mijn angst. We blijven.'

Met een beslist gebaar veegde hij het hoopje kruimels op de grond.

Het was zijn manier om met zijn vuist op tafel te slaan.

Net als Anwar, wiens plannen Nizar niet had gekend en die naast zijn vader lag, zou hij vluchten. Weg van deze onmenselijkheid, deze chaos, naar Europa, het veilige, vrije Europa.

Later, tijdens alle rituele handelingen, de wassingen van het lichaam, het inwikkelen in de kafan, de lijkwade bestaande uit drie doeken, het uitspreken van het dodengebed, en de begrafenis, waarbij Nizar samen met twee ooms, twee neven, twee vrienden en Jamahl de met een groen baarkleed bedekte kist naar het graf droeg, verkeerde Nizar in een droomtoestand waaruit hij niet leek te kunnen ontwaken.

Ook in de veertig dagen durende rouwperiode, waarin het in huis een komen en gaan was van familieleden, vrienden, collega's en buren die voor Masud kwamen bidden – de mannen en vrouwen gescheiden van elkaar in verschillende ruimtes – en hun steun aan Nizar en Amira betuigden, en waarin de bedwelmende geuren van de meegebrachte etenswaren de gasten eraan herinnerden dat er ondanks alles gegeten moest worden, lukte het Nizar niet om uit die bedompte gemoedstoestand te komen.

In die tijd had hij een terugkerende droom over de rotonde met de drie afslagen.

In het midden van de rotonde staat een gigantische boom, met een holte in de stam. De boom lijkt te zoemen en Nizar beseft dat er een bijennest in de holte zit. Hij wil zijn vader waarschuwen, schreeuwen dat hij op moet passen, maar hij kan geen woord uitbrengen.

Masud loopt over de weg en langzaam nemen de bijen bezit van zijn lichaam. Ze kruipen over zijn voeten, benen en armen, over zijn buik, borst en rug, over zijn hals en zijn gezicht. Vol ontzetting ziet Nizar hoe zijn vader volledig bedekt raakt met een dikke gonzende bijenvacht. Alleen zijn neus en mond zijn nog vrij, de rest van zijn lichaam is een levend organisme van bijen geworden. Zijn bewegingen worden stroperig als honing, het zoemen van de bijen zwelt aan tot een hypnotiserend gonzen en dan ziet Nizar hoe ze hem optillen en naar een afslag brengen. Daar aangekomen maken ze zich van hem los en staat Masud naakt en ongedeerd bij de afslag naar, ja, waarheen?

Elke keer werd hij juist op dat moment wakker, in het wanhopige besef dat de bijen zijn vader de verkeerde afslag hadden gewezen.

Het verlangen om te vertrekken schroefde zich in de weken na de rouwperiode als een draaiboor door de dikke laag van bezwaren die hij zichzelf voorhield.

Zijn moeder zou er alles aan doen om hem tegen te houden als hij haar in vertrouwen zou nemen. Zelf zou ze haar geboortegrond en haar familie voor geen goud verlaten, hoe afschuwelijk de omstandigheden ook waren, en natuurlijk wilde ze dicht bij Masud blijven.

De route over de Middellandse Zee was levensgevaarlijk, hij kende de verhalen en de beelden van de mensen die dicht opeengepakt in rubberboten de oversteek waagden, de problemen aan de grenzen, de ellende in de vluchtelingenkampen. De mensensmokkelaars, gewetenloze handelaren in hoop, die je je laatste geld aftroggelden. En wat dat aanging: als hij zou vertrekken, dan moest hij het spaargeld van zijn ouders aanspreken. Amira had de zorg over de financiën aan hem overgedragen, dus hij had toegang tot de rekening.

'Vergeef me, vader,' fluisterde Nizar, toen hij een bedrag van Masuds spaarrekening naar zijn eigen rekening overmaakte. Het zou genoeg moeten zijn om niet alleen de poorten van Europa te bereiken maar ze ook open te laten gaan. Hij zou het via de Middellandse Zee proberen, zoals anderen voor hem, er zat niets anders op. Hij moest de gok wagen.

Niemand zou hij in vertrouwen nemen, op geen enkele wijze mocht er een kink in de kabel komen. Zijn besluit stond vast.

Maar het ging heel anders. Een deur op een kier, een toevallig opgevangen gesprek. Zijn bezoek aan de statige villa van Jamahl in de buitenwijk Mezzeh waar veel welgestelden woonden zou hem op een heel ander spoor brengen.

***

'Niemand thuis,' zei Jamahl schalks toen hij de zware mahoniehouten deur openzwaaide, 'vandaar dat ik vandaag zelf je bediende speel.'

Hij pakte Nizar bij de schouders en drukte hem stevig tegen zich aan terwijl hij hem op beide wangen kuste, twee keer, de Arabische kus. Nizar voelde zijn gladgeschoren wangen en snoof een vleug aftershave op, subtiel en fris. Hij kuchte. Jamahl zag er oogverblindend uit. Hij droeg een gesteven wit overhemd met strakke snit en een nauwsluitende bruingeruite pantalon. Aan zijn pols schitterde een Rolex. Het was twee maanden na het overlijden van Masud en de eerste keer dat Nizar zijn vriend weer zag sinds de begrafenis.

'Zijn je ouders er niet,' vroeg Nizar, terwijl hij zijn schoenen wegzette in een schoenenrekje.

'Nee, mijn vader heeft besprekingen buitenshuis en de bedienden zijn een paar dagen weg naar een begrafenis. En mijn moeder is een tijdje naar haar nicht in Dubai.'

Het verbaasde Nizar niet dat Jamahls moeder het huis was ontvlucht. Hij had gehoord van de problemen tussen de ouders, geschreeuw, geknal met deuren, koffers die volgesmeten werden met inderhaast uit de kast gerukte kleren. Zijn vader was nogal nonchalant met het wegwerken van bewijsmateriaal voor zijn vele affaires. Aangezien zijn vrouw toch geen ziel had, zoals hij geloofde, hoefde hij zich van het effect van zijn ontrouw op zijn echtgenote geen rekenschap te geven.

Op spierwitte sneakersokken ging Jamahl hem voor door de marmeren hal met de kroonluchter. Aan weerszijden van de deur die toegang gaf tot de achtergelegen vertrekken stonden twee enorme vazen die overdadige bloemstukken torsten. Een bedwelmend zoete geur vulde de ruimte. Nizar vroeg zich af hoe de bedienden in tijden van schaarste nog aan zulke bloemen konden komen. De overdaad stond in schril contrast met het dagelijkse leven van de meesten waarin ontbering en improvisatie de boventoon voerden.

Nizar volgde zijn vriend naar de ruime keuken, waar op het aanrecht twee glazen, een kan citroenlimonade en een schaaltje met nougat klaarstonden. Op de rand lagen een paar paarse bloemblaadjes als decoratie. Dat Jamahl oog had voor de schoonheid van het kleine ontroerde hem, maar tegelijkertijd voelde hij ook misprijzen voor de vanzelfsprekendheid waarmee de jongen zijn geprivilegieerde leven leidde. Te midden van alle destructie was het huis van Jamahl een oase van rust en luxe. De harde werkelijkheid leek er geen vat op te hebben. Het was een stijlvolle, gedempte wereld vol kostbaarheden, tapijten, schilderijen en sculpturen. Er was gebrek aan niets.

Jamahl hield de kan onder een opening in de koelkastdeur en met een krakend gebulder plonsden de ijsblokjes in de kan.

'Potje gamen? Ik heb Mists of Pandaria.'

Hij pakte alle spullen op en duwde met zijn voet tegen een deur die uitkwam op een andere hal met een houten trap die naar de eerste verdieping leidde.

Nizar kende de luxe badkamers, slaapkamers en kleedkamers die zich hierboven bevonden; zijn vriend had ze trots allemaal getoond de eerste keer dat hij bij hem op bezoek kwam. Over een lange oosterse loper van handgeknoopte wol en zijde liepen ze achter elkaar naar de laatste deur in de gang, waarachter zich de vertrekken van Jamahl bevonden. Het interieur was een mengelmoes van strak minimalisme in aardetinten en een kleurrijke overdaad aan accessoires. Het was een verrassende combinatie waarin twee kanten van Jamahl tot uitdrukking kwamen: de koele dandy en de warme, onbevangen persoonlijkheid die oog had voor schoonheid en detail.

Ze gingen zitten op een leren bank. Tegenover hen hing een enorm plasmascherm dat Jamahl aanzette voordat hij de twee glazen inschonk. Hij gaf er één aan zijn vriend en schoof toen dichterbij. Nizar voelde de warmte van zijn been door de stof van zijn broek.

Even sloot hij zijn ogen. Hij dacht aan die keer dat ze bij de bijen waren geweest en na afloop half ontbloot op een kleed in de schaduw van de vijgenboom hadden gelegen. Een intense pijn in zijn arm liet hem met een luide schreeuw opspringen.

'Auw! Ik ben in mijn arm gestoken.'

'Gaat het? Laat eens kijken.'

Hoewel hij wist dat het gif er niet uit gezogen kon worden, liet hij Jamahl begaan.

Zijn koele handen rond zijn arm, zijn bezorgde gezicht vlak bij het zijne, de dorre takjes in zijn haar, zijn lippen op de rode plek, de zuiging. Jamahl spuugde een paar keer op de grond en veegde zijn mond met de rug van zijn hand af.

'Beter, zo, kleintje?' Hij had hem een plagerig duwtje gegeven, waardoor Nizar drie wankele passen naar achteren maakte, zijn evenwicht verloor en op het kleed neerplofte. Het was geëindigd in een baldadig gestoei op de grond, tot ze bezweet en buiten adem naast elkaar lagen.

Later die middag hadden ze backgammon gespeeld onder de boom. Nizar wilde net de dobbelstenen werpen, toen Jamahl zijn pols vastgreep en er verrassend hard in kneep, zodat de dobbelstenen uit zijn hand vielen.

'Mijn beurt,' lachte hij.

De hele avond had hij Jamahls lippen op zijn arm en zijn dwingende greep rond zijn pols gevoeld.

***

'Op Masud,' zei Jamahl en nam een grote slok limonade. 'Ik mis hem. Hij was mijn grote voorbeeld.'

Toen Nizar zijn vaders naam hoorde voelde hij direct de tranen branden.

'Ik ook. Ik mis hem zo verschrikkelijk,' bracht hij uit met verstikte stem. 'De bodem is onder mijn leven weggeslagen. Ik val en val en weet niet waar het eindigt.'

Toen zijn vriend een arm om hem heen legde, liet hij zijn tranen de vrije loop. Hij klampte zich aan hem vast en begroef zijn gezicht in zijn nek. Hij trilde over zijn hele lichaam. Snikkend excuseerde hij zich voor de natte plekken die zijn tranen op Jamahls smetteloze overhemd maakten.

'Stil maar,' suste hij, 'dat geeft toch niks.'

Hij hield Nizars gezicht met beide handen vast en zoende hem teder op de mond, net zolang tot de weerstand van Nizars lippen verdween. Even keken ze elkaar aan, toen volgde een kus die al sinds hun eerste ontmoeting in Naufara in de lucht had gehangen.

Het was een mooie kus. Een precieze kus. Eentje die concentratie en toewijding verraadde, opwindend door de beheerstheid ervan, door de langzame maar zekere overgave van kusser en gekuste, die maakte dat de rollen in een vloeiende beweging werden omgedraaid.

Ontdaan deinsde Nizar achteruit. Hij zag het tafereel ineens door de ogen van zijn vader en voelde de walging over zich heen spoelen. Hij veegde zijn mond af, alsof hij daarmee de kus kon uitwissen, en stamelde dat hij moest gaan.

Toen hij zich beneden door de keuken richting de hal haastte hoorde hij de stem van Jamahls vader. Even stond zijn hart stil. Kennelijk was hij eerder thuisgekomen. Hij was de laatste persoon die hij nu tegen het lijf wilde lopen.

Zijn zware stemgeluid kwam uit de werkkamer naast de keuken, waarvan de deur op een kiertje stond. Hij zat op de rand van zijn bureau met de rug naar de deur. De mouwen van zijn glanzend blauwe overhemd waren opgerold en Nizar zag hoe zijn onderarmen bedekt waren met een zwarte vacht.

'Zeker, de handjes vrij,' riep hij uit, 'die van mij zit in Dubai, bij familie. Op veilige afstand, zeg dat wel.' Zijn lachje deed Nizar huiveren.

Net toen hij zich uit de voeten wilde maken vervolgde hij:

'Maar goed, nog even over die route. Waar we het gisteren over hadden, die nieuwe vluchtroute. Naar Noorwegen, die Arctische, ja. Als we niet uitkijken, wordt die over een tijdje drukker dan die over de Middellandse Zee. Stel je voor, per fiets! Je gelooft het niet, maar zo simpel is het. Met een toeristenvisum naar Moskou, dan doorvliegen naar Moermansk en vandaaruit neem je de bus of een taxi naar Nikel, een kleine grensplaats. Daar koop je dan een fiets en hup! Al fietsend steek je de grens over, zó het Schengengebied in! Ibrahim heeft het juridisch allemaal gecheckt, er blijkt een maas in de wet te zitten. Lopend of per auto is verboden, maar op een fiets mag wel. In het Noorse grensplaatsje Kirkens of zoiets, vraag je vervolgens asiel aan. We moeten dit stilhouden, hoor je, anders gaan ze allemaal naar Noorwegen en dan kunnen wij fluiten naar onze extra centen. Als we het een beetje handig aanpakken, dan kunnen we –' hij hield even in en luisterde naar wat zijn gesprekspartner te melden had. Nizar hoorde een onverstaanbaar ingeblikt stemmetje dat nogal tekeerging aan de andere kant van de lijn.

'Ja rustig, vriend, zeker. Nog is het niet zover. We moeten zorgen dat ze maar één optie hebben, de onze!'

De vader van Jamahl rechtte zijn rug en drukte zich met zijn vlezige achterwerk van zijn bureau af. Voordat hij zich kon omdraaien was Nizar al op weg naar de deur die naar de hal leidde. Muisstil griste hij zijn schoenen van het rekje. Even twijfelde hij of er nog tijd was om ze aan te trekken, maar toen hij de zware voetstappen van Jamahls vader op de marmeren vloer hoorde, schoot hij met zijn schoenen nog in zijn hand het bordes op, terwijl de zware houten deur achter hem met een verrassend zachte klik in het slot viel.

Thuis bekeek hij de wereldkaart in zijn vaders werkkamer. Hij zag hoe Noorwegen zich als een larve over Zweden en Finland kromde en in het oostelijkste deel aan Rusland grensde. Alleen

Moskou stond vermeld op de kaart. Op internet vond hij de andere plaatsen, Moermansk, Nikel en Kirkenes. Via Google Maps bekeek hij de situatie ter plekke en kwam al doorklikkend terecht bij plaatjes van besneeuwde fjordenlandschappen, dik ingepakte mensen op sneeuwscooters en sledes die getrokken werden door honden met blauwe ogen.

Een toeristenvisum, dát moest hij hebben. Binnen een dag had hij zijn aanvraagformulier verstuurd. Het zou nog weken duren voordat de bevrijdende papieren zouden arriveren. In de tussentijd bereidde hij zich in stilte voor op een snel vertrek zodra hij groen licht zou krijgen. Hij zou van Damascus naar luchthaven Domodedovo in Moskou kunnen vliegen en aansluitend doorreizen naar Moermansk. Vanuit Moermansk reden er bussen in net iets meer dan drie uur naar de grensplaats Nikel. Daar moest hij aan een fiets zien te komen en het laatste stuk van zijn tocht ondernemen.

De periode tussen besluit en vertrek was een niemandstijd, waarin hij stilzwijgend afscheid nam van mensen en plekken, van geluiden, geuren en smaken. Hij dronk een glas tamarindelimonade gezoet met rozenextract bij een bont uitgedoste straatventer in Soek-al-Hamidiye, at een ijsje met pistachenootjes bij Bakdash, rookte waterpijp met zijn vrienden en speelde backgammon met zijn opa. De wijsheden van de oude man sloeg hij als noodrantsoen op in zijn geheugen.

Hij masseerde de handen van zijn moeder, waarbij ze elke keer haar ogen sloot en een diepe zucht slaakte. Hij masseerde net zolang tot de frons tussen haar wenkbrauwen verzachtte en haar trouwring weer glom. En steeds moest hij zich bedwingen om niets te zeggen over zijn plannen. Hij vond zichzelf een schoft en een huichelaar en vreesde het moment waarop ze zijn brief zou vinden na zijn vertrek. Maar het zou slechts tijdelijk zijn, ze zouden weer herenigd worden zodra de situatie veilig en stabiel was. Maar hij was blij dat zijn moeder vol overgave haar ogen sloot, zodat ze de schuld in de zijne niet hoefde te zien.

Jamahl had hij niet meer gezien of gesproken sinds de kus.

Hij luisterde naar de kakofonie van geluiden op straat, de toeterende auto's, het geroep van de straatventers, de muziek van Fairouz die uit vele winkeltjes klonk, het hypnotiserende gezang van de muezzins die de gelovigen opriepen tot het gebed en – boven alles uit – naar het geluid van de mortiergranaten en beschietingen.

Hij keek naar de opvliegende duiven op de glimmende marmeren binnenhof van de Grote Moskee. De moskee was gebouwd op de plek waar lang geleden de basiliek van Johannes de Doper had gestaan, en voor die tijd de Romeinse tempel van Jupiter.

De duiven bekommerden zich niet om geloof en religie, ze waren onverschillig voor de god van het moment en hielden zich alleen bezig met vogelzaken: voedsel, veiligheid en vermenigvuldiging. En als het hun niet beviel dan spreidden ze hun vleugels en vlogen ze gewoon weg.

Hij nam onmerkbaar afscheid van zijn kamer, zijn huis, zijn straat, zijn stad van jasmijn, zonder te weten wanneer hij zou vertrekken en wanneer hij weer thuis zou komen. Hij dacht terug aan die keer dat hij met zijn ouders de eindeloze trappen naar de top van de berg Qasioun had beklommen van waar je een panoramisch zicht had op Damascus. Na zonsondergang veranderde de stad in een fonkelende wirwar van lichtjes, doorsneden door pulserende verkeersaders. De talloze groene ogen van de minaretten hielden de wacht over het uitbundige nachtleven.

Uitkijkend over de stad had hij beseft dat daar beneden op hetzelfde moment andere mensen waren. Mensen met een eigen verhaal. En dat al die verhalen allemaal tegelijkertijd plaatsvonden, en op de een of andere manier een bont mozaïek van het leven vormden.

Ergens werd feestgevierd, werd er gedanst, gelachen, ergens werd een kind geboren, terwijl tezelfdertijd iemand zijn laatste adem uitblies.

Ergens werd gebeden, ergens werd gekibbeld, sloeg een man zijn vrouw of kind. Ergens werd een ruzie bijgelegd, werd iemand omarmd.

Hij had zich verbonden gevoeld met al die levens.

Hoe had hij toen kunnen vermoeden dat er een dag zou komen waarop dat bonte mozaïek uit elkaar zou vallen en hij zijn geliefde land zou moeten verlaten?

Finnmark, winter 2013, Helena

Het zand in de zandloper is in een kleine piramide in het onderste reservoir tot stilstand gekomen. Ze staart ernaar. Wat is tijd meer dan een voortdurend stromen, van zand door een opening, van water langs oevers. Panta rei. Alles stroomt en wijkt en niets blijft; je kunt niet twee keer dezelfde rivier in stappen.

Wat geweest is, is geweest, de geschiedenis heeft haar beloop gehad. Er is alleen een hier-en-nu en ook dat is al verstreken op het moment dat je dat bedenkt.

Als ze opstaat en zich uitrekt voelt ze hoe stijf haar spieren zijn. Buiten is het al donker. Ook het huis ligt er donker bij, ze moet uren in de sauna hebben gezeten. Ze neemt de sneeuwschuiver mee terug naar de veranda en zet hem tegen de balustrade. Je kunt niet twee keer hetzelfde huis in stappen. Ze opent de deur.

Er ligt een jongen op haar bank.

De woonkamer ruikt anders. De soep. Natuurlijk, nu pas voelt ze de kramp in haar maag, ze heeft alleen vanochtend vroeg iets gegeten.

Maar ook de aanwezigheid van de jongen heeft de vertrouwde geur in huis veranderd.

Hoe zou hij heten?

Ze opent het glazen deurtje van de kachel, legt een blok hout op de smeulende sintels.

Dan trekt ze de brief uit haar mouw, houdt hem tegen een gloeiend brokje tot hij vlam vat. Even laait het vuur flakkerend op, de weerkaatsing van het licht geeft haar huid een zachte gloed. Jeugdig.

Ze doet een lamp aan in de woonkamer, gaat dan de trap op naar boven. De deur van Andors kamer staat open. Altijd hier, precies hier, ruikt ze zijn geur, een pavlov. Die zoetige karamellucht op zijn kruin, in zijn nekje. Ze werpt een blik in de kamer, haar spullen liggen nog op het bureau. Een voor een legt ze alles terug in de doos, de bal bovenop, schuift hem terug naast de archiefkast. Trekt dan de deur zachtjes achter zich dicht.

Beneden eet ze een kop soep en gaat in de schommelstoel bij de jongen zitten.

Finnmark, zomer 1961

Marit klopt op de deur, terwijl ze met de andere hand de klink naar beneden drukt. Lena's voordeur is, zoals altijd, open.

'Joehoe, ik ben het,' roept ze, terwijl ze vanaf de veranda direct de woonkamer met open keuken in stapt. Ze verwacht het vertrouwde 'we zijn hier', maar het blijft stil.

'Lena, hallo, waar zit je?'

Geen antwoord.

De blauwe gebreide bal van Andor ligt op de bank, ze moeten thuis zijn. In de keuken staat de transistorradio op de vensterbank zachtjes aan. Er klinkt klassieke pianomuziek, met daardoorheen geruis. Af en toe de verwrongen stem van een nieuwslezer op een andere zender. Marit draait aan de knop tot het staafje precies op de juiste frequentie staat en de muziek weer helder klinkt. De wandelwagen staat in de keuken, ze registreert: jas en tas om de leuning van een stoel, een boek op tafel.

De fiets buiten tegen het keukenraam.

Boven staan alle deuren open, de slaapkamer van Leif en Lena, de badkamer, alleen de deur van de kinderkamer is dicht.

Marit luistert, klopt, zegt zacht: 'Lena, ben je daar? Niet schrikken, hoor.'

Ze opent de deur, de gordijnen zijn gesloten. In de rieten schommelstoel zit Lena, voorovergebogen, een deken om zichzelf en het kind heen geslagen. Het grauwe gezichtje van Andor is tegen Lena's blote borst gedrukt, haar tepel naast zijn mond.

Ze geeft al maanden geen borstvoeding meer, sinds ze die borstontsteking kreeg en over moest gaan op het flesje.

'Hei, ik zag je nergens, heb een paar keer geroepen.'

'Hij moet drinken. Hoor je me, hij móét drinken. Anders wordt hij zo koud. Hij is zo koud.'

Ze wrijft met haar hand over zijn ruggetje, in een gestaag ritme. Kust hem op zijn zwarte haartjes, op zijn voorhoofd, wenkbrauwen, wangen.

Het is de blik in Lena's ogen die Marit jaren later nog koude rillingen zal bezorgen. De blik die haar vertelt dat zijn koude lichaampje niet meer te verwarmen is aan het gloeiende moederhart.

Hij wordt begraven op de kleine begraafplaats van Kirkenes. Een eenvoudige steen met daarop zijn naam en twee datums, zijn korte leven gestut door zijn geboorte- en sterfdag.

'Het is onverklaarbaar, ouders blijven met grote onzekerheid achter, met duizend vragen of ze het hadden kunnen voorkomen,' had dokter Bernsen, de huisarts, gezegd tijdens een van zijn bezoeken aan Helena en Leif in de weken na Andors overlijden. Zijn treurige hondengezicht had uit intens medeleven nóg treuriger gestaan.

Tijdens het gesprek speelden zijn handen onophoudelijk met zijn trouwring, die hij was blijven dragen ondanks het feit dat zijn vrouw hem enkele jaren geleden had verlaten. Bernsen bleef niet lang, de zwaarte van het verdriet in huis benam hem de adem, na het eerste kopje thee maakte hij zich uit de voeten, de ouders ontredderd achterlatend.

Wiegendood.

Een woord, licht en melodieus als vogelgezang, hard als een mokerslag.

***

Lieve Helena,

Ik kan geen woorden van troost vinden voor jullie verlies. We zijn zo intens verdrietig, moeten er steeds aan denken. Het onrecht, zo onverdraaglijk!

Laatst las ik dat wanneer je kind sterft, je hoop en je verwachtingen ook sterven.

Zo moet dat voelen.

Ik zou dolgraag naar je toe komen om voor je te zorgen en je te helpen, maar ik kan niet weg hier, van mijn werk en mijn gezin. Natuurlijk ben je van harte welkom om naar München te komen, maar ik kan me voorstellen dat je liever thuisblijft, dicht bij Leif en ook dicht bij Andor.

Is Leif alweer aan het werk? Ik denk dat het jullie goed zal doen om in je dagelijkse ritme te komen, om onder de mensen te komen, probeer toch alsjeblieft de draad weer een beetje op te pakken.

En misschien kan een nieuwe zwangerschap je afleiden van het gemis. Niet nu natuurlijk, maar als de tijd rijp is. Je bent nog jong, en je bent sterk.

Ik omarm je en denk aan jullie!

Je Grethe

***

Er moet een dag geweest zijn, maanden later, waarop Marit de stilte in huis verbreekt. Ze plant een volle boodschappentas op tafel, trekt er een prei uit en veegt daarmee resoluut de kruimels van tafel.

‘Zo kan het niet langer, Lena. Je verkommert hier in je eentje. Je moet weer onder de mensen komen, structuur in je leven krijgen. Kom alsjeblieft terug naar de bibliotheek. We missen je.’

Ze gaat op de bank naast haar vriendin zitten en slaat een arm om haar schouder.

‘Ik wil zo graag iets doen, zeg me alsjeblieft wat ik voor je kan doen. Wat je nodig hebt om te helen. Je mag rustig aan beginnen, een ochtendje in de week. Kijk maar wat je aankunt. We kunnen ook samen gaan wandelen, tuinieren. Praten, als je wilt. Maar kom in beweging, anders ga je eraan kapot. Doe het voor Andor.’

Lena is dankbaar voor de zorg en toewijding van Marit, maar ze wil niet helen. Daarmee zou ze Andor tekortdoen. Heling begint bij aanvaarding, heeft Marit gezegd. En aanvaarding begint bij overgave. De genade van overgave, zoals ze het noemt. Ja, zij heeft makkelijk praten, met een kind dat je kunt vastpakken, verzorgen, knuffelen, besnuffelen, beschermen.

Alles in haar verzet zich tegen de overgave, want dat staat gelijk aan vergeving en staat dat uiteindelijk niet gelijk aan vergeten?

Er moet een dag geweest zijn, maanden later, waarop Magnus aan de hand van zijn moeder Helena’s veranda op klimt. Op zijn rug een kleine rugzak met logeerspulletjes voor een paar nachtjes bij Leifelena.

‘Weet je zeker dat het oké is, wordt het je niet te veel,’ vraagt Marit.

Hoewel ze het spannend vindt om haar zoon aan haar vriendin over te dragen, is ze ervan overtuigd dat zo’n oppaservaring haar goed zal doen. Leif is op zee; Lena staat er alleen voor.

De vrolijke kleuter die vol vertrouwen de huiskamer binnenstapt verandert in een koppige vierjarige die het op een brullen zet en zich met zijn armen aan de boomstam van Marits been vastklinkt, als het moment van afscheid is gekomen.

Het kost Helena heel wat overredingskracht om zijn aandacht af te leiden, maar de koekjes, de limonade en de tekenspullen die ze heeft klaargezet doen uiteindelijk hun werk. Zijn behuilde gezicht klaart op, zijn gebalde vuistjes ontspannen en hoewel hij nog een hele tijd mokkend aan tafel zit, wint zijn nieuwsgierigheid het als ze naast hem komt zitten en op een vel papier een bus tekent.

'Eens kijken, welke kleur zal ik de bus geven,' zegt ze hardop nadenkend. 'Hm, ik denk dat ik hem roze maak. Een roze bus, ja, dat is mooi.'

Hij pakt een geel potlood en zegt: 'Geel. De bus moet geel zijn.'

'Dat is een goed idee, Magnus. Wil je me helpen? En wie zitten er achter de raampjes?'

'Ik! En papa en mama natuurlijk en de busmeneer. En jij,' voegt hij er even later onwillig aan toe.

Tijdens het tekenen bestudeert ze hem: een ouwelijk mannetje in een uit de kluiten gewassen kinderlichaam. Zijn bolle gezichtje is vlekkerig van het huilen. Zijn mond hangt een beetje open en nu en dan veegt hij het snot uit zijn neus met de mouw van zijn trui af. Af en toe gaat er een siddering door zijn kleine borstkas, de naweeën van de huilbui.

Het is nog maar een kind.

Er moet een moment zijn geweest – na het tekenen, na het voorlezen, na de boterhammen, na het schommelen in de schommelstoel – dat ze even haar ogen sluit.

Als ze wakker schrikt ziet ze Magnus spelen met de bal van Andor.

In een reflex grijpt ze ernaar, maar hij laat niet los.

'Geef hier, die is niet van jou.'

'Van mij!' brult Magnus en zet zich schrap voor de kleine worsteling die volgt. Hij is verrassend sterk voor zijn leeftijd.

Dan geeft ze hem een snoeiharde klap op zijn wang.

Even kijkt hij haar verbijsterd aan, dan zet hij het op een krijsen.

Het is een krijsen dat gedempt wordt met veel lieve woordjes, met snoep en de bal zelf, maar dat jaren later nog steeds doorklinkt in die blik waarmee hij haar argwanend gadeslaat.

Finnmark, winter 2013, Helena

Elke nacht wordt ze wakker. Het is geen schrikken als van een schel geluid of een nare droom, maar een plotselinge klaarte, een lens die wordt scherpgesteld.

Al meer dan vijftig jaar opent ze 's nachts op precies deze manier haar ogen. Staart naar het plafond. Al meer dan vijftig jaar, rond hetzelfde tijdstip, vraagt ze zich af hoe het met hem gaat.

Of ze het had kunnen voorkomen.

Ze heeft hem zien opgroeien, daar op het plafond, op de 8mm-film van haar fantasie.

Zie hem nou zitten in zijn kinderstoeltje, zo schattig hoe hij zelf met een lepel het prakje eet dat ze voor hem heeft gemaakt. Zo'n eigengereid mannetje, met die spinazie rond zijn mond. Of kijk hem waggelen met zijn luierzware loopje achter zijn lievelingsbal aan, kraaiend van plezier. En hier, wat een onderzoekend kind, hoe hij elke bloem, elk blaadje bekijkt, elk steentje opraapt, overal aan ruikt. En wat maakt hij mooie tekeningen, vaak met zijn vaders zee erop, een boot, de kapitein aan het stuur.

Ze heeft hem zien zwemmen in het meer, zijn broze schouderbladen engelenvleugels in de knop. Zijn tengere jongenslichaam zien uitgroeien tot het atletische postuur van zijn vader. Ze heeft eindeloos met hem gespeeld, pak me dan als je kan, tikkie! buutvrij!

Ze hebben gekampeerd en in de schijn van de zaklamp op het nylon van de tent schaduwbeesten gemaakt. Ze zijn gaan ijsvissen, langlaufen, schaatsen.

Friluftsliv, het nationale adagium, was hem op het lijf geschreven.

Andor was een buitenkind.

Nu is hij 53 jaar. Hij lijkt sprekend op Leif, dat kan niet anders. Want hoe zou zij zichtbaar kunnen zijn in hem? Het lukt haar nooit om zich een mannelijke versie van zichzelf voor te stellen, de kaaklijn uitgesprokener, een zweem van een baard, de neus forser, de schouders breder. Toch heeft hij onmiskenbaar haar ogen. En haar kijk op de wereld.

's Nachts is ze dicht bij hem, soms praat ze met hem, maar meestal blijft ze een toeschouwer. Al meer dan vijftig jaar gaat ze – nadat ze een tijdje naar hem op het plafond heeft liggen staren – naar de veranda om haar gedachten te ordenen en te roken.

Het is geen slapeloosheid, dat weet ze zeker. Het is haar afspraak met de achterwereld, die ze in al die jaren nog geen nacht heeft gemist.

'Onzin, je lichaam vraagt gewoon elke nacht rond dezelfde tijd om nicotine, je bent verslaafd aan die rotzooi,' had Leif laconiek opgemerkt. Gek, hoe hij al een tegenstander was van roken in die tijd dat iedereen het deed. Het paste gewoon niet bij hem. Roken zag hij als een zwakte en voor zwakte had hij geen geduld.

Ondanks zijn argumenten en aandringen had hij haar er niet toe kunnen bewegen om te stoppen. Ze was ermee begonnen kort na de begrafenis. Walgelijk vond ze het, maar ze dwong zichzelf ermee door te gaan. De sigaret was de hamer waarmee ze zichzelf voor de kop sloeg én het medicijn tegen de pijn.

'Het is zelfmoord in slow motion, hou er toch alsjeblieft mee op. Anders verlies ik jou ook nog.' Leif had het gevraagd totdat hij er moedeloos van werd en het opgaf.

Hij had niets op met boven-, onder-, of achterwerelden. Voor hem was er maar één wereld, die van het waarneembare. Op het kerkhof lag een steen, die je kon zien en aanraken.

In de zomermaanden kan ze 's nachts uren in gedachten verzonken in haar schommelstoel zitten in het gouden licht van de middernachtszon. In de winter staat ze met sneeuwschoenen aan in haar gewatteerde jas over haar nachtjapon te blauwbekken. De peuken verdwijnen in een oude bloempot, die ze eens per seizoen leegt. Nooit is ze bang geweest, hoewel haar huis ver van de bewoonde wereld staat en ze, ook vroeger meestal, als enige thuis is. Waar moet ze in hemelsnaam bang voor zijn?

Midden in de nacht wordt ze wakker. Sinds zijn komst heeft ze haar slapende uren in de schommelstoel doorgebracht, dicht bij de jongen op de bank. Ademt hij? Ze hurkt bij hem neer en legt haar hand op zijn schouder. Hij voelt hard, gespannen, alert.

Zachtjes strijkt ze over zijn contouren, tot zijn lichaam zich ontspant.

Uit het vriesvak van de koelkast pakt ze de fles aquavit. Ziet Eidnár – staand aan de toog van Haihai – zijn betaling in natura met een teug legen. Achter uit het keukenkastje grabbelt ze een borrelglas.

Dan trekt ze haar jas en schoenen aan en gaat naar buiten. Staand aan de balustrade schenkt ze zichzelf het stroperige goedje in, proost met de nacht, slaat de inhoud in één keer achterover en vult het glas opnieuw.

Uit haar jaszak hengelt ze de sigaretten en de aansteker. Steekt er eentje op, inhaleert diep. Een rookslierit danst de nacht in, een grillig blauw wezen. De regel, *blauwe rook verandert in as / net als ik / uiteindelijk* doemt als een dwaallicht op boven het moeras van haar herinnering.

Een etmaal geleden nog maar stond hij voor haar neus, uit het niets. De verlorene.
Het tweede glaasje – ad fundum – brandt een spoor door haar slokdarm. Ze smakt. Een sterke karwijsmaak vult haar mond.

In al die jaren dat ze 's nachts op haar veranda heeft gestaan is er nooit iemand in de buurt van haar huis geweest, tot gisternacht.

Nooit is ze bang geweest, tot nu.

'Ik denk toch dat mijn huis een beschermengel heeft gehad, dat kan niet anders,' had Leif met trots gezegd bij hun eerste ontmoeting in het café in Kiel. Ze hadden kir royal gedronken, de smaak van een ongekende wereld.

'Stel je voor, het gebied is in de oorlog meer dan driehonderd keer gebombardeerd. Het was één grote chaos, alles was verwoest. En de Duitsers hebben bij hun aftocht ook nog eens alles platgebrand. Er stonden nog maar een paar huizen overeind in Kirkenes, en één daarvan was dat van ons. Van ons! Er mankeerde niets aan, nog geen gesprongen ruit, niks. Dat hebben Vonkel en Tutti me verteld. Ik ben een nuchtere jongen, geloof me. De voorzienigheid of iets als beschermengelen,' hij sprak de woorden overdreven uit, 'daar heb ik absoluut niks mee, maar hier is geen andere verklaring voor. Misschien ben ik wel uitverkoren,' lachte hij. 'Of misschien is het gespaard gebleven, zodat ik jou er mee naartoe kan nemen.'

'Dat is toch hetzelfde.'

Ze had naar hem geknipoogd, terwijl ze het zoet van haar lippen had gelikt.

Ze steekt haar handen in haar zakken, rilt, maar aarzelt om terug naar binnen te gaan. De nacht is zo mooi, vol gedempte geluiden. Ze kan de sneeuw horen vallen, een flinterdun knisperen, kristal op kristal. De vorst laat de kegels in de fijnsparren zachtjes rinkelen. Zelfs het kermen van de takken die buigen onder hun last is waarneembaar. Magnus had het al gezegd, er is veel sneeuw voorspeld. Zal ze insneeuwen met haar jongen? Uit de schaduwen tussen de berkenbomen stuift iets voorbij, zigzaggend, hoog opspringend uit de sneeuw.

Een sneeuwhaas. Jager of gejaagde.

Ze knijpt haar ogen samen en tuurt de nacht in. Voordat zijn gestalte opdoemt uit de wazigheid kan ze hem al horen ademen, zijn geluiden gingen hem altijd al voor. Zo meteen zal het vertrouwde knerpen van zijn sneeuwlaarzen klinken, het gestamp op de treden van de veranda om de vastgekoekte brokken eraf te trappen, het schrapen van de rubberzolen op de mat. Grondig.

Ze schenkt haar derde aquavit in, heft haar glas en drinkt.

'Ah, daar ben je dan.'

Klik. Een sigaret per glaasje. Aandachtig blaast ze een paar rookkringels de nacht in. 'Ja, ja, ik weet het, ik moet eigenlijk stoppen. Het is me gewoon nooit gelukt. Maakt me dat een slappeling? Is het überhaupt nog wel de moeite om te stoppen, vraag ik me af, ik leef al zo lang in reservetijd. Gun me dat kleine verzetje.

Herken je me nog wel, Leif? Ik ben een oude vrouw geworden, maar jij bent niks veranderd, jochie. Dorian Gray, ik zeg het je! Je hebt altijd iets gehad, hoe zal ik het zeggen, iets waar ik dichtbij in de buurt wilde zijn, móést zijn. Iets waarvan ik dacht dat ik niet zonder kon.'

Ze lacht schamper.

'Was dat een overdaad bij jou, of een tekort bij mij? Hoe uitverkoren waren we eigenlijk? Onze levenslijnen die elkaar kruisten: toeval, of toch lotsbestemming, wat denk jij? Mijn god, wat was ik gelukkig die eerste jaren. Dolverliefd. En Andor, ja, Andor was de liefde van mijn leven, van óns leven. Hij was ons verbond, ons langgerekt akkoord. Hij klinkt nog steeds na, zoals het gezang van de kinderen in de basiliek van Lluc, weet je nog?

Maar wisten we van elkaar wie we waren? Wisten we dat van onszelf? Kun je dat überhaupt weten? Kinderen van de oorlog. Wat betekende dat eigenlijk? Gekwetste, gebutste zielen, dat waren we, ja, jij ook, jochie. Ik geloof dat er mensen zijn die ondanks alles niet klein te krijgen zijn. Zo eentje was jij. Je ging met volle vaart vooruit, terwijl ik tot stilstand kwam.'

Ze kijkt om zich heen en ziet de veranda, waar ze al meer dan een halve eeuw elke nacht op staat, als voor het eerst.

'Ik heb onder een steen geleefd, Leif. Ik kan mezelf wel voor mijn kop slaan. Waar heb ik in godsnaam al die tijd op gewacht? De bevestiging dat het niet mijn schuld was, een arm om me heen, troost? Waarom heb je me die last alleen laten dragen? Jij zat op zee, je geliefde zee, jou trof geen blaam. Nooit.

Wat er op het schip gebeurt, blijft op het schip.

Waarom zeg je niets?

Zeg dan toch iets.'

Een witte eland met een reusachtig schoffelgewei staat roerloos voor haar veranda, kijkt haar aan. Dan, alsof hij verveeld is geraakt, schrijdt hij weg, de nacht in.

Met onzekere hand schenkt ze een laatste glaasje in. Ze trekt een grimas als ze het geleegd heeft. Die prettige klap in het gezicht door sterke drank. Ineens is daar de smaak van ouzo, dat Griekse drankje, anijs, is het niet? Ooit gedronken bij Karl en Elsa, toen die net terug waren van vakantie in Griekenland. Een memorabele avond, met die dans, de sirtaki. Hoppa! Behoorlijk aangeschoten was ze naar huis gereden, met een stomdronken

Leif naast zich. Ze spreidt haar armen, knipt met haar vingers, probeert een schuifelpasje, maar moet zich vastgrijpen aan de balustrade. Alles tolt.

Finnmark, zomer 1966, Helena

'Elsa en Karl hebben ons volgende week zaterdag uitgenodigd voor een etentje. Hebben we dan al iets?' Leif zegt het tussen neus en lippen door tijdens de afwas.

Helena droogt eerst het bord af dat hij met kokend heet water heeft afgespoeld, zet het terug in de kast. Dan kijkt ze hem lang aan.

'Niet dat ik weet.'

'Mooi, dan laat ik hun weten dat we komen. Ze zijn naar Griekenland op vakantie geweest. We krijgen vast Griekse specialiteiten voorgeschoteld.'

'Hoe bevalt zijn nieuwe baan?'

'Dat horen we zaterdag wel, maar ik geloof dat het een enorme overgang voor hem is.'

Van Elsa weet ze dat ze na jaren zijn wekenlange afwezigheid meer dan zat was en dat dat voor fikse ruzies heeft gezorgd. 'Ik heb hem gedwongen een keuze te maken, die boot of ik.'

Niet lang daarna had Karl een functie in het havenkantoor in Kirkenes aanvaard. En bleek er ineens tijd voor gezamenlijke vakanties, naar Griekenland bijvoorbeeld. Eilandhoppen, met de boot, dat dan weer wel.

Helena wist dat ze Leif nooit voor het blok zou zetten.

Het is op de dag af precies vijf jaar geleden dat Andor stierf als ze met een doos bonbons aanbellen bij Elsa en Karl.

'Je ziet er mooi uit,' fluistert Leif en hij geeft haar een bewonderend tikje op haar kont vlak voordat de deur opengaat.

'Hei, daar zijn jullie, kom binnen.'

Elsa draagt dezelfde donkerblauwe jurk die ze bij de begrafenis droeg, ziet Helena. Ze onthoudt dergelijke dingen, hoewel ze liever geen oog had voor zulke details. Heeft ze het met opzet gedaan, vraagt ze zich af, is het Elsa's manier om haar te laten weten dat ze eraan denkt, want ze spreken er niet over. De aard van de mensen in deze uithoek van de wereld is stug en gesloten, emoties liggen verborgen onder de oppervlakte als vissen onder het ijs. De dooi treedt pas in als er alcohol vloeit, sterk spul dat de tongriem smeert, het hart verweekt.

'Ouzo,' zegt Karl, 'anijsdrank.'

Hij houdt een fles omhoog. 'Man, in die hitte heb je er maar een paar nodig.'

Hij loopt naar de platenspeler en legt er een plaatje van The Beatles op.

Help me if you can, I'm feeling down
And I do appreciate you being round
Help me get my feet back on the ground
Won't you please, please help me

Met een paar wiegende passen beweegt hij zingend naar de buffetkast en pakt vier glaasjes, waar hij een bodempje in schenkt en het met water aanlengt tot een melkachtige substantie. Elsa legt alvast de foto's klaar, beelden van het bruingebrande stel in diverse vakantieoutfits op het strand, op marktjes, bij ruïnes en kerkjes, in restaurants.

'En hier om de hoek, dat staat er net niet op, dronken we op ons vaste terrasje 's avonds een ouzootje, of retsina, geserveerd door onze vaste ober, Dimitri. Wat een filosoof, hij had overal theorieën over, politiek, economie, geschiedenis, maakt niet uit, zo'n wijze jongen, en dat op die leeftijd. En zíngen. Een echte levenskunstenaar!'

Ze lachen naar elkaar, met het gemak van mensen met gedeelde herinneringen.

'Proost, mensen, of zoals ze daar zeggen: *Yassou*!'

Lena registreert de blikken en kleine aanrakingen tijdens het aperitief en het eten, de chemie tussen Karl en Elsa. De vakantie heeft hun goedgedaan.

Elsa heeft zich uitgesloofd om een zo authentiek mogelijke maaltijd op tafel te zetten, om hun vrienden een echte Griekse ervaring te bezorgen. Vleesspiesjes, en een boerensalade met tzatziki en brood. Hun optimisme en vrolijkheid werken aanstekelijk. Leif wil alles weten over de reis, vooral over de boottochten over de Egeïsche Zee. Elsa heeft een plaat van Mikis Theodorakis opgezet, met daarop de dans van *Zorba de Griek*.

Bij de eerste klanken van de sirtaki springt Karl op en sleurt Elsa mee. Met een arm over elkaars schouder en de andere zijwaarts uitgestrekt, hoppa! Hoppa! Ook Leif sluit aan.

Is er een moment waarop Helena niet de hoeder van Andors herinnering hoeft te zijn, onbezwaard mee kan lachen met de anderen? Met zijn drieën dansen ze nu voor haar, op een rij, tadum, ta-dum, tidelida-dum, ta-dum, knie omhoog, voet schuin naar achteren, terugzwaaien, stap naar voren, knippen met de vingers, hoppa!

'Eigenlijk moeten we nu met borden gaan gooien,' zegt Karl. 'Dat doen de Grieken ook. We hebben het meegemaakt tijdens een dorpsfeest. Daar hebben we ook de sirtaki geleerd. Het hele servies ging aan diggelen!'

'Als je het maar laat,' lacht Elsa.

'Hé schatje, alles goed?'

Leif geeft haar een por. Karl en Elsa kijken haar verwachtingsvol aan, verhit van het dansen.

'Zit je weer te dromen? Voor jou beter geen alcohol meer, jij moet ons straks nog wel naar huis rijden, hè. Ik reken op je. Elsa, misschien kun je Lena nog even een straffe bak geven. Die ouzo slaat werkelijk in als een bom.'

Bij het afscheid hadden de mannen elkaar het stof uit het overhemd geklopt.

'*Wat er op het schip gebeurt, blijft op het schip. Maak je geen zorgen.*'

Karl had het gefluisterd, maar het was een dronkemansfluister, schor en veel te hard.

Finnmark, winter 2013, Nizar

Eb en vloed van woelige slaap. Af en toe dringt iets tot hem door, geschuifel over de houten vloer, gerinkel van glas, een etensgeur, een tochtvlaag, voordat hij weer kopje-onder gaat in de mui van zijn koorts.

Als klein kind al was hij gefascineerd door de slaap. Lange tijd had hij gedacht dat de wereld ophield te bestaan als hij naar bed ging. Wanneer hij de volgende ochtend wakker werd, ging de wereld gewoon weer aan. Aan, uit, aan, uit. Gaandeweg begreep hij pas dat waar je ook bent het altijd hier en nu is, dat alles gelijktijdig plaatsvindt, dat zijn afwezigheid, al was die slechts tijdelijk, voor de rest van de wereld geen enkel beletsel vormde om door te draaien.

Hij had zijn ouders eens horen praten over een kennis die in zijn slaap was overleden.

'En toen hij wakker werd, was hij dood?' had hij gevraagd.

Het had hem enorme angst ingeboezemd dat dat zomaar kon, sterven in je slaap. Vanaf dat moment hield hij zijn ouders nauwlettend in de gaten, als ze even de ogen sloten en 'een moeilijke som uitrekenden'.

Maandenlang had hij geprobeerd om het precieze moment van in slaap vallen te registreren, om de overgang tussen waken en slapen te markeren. Masud had gezegd dat dat niet kon, dat het werkte als een lichtschakelaar in je hoofd. Je was wakker, óf je sliep.

Maar hij was vastbesloten, het zou hem lukken om bij vol bewustzijn de grens over te gaan. Hij stelde zich die plek voor als een rotonde waarop drie wegen samenkwamen: één weg voerde naar het wakend bestaan, één naar het slapend bestaan en één naar de dood. Het was zaak om op die driesprong alert te blijven, anders kon je zomaar de verkeerde afslag nemen.

Als hij 's avonds in bed lag probeerde hij zich te concentreren op alle indrukken die zich aandienden. Hoe zijn lichaam aanvoelde, hij stelde zich voor hoe het bloed door zijn aderen stroomde, hoe zijn longen zich vulden met zuurstof. Hij luisterde naar het getik van de wekker, die na een tijdje altijd het ritme van een liedje aannam, naar het getjirp van de krekels in de tuin, gedempte geluiden van de straat, het ritselen van de gordijnen in de avondbries, de televisie beneden, het zachte gemurmel van zijn ouders. Hij voelde hoe zijn lichaam lichter werd, begon te zweven, hoe hij werd meegevoerd naar de driesprong.

Nooit lukte het hem om wakker de slaap te betreden. En elke ochtend was hij opgelucht als hij zijn ogen weer opendeed, kennelijk de juiste afslag had genomen.

Was Masud op het moment van sterven op die rotonde geweest? Had hij pijn geleden, wat waren zijn laatste woorden, zijn laatste gedachten geweest?

Toen hij bij het levenloze lichaam van zijn vader neerknielde, was er niets wat antwoord kon geven op zijn vragen. Zijn grauwe gezicht had er wanhopig uitgezien, alsof hij eindeloos over de rotonde aan het jakkeren was, op zoek naar de juiste afslag.

Finnmark, winter 2013, Helena

Uit het huis klinkt een schreeuw en kort daarna gestommel.

Met een paar stappen is ze bij de deur, ontnuchterd. De jongen staat in de kamer, naakt, met een verwilderde blik in zijn ogen. Hij houdt zijn armen afwerend voor zich uit en roept iets in het Arabisch. Panische angst in zijn stem. Hij doet enkele stappen in haar richting, stoot een krukje om, hurkt dan plotseling neer met zijn armen om zijn knieën geklemd, en begint te huilen, met lange uithalen.

Met sussende geluidjes komt ze dichterbij, pakt een deken van de bank, legt die voorzichtig rond zijn schouders. Ze hurkt naast hem, praat zachtjes, stil maar, lieve jongen, het is goed, je bent hier bij mij, alles is goed, stil maar, stil maar.

Een oud wiegenlied roert zich in het purperen zakje, een melodietje dat je met een koord uit een pluchen beer trekt. Ze is verbaasd hoe de woorden als vanzelf weer in haar opkomen.

Schlafe, mein Prinzchen, schlaf ein
Schäfchen ruh'n und Vögelein
Garten und Wiese verstummt
auch nicht ein Bienchen mehr summt
Luna mit silbernem Schein
gucket zum Fenster herein
schlafe bei silbernem Schein

schlafe, mein Prinzchen, schlaf ein
schlaf ein, schlaf ein!

Net zo snel als de paniek is opgekomen ebt hij ook weer weg. Ze leidt hem terug naar de bank, geeft hem een slok te drinken en alsof er niets is gebeurd valt hij terug in zijn diepe slaap.

Wie is hij? Niets weet ze van hem, niet eens zijn naam.

Morgen moet ze iets doen, maar wat? Iemand bellen, hulp halen. Asiel, natuurlijk, hij zal vast asiel willen aanvragen. Maar morgen is het zondag, dan zijn alle loketten bij de gemeente gesloten. En zo vlak voor de feestdagen wordt er slechts op halve kracht gewerkt, zeker bij de gemeente. Iedereen is met zijn gedachten al bij de boom en de lichtjes, het menu, de cadeautjes, de familieleden en hun onderlinge vetes. Maandag zal ze wel verder zien.

Eerst moet ze morgen een kerstboom uit het bos halen, zoals elk jaar. Op haar wandeling vanochtend – was dat vanochtend, het lijkt een eeuwigheid geleden – heeft ze een mooie zien staan. Niet te groot, niet te klein. Niet te zwaar vooral, want ze zal hem zelf moeten omzagen en verslepen, optuigen, met lampjes en ballen, bekronen met de piek.

De kerststal met het gelijmde Jezusje eronder.

De kleine aardewerken zoon van God, die twee keer gevallen, gebroken en gelijmd was. Eén keer, lang geleden, had ze hem op de grond gesmeten, overmand door het verdriet om haar eigen zoon, en één keer was hij bij het uitpakken van de spullen uit de doos gegleden. Ze had de stukjes Heiland bijeengeraapt en hem weer in elkaar gezet.

De Japanners hadden een eeuwenoude techniek om gebroken aardewerk te repareren met bladgoud en goudlak, wist ze. *Kintsugi*. De goudverbinding maakte de breuklijnen juist zichtbaar, waardoor het voorwerp uniek werd. Als je je verliezen en littekens accentueerde en koesterde, in plaats van ze te verstoppen, werden ze een waardevol onderdeel van het geheel. De genade van overgave. Ineens voelt ze mededogen voor het gebroken ventje. Misschien kan ze morgen in de schuur tussen de spullen van Leif op zoek gaan naar een potje met goudverf om de verlosser van een gouden randje te voorzien.

Pas vroeg in de ochtend valt ze uitgeput in de schommelstoel in slaap.

***

Het is al laat voor haar doen als ze wakker wordt. De wandklok geeft aan dat het al na tienen is. De jongen ligt bewegingloos op zijn rug, zijn arm bungelt van de bank en zijn mond staat een beetje open. Ontspannen. Hij heeft een jongensachtig snurkje, een lichtvoetige tenor, zo anders dan de sonore bas van Leif.

Ze bevoelt de was op het rekje; de kleren zijn droog, de plasjes eronder verdampt. Opnieuw houdt ze zijn blouse tegen haar gezicht, zijn kruidige geur heeft plaatsgemaakt voor de chemische frisheid van het wasmiddel. Ze vouwt alles netjes op en maakt er een kleine piramide van, de broek onderop, dan de blouse, zijn T-shirt, zijn onderbroek en bovenop zijn sokken. Legt het stapeltje op de leuning van de bank, naast de handdoek en een dikke beige kabeltrui van Leif die ze al heeft klaargelegd. Als ze bij hem komt zitten en het verband van zijn hand wikkelt, opent hij zijn ogen. Zijn blik is helder, het broeierige is gedoofd.

Hei. Dat was het laatste wat hij hoorde toen hij bewusteloos voor haar veranda neerviel en het eerste nu hij zijn ogen opent. Hij spreekt vast geen Noors of Duits en zelf spreekt ze nauwelijks Engels.

'Hei, Junge. I am Helena,' zegt ze plompverloren en prikt met haar wijsvinger in het springende kalf op haar trui. 'Zis is Kirkenes, (wijst naar de grond), zet Norway' (wijst naar buiten). 'You sleep two Tage' (duim en wijsvinger in de lucht, tot ze beseft dat ze piefpafpoef een kinderlijk pistooltje vasthoudt met die vingers zo, en snel haar hand laat zakken).

Hij kijkt haar knipperend aan met zijn kamelenharen oogopslag, wrijft in zijn ogen, slikt een paar keer moeizaam. Ze geeft hem de koude thee, die hij gulzig drinkt. Dan kijkt hij naar de beetwond op zijn hand die omgeven is door een paarsgroene krans, legt zijn hand dan op zijn hart.

'Hello Halina. My name, Nizar.' Zijn stem kraakt en hij hoest een paar keer, drinkt nog wat thee.

'I come Dimashq. Syria,' voegt hij eraan toe.

Zoveel trots en weemoed samengebald in dat ene woord. Een warme woestijnwind waait erdoorheen, Syria. Precies wat ze dacht! Haar kennis over dat land is samen te vatten in een paar clichés: Eufraat, oudste beschaving ter wereld, paradijs, schurkenstaat, oorlog, vluchtelingen.

Duizend-en-een vragen wil ze hem stellen, hoe oud ben je waar zijn je ouders hoe kwam je hier terecht en waarom in godsnaam op een fiets, maar ze hebben geen gemeenschappelijke taal.

'You are hungry. I have Suppe,' ze staat op en zet de pan op het vuur.

Algauw ruikt de hele woonkamer naar troost.

Nizar grist zijn onderbroek en T-shirt van het stapeltje, trekt deze vlug aan en zit al rechtop tegen de armleuning van de bank als ze met een kom soep en een homp brood bij hem komt zitten.

'Is Gut?' vraagt ze. Het laatste spaghettisliertje glipt zijn mond in. 'You want more Suppe?'

Met elke kom knapt hij verder op, pas na de derde is zijn honger gestild. Ze brengt hem ook verse thee met honing in een bakje, waar hij eventjes aan ruikt. Een schaduw trekt over zijn gezicht.

'My father,' zegt hij, maar zwijgt dan.

Later wijst ze hem de wc en natuurlijk de badkamer boven, waar ze zeep, shampoo en haar borstel voor hem heeft klaargelegd. Ook het scheersetje van Leif ligt paraat, de kwast, een bakje met uitgedroogde brokken scheerschuim en een stuk aluin. Ze is een mimespeler die zich inzeept en scheergrimassen trekt. Hij lacht verlegen, knikt en sluit de deur. Even later springt de boiler aan en klinkt timide gespetter van boven, komt de afvoerpijp tot leven met borrelende geluidjes in zijn ingewanden.

Twintig jaar is het geleden dat ze dat voor het laatst heeft gehoord. Het klinkt zo anders dan ze gewend was van Leif die de badkamer volledig innam, zich fluitend uitkleedde, de mengkraan bijstelde (kouder dan zij), de korte ademstoten als de eerste ijskoude stralen over zijn huid stroomden, het inzepen en het vallen van de zeep (elke keer).

Het geluid van het stromende water vertelde haar hoe hij onder de douche stond: het afketsende water van zijn rug als hij bukte om de zeep te pakken, een grillig spetteren als hij gehaast zijn haar waste, het neerklateren van de straal als hij de shampoo uitspoelde, zijn handen als twee wissers over zijn hoofd trok. Het metalige gerinkel van het loszittende afdekplaatje waar hij met zijn voet tegenaan stootte (elke keer).

Dan de ruwe handdoek waarmee hij zijn huid afdroogde, het diagonale gezaag achterlangs, het verticale gezaag voorlangs alsof hij zijn lichaam aan het polijsten was. Vervolgens – handdoek rond zijn middel – het openen van het badkamerraampje zodat de condens van de spiegel kon verdampen en zijn wazige reflectie als een polaroid opdoemde uit de mist. De echo van zijn tandenborstel in zijn mondholte, het gehaaste schuren, de kraan die alleen openging om te spoelen, het gorgelen. Altijd dat gejaagde. Die levenshonger in alle geluiden. Geen tijd om ergens bij stil te staan. *Pregau per nosaltres.*

De granaatappel! Fruit zal hem goeddoen. Ze pakt de harde vrucht van het aanrecht en bestudeert hem, vist een mesje uit de la en vraagt zich net af hoe ze zo'n ding moet schillen, als een beeldschone jongen de trap afkomt. Fris, met gekamd nat haar. Nu hij geschoren is ziet ze pas hoe jong hij is. De trui van Leif staat hem goed, hoewel hij veel te groot is.

Helena wijst naar zijn hand.

'Your hand. Was it a dog? You have pain, Nizar?'

Hij lacht verlegen. 'No, no, I am ok. No pain.'

Ze reikt hem de granaatappel.

Zijn ogen lichten op. 'Ah, *rumman*!'

Hij neemt het mes aan en kijkt zoekend rond. Uit een blik op het aanrecht met wat keukengerei pakt hij een pollepel en slaat enkele keren van verschillende kanten op de vrucht. Dan maakt hij met het mesje inkepingen in de schil, zoals je een sinaasappel schilt, en snijdt behendig aan de bovenkant een stervorm uit. Als hij de ster heeft verwijderd, breekt hij de granaatappel in zes gelijke delen uit elkaar, en presenteert haar een roodbloeiende bloem. Ze is verrast dat de lelijke vrucht zo prachtig vanbinnen is.

Snel pakt ze ook een handvol pistachenoten, dadels en vijgen, legt alles op een groot bord.

'You eat now. Bitte.'

Als hij aan de keukentafel gaat zitten ruikt ze zijn frisse douchegeur.

Ineens is ze zich bewust van de muffe lucht die uit haar trui opstijgt. Hij moet nodig weer eens uitgehangen worden. En zij moet dringend weer eens douchen, haar haren wassen, haar tanden poetsen.

Het is niet vreemd dat er een jongen aan haar keukentafel zit die zij niet kent. Een jongen die nauwgezet pistachenoten openbreekt, die behoedzaam de granaatappelpitjes uit de schil pelt, met precieze vingers de vliesjes verwijdert, die de dadels opensnijdt en de pitten netjes naast elkaar legt. Het is allemaal allerminst vreemd.

In de badkamer ziet ze dat hij de douche en de wasbak met zijn handdoek heeft afgenomen. Alleen in het scheermesje zitten nog een paar kleine zwarte haartjes.

Als het water over haar lichaam stroomt, ontspant ze. Lang staat ze met gesloten ogen onder de hete straal. Haar tranen komen ineens, kort en hevig. Dan wast ze haar haren en zeept zich grondig in. Met de spons schrobt ze haar huid roodgloeiend tot alles tintelt.

De badkamer is benauwd als een stoomcabine. Ze opent het raampje en de koude lucht die nu de ruimte binnenstroomt bezorgt haar kippenvel.

Op het planchet de deodorant van Grethe. ANGEL. Dat ze van alle merken juist dát merk moest kiezen. Hoezeer het haar had getroffen. Misschien begreep ze niet dat de verwijzing naar haar kind, haar engel, zo pijnlijk was geweest, zelfs al die jaren later, dat ze met stomheid geslagen was. Gevoelloos had ze het gevonden, net als die opmerking, enkele maanden na zijn overlijden, dat een nieuwe baby haar zou kunnen afleiden van het gemis.

Ze had het Grethe nooit vergeven.

Aan de andere kant, ook zij had haar zus kennelijk pijn gedaan, met de vraag of ze Sonja ooit over haar biologische vader had verteld. Hoe we onbedoeld anderen treffen en hoe ons dat uit elkaar drijft. Wat weten we eigenlijk wat er in een ander omgaat, ook al denken we elkaar te kennen, ook al spreken we elkaars taal.

Ik moet minder snel oordelen, ook over mezelf, denkt ze.

Maar mag je pas oordelen als je alle details kent, als je het hele plaatje kunt overzien?

Morgen schrijf ik een lange brief aan Grethe, nog is het niet te laat.

Laat het niet te laat zijn.

Das Wahre ist das Ganze

schrijft ze in de condens van de spiegel. Al snel verdwijnt Hegels aforisme achter het hekwerk van neerglijdende druppels.

Het eerste wat ze ziet als ze de trap afkomt is het bord.

Nizar heeft van alle etenswaren een adembenemend bloemenmozaïek gemaakt. In dunne reepjes gesneden dadels vormen de omtrekken van de blaadjes, die gevuld zijn met de schillen van de pistachenootjes waarin granaatappelrobijnen glanzen. Het hart wordt gevormd door dunne plakjes vijg, omringd door een krans van granaatappel en pistachenootjes. Het mozaïek is zo kunstig gemaakt, dat ze het zou willen fotograferen. Het is zonde om te eten.

Nizar staat bij de vensterbank met een fotolijstje in zijn hand.

Andor op een kleed, buiten bij haar bloementuin. Ze was zelfs in het gras gaan liggen om haar zoon, die zich net met zijn mollige armpjes opdrukte, schuin van onderen te fotograferen. De achtergrond werd gevormd door IJslandse klaprozen, feloranje, geel en wit, door roze lupinen, en door de kelkjes van de paarse monnikskap. Een bont kleurenspektakel, met als stralend middelpunt Andor, die met grote ogen schuin omhoogkeek naar een vlinder, die nog net linksboven tegen een strakblauwe hemel in beeld te zien was. Een toevalstreffer, deze foto en de enige die Helena in het zicht bewaarde. Ze had de van oorsprong zwart-witfoto later zelf ingekleurd met verf, waardoor een surrealistisch effect was ontstaan, de felgekleurde bloemen, de koningsblauwe lucht en het gezicht van Andor, zo dichtbij. Vroeger had ze vaak lang naar het beeld gestaard en altijd had ze gevoeld dat hij ademde wanneer ze met haar ogen knipperde of even haar blik afwendde.

'Your grandson?' vraagt Nizar. Het licht in zijn stem.

Het is zoveel makkelijker om te zeggen dat dit haar kleinzoon is. En daarbij, ze kan nauwelijks met deze jongen communiceren.

Ze neemt het lijstje uit zijn hand, drukt de foto even tegen haar borst en zet hem terug op zijn plek. Dan steekt ze met een aansteker die in de hoek van de vensterbank ligt een waxinelichtje aan en zet het bij de foto. 'Andor,' zegt ze. 'My son.'

Ze legt de laatste twee houtblokken op het vuur en als ze met de mand naar de deur loopt, loopt hij mee.

'I help you, please.'

Vlug trekt hij zijn schoenen aan. Op de veranda geeft ze hem de sneeuwschuiver en wijst naar de schuur tegenover, maakt een veeggebaar.

Het heeft iets huiselijks, de jongen in Leifs trui die een pad naar de overkant schept, het schrapende geluid, zij op de veranda. De fles aquavit en het glaasje staan nog naast de balustrade.

Dan bukt hij zich en sjort iets uit de sneeuw. Een enorm ding.

'Halina, look!'

Het is het afgeworpen schoffelgewei van de eland van afgelopen nacht. Een prachtexemplaar. Een unicum, zelfs. Een boodschap van Leif. Opgetogen tilt hij het ding op, tot boven zijn hoofd, en zet een paar wankele stappen. Het gewei is loodzwaar.

'Woeaaah, woeaaahhh,' brult hij in een vreemde leeuwimitatie.

Helena schiet onbedaarlijk in de lach, een Syrische leeuw met een wit schoffelgewei.

Hij legt de trofee voorzichtig op de veranda neer. Ze wijst naar het hert op haar trui.

'Elch,' zegt ze.

'Ellig,' zegt hij.

Ze kijkt naar de lucht. Voordat er weer sneeuw komt en het straks donker wordt moet de boom in huis staan. Ze haalt de slee uit de schuur, drukt Nizar de zaag in de hand.

'You sit. We go to woods. For Weihnachtsbaum.'

Heel licht glijdt de slee door de verse sneeuw, alsof er geen Syrische leeuw op zit. Nizar kijkt zijn ogen uit. Na een tijdje springt hij eraf om te wisselen. Ja, nu moet zij zitten, dringt hij aan, bedeesd maar beslist. 'Because you very, very old lady.'

Als ze de boom aanwijst, helpt hij mee met zagen, en gezamenlijk binden ze hem op de slee, alsof ze het elk jaar zo doen.

Nog voor het donker wordt staat de boom in een hoek van de kamer. De geur van dennenhars en warme chocolademelk vult de ruimte. Nizar haalt een voor een de rode ballen, de sterren en engelen van stro en de goudgespoten dennenappels uit de kerstdoos en hangt ze behoedzaam aan de takken. Helena ontwart de kluwen van lichtjes, legt het snoer op de grond dwars door de kamer. Eigenlijk mogen de lampjes traditiegetrouw pas over twee dagen, op kerstavond aan, maar wat zou het? De dingen lopen anders en dus hangt ze samen met Nizar de lampjes in de boom. Dan steekt ze de stekker in het stopcontact en verandert de boom in een schitterend baken.

Vanmiddag stond de kleine spar nog met sneeuwbeladen takken onwetend tussen zijn grote broeders in het bos. Hadden zijn soortgenoten al vroeg gezien dat hij de ideale verhoudingen en contouren had en dus waarschijnlijk voor het ambt in aanmerking zou komen? Was het een eer om uitverkoren te worden, of juist iets wat elk jaar met grote angst tegemoet werd gezien door de bosbewoners? Hadden ze een beschermend cordon om hem heen gevormd, ze had zich immers een weg moeten banen naar de plek waar hij beschut tussen de anderen had gestaan. Ze bekijkt de flonkerende boom en besluit dat hij vooral trots uitstraalt. Voor het eerst in jaren overvalt haar het kerstgevoel.

Muziek, ineens heeft ze zin in muziek. De nocturnes van Chopin. Met haar hand waaiert ze langs de cd'tjes in de kast. De klanken van 'Nocturne Op. 9, No. 2' verspreiden zich als een optrekkende nevel door de kamer. Zo staat ze een tijdje voor het woonkamerraam. Ze staart naar de niet te volgen wirwar van vlokken en ziet het trage groeien van sneeuw aan bomen. Achter haar ligt Nizar op de bank. De fysieke inspanning, het geploeter door de sneeuw en het zagen, hebben hem vermoeid. Hij slaapt.

De muziek daalt als een emmer aan een touw langzaam af in de put van haar herinnering. Plots is daar, heel scherp, dat beeld van Leif.

Het is een ander seizoen, een zomer, of nee, een nazomer, waarin de kraakheldere frisheid van de herfst al besloten ligt in de intensiteit van de kleuren. Het is 1980, ze is 45, hij 48. Ze zijn in Oslo, bezoeken het Vigelandpark.

***

Ze zoekt hem in de menigte zoals je in een overvolle boekenkast naar een bepaald omslag kunt zoeken; niet zozeer de titels lezend, maar speurend naar een herkenning van vorm, van sfeer. Hij is een mooie man gebleven, groot en donker, met hier en daar wat grijs, wat gezetter ook dan toen ze hem leerde kennen, maar hij heeft nog steeds die sportieve bouw die ze vanaf het eerste moment in het zwembad in Kiel zo prachtig had gevonden en die haar vanbinnen nog steeds kleine vreugde-explosies bezorgt als opspattende belletjes in een glas bronwater.

De ruim tweehonderd beelden van Gustav Vigeland in het naar hem vernoemde park missen hun uitwerking op haar niet. Ze geven de ontwikkeling van de mens in alle levensstadia weer, staat in de folder beschreven.

Bij de fontein vraagt een verliefd stelletje haar om een foto van hen te nemen. Innig gearmd kijken ze zelfbewust de camera in en Lena drukt twee keer af. Als ze het toestel met een knikje teruggeeft, valt haar oog achter hen op de bronzen reliëfs op de rand van de fontein, en ziet ze de baby die op de slagtand van een prehistorisch dier staat.

Nieuw leven op vergaan leven.

Even verderop het reliëf dat haar de adem in de keel laat stokken. Een naakte vrouw, met opgetrokken knieën, haar hoofd gebogen, haar handen in gebed gevouwen rustend op haar knieën. Voor haar een geknielde, naakte man die een dode baby boven haar hoofd houdt. Ze wil haar blik afwenden, maar kan haar ogen er niet van afhouden. Kippenvel, ondanks de warmte van de middag. Ontmaskerd. Dit zijn wij.

Heeft Leif het gezien?

Hij is al verderop, staat tussen een groep toeristen op de trappen rondom de Monolitten, gefascineerd te kijken naar de zeventien meter hoge granieten zuil die op elkaar klimmende en krioelende menselijke figuren verbeeldt, naakte mannen, vrouwen en kinderen.

Hij pakt, als ze naast hem komt staan, terloops haar hand. Knijpt er even in, heel licht. Hij heeft het gezien. Als ze naar de uitgang lopen slaat hij zijn arm om haar schouder.

Ze wil het vertellen, ze moet het vertellen. Nu. Als er ooit een geschikt moment is, dan nu.

Laten we gaan zitten, hier, op dit bankje. Blijf mijn hand vasthouden alsjeblieft en kijk me aan, nee kijk me echt aan. Ik ben het, wij zijn het. Nog steeds. Ik ga je iets zeggen over mij en Eidnár, over hoe het zover heeft kunnen komen. Over die korte periode, drie jaar geleden, dat ik me gewichtloos waande, zonder herinneringen, bevrijd van die loodzware last, dat altijd aanwezige schuldgevoel over Andor. Dat ik nooit iemand anders heb gewild, maar dat Eidnár belangstellend was, beschikbaar. Dat hij me mooi en bijzonder vond en ik me aangeraakt en gezien voelde, letterlijk en figuurlijk ach, al die verdomde clichés. Dat jij me zo lang al, alsjeblieft, luister naar me, zo lang al voor lief neemt. Er is iets wat ik bij jou zoek, altijd. Iets als bevrijding van die schuld. Verlossing. Het is er, het ligt voor het grijpen, maar ik kan er niet bij. Jij laat me er niet bij. Ik laat mezelf er niet eens bij. Ik kan mezelf niet vergeven.

De drang om te biechten, om het geheim te delen en daarmee te verdunnen, om eindelijk die last kwijt te raken, welt in haar op als overkokende melk, snel en schuimend.

Hij laat zijn arm zakken en wijst.

'Zie je die Japanse toeristen daar, met hun petjes en mondkapjes? Wat een makke schapen. Op de boot zag je ze ook steeds vaker. Altijd achter hun reisleider aan schuifelend, zo'n type met een vlaggetje in zijn hand. Fototoestel in de aanslag, meestal met gigantische telelenzen. Die lui fotograferen echt alles! Karl en ik noemden ze altijd de klik-kliks, ze maken met hun toestellen hetzelfde geluid als onze rendieren met hun knikkende gewrichten.'

Hij grinnikt, houdt een denkbeeldig cameraatje voor zijn gezicht en zegt: 'Klik-klik, kom Leentje, poseer eens voor je fotograaf.'

Het moment gaat voorbij.

Hoe had ze kunnen vermoeden dat ze nog maar dertien jaar samen zouden hebben? De tijd was als een vertrekkende trein op een ander spoor van haar weggegleden, terwijl ze in haar coupé zat en toch al die tijd het gevoel had dat zij het was die voortbewoog.

Hij werd dood gevonden achter het stuur van zijn auto, op een verlaten parkeerplaats in de buurt van nationaal park Varangerhalvøya. Met zijn muts op en handschoenen aan, de sleutel in het contact. Het leek alsof hij een dutje deed, zo ontspannen zat hij met zijn handen in zijn schoot, zijn hoofd iets opzij tegen het raampje geleund. Een blauw sjaaltje rond zijn nek. Bruingebrand, een baardje van een paar dagen. Blakend.

Wandelaars hadden hem gevonden.

Vermoedelijk een hartstilstand, een misdrijf werd uitgesloten, had de politie gezegd.

Pregau per nosaltres.

Hij was er een paar dagen tussenuit geweest in zijn eentje, het was tenslotte de jongste IJstijd. Veel hadden ze niet gesproken toen hij zijn spullen inpakte voor de tocht. Een lichtgewicht tent, een matje en een slaapzak, zijn Zwitserse zakmes, een lamp, een lijn en vishaak, een aansteker, wat mueslirepen. Toen hij zijn waterfles aan het vullen was, had ze in een opwelling haar blauwe zijden sjaaltje tussen de spullen gepropt.

Het was goed wandelweer geweest, droog. Niet te koud.

Ze kende het boomloze gebied op een paar uur rijden van hun huis goed, een karige bergrug die zich over achttienhonderd vierkante kilometer uitstrekte tot aan de Barentszzee. Stenige, bemoste vlaktes met grassen en lage struiken waar snelstromende beekjes, watervallen, de wind en het gekrijs van de meeuwen het enige geluid vormden. Onherbergzaam, desolaat en guur in de winter, adembenemend weids en groengeschakeerd in de zomer. Ze waren er vroeger vaak samen geweest. Hadden lange trektochten gemaakt waarbij ze geen levende ziel tegenkwamen, behalve een paar rendieren die nieuwsgierig opkeken van het grazen.

's Avonds roosterden ze boven een kampvuurtje hun verse vis, dronken water uit de beek en aten sappige blauwe bessen die in overvloed te vinden waren. 's Nachts kropen ze in hun tent naakt tegen elkaar aan in hun samengeritste slaapzakken en luisterden naar wat de nacht te vertellen had.

De stilte, ook tussen hen, is haar diepste herinnering aan die tijd.

Hun blauwe monden. Zijn hart, traag kloppend aan haar rug.

In dezelfde week dat Leif werd begraven, op de begraafplaats in Kirkenes waar hun zoon al zo lang rustte, werd er in Damascus een baby geboren. Een jongetje, met een kamelenharen oogopslag en een schrandere blik. Zijn vader huilde van vreugde en dankbaarheid toen zijn moeder hem het ingebakerde pakketje toonde. Zijn opa bekeek zijn kleinzoon en fluisterde in het perfect gevormde oortje: '*Je kinderen zijn je kinderen niet. Zij zijn de zonen en dochters van 's levens hunkering naar zichzelf. Khalil Gibran*', voordat hij hem met kussen bedekte.

Hoe had ze kunnen vermoeden dat hun levenspaden elkaar zouden kruisen, vele jaren later in een besneeuwde nacht.

***

Muziek sijpelt zijn halfslaap binnen. Hoewel het slechts één instrument is, een piano, speelt er een heel orkest in de ruimte tussen de langgerekte noten. Al dommelend doemt uit de klanken van de muziek in slow motion zijn dansende vader op. Hoe vaak had Masud niet uiting gegeven aan zijn vreugde en verdriet door simpelweg een plaat op te zetten en te dansen?

Zijn vader die in de woonkamer op blote voeten in zijn eentje de *dabkeh* danst, armen geheven, zijn voetzolen ritmisch stampend op de vloer, de imaginaire rij kringdansers toelachend. In zijn hand een wit zakdoekje dat hij in het rond zwaait. Het compacte lichaam van zijn vader is verrassend soepel en wendbaar, af en toe maakt hij een snelle knieval en veert dan smedig weer op.

Een keer was hij als kind getuige geweest van een scène die hem verwarde, maar die een van zijn mooiste jeugdherinneringen zou worden. Het was al laat en hij had liggen woelen in bed, kon de slaap niet vatten. Hij had zijn moeder geroepen voor een glaasje water, maar niemand reageerde. Beneden klonk muziek. Toen hij schoorvoetend de trap afkwam – hij wist dat hij zijn ouders na bedtijd beter niet meer lastigviel – zag hij hen in de woonkamer innig dansen.

Hij had zijn ouders nog nooit zo gezien, zo volledig in elkaar verzonken. Amira had haar armen rond Masuds nek gelegd, en zijn vader hield haar stevig tegen zich aan, streek met een hand over haar krullen. Hun voorhoofden raakten elkaar en toen ze elkaar kusten wilde hij wegkijken omdat hij wist dat hij iets zag wat niet voor zijn ogen bedoeld was. Toch bleef zijn blik rusten op dit tafereel.

Ineens moest hij niezen en voordat hij zijn neus kon dichtknijpen, proestte hij het uit. Betrapt keek hij zijn ouders aan, die gestopt waren met dansen en verbaasd naar hun zoontje op de trap keken. Hij verwachtte een reprimande van zijn vader, een pets op zijn achterste van zijn moeder wellicht, maar in plaats daarvan opende zijn vader zijn armen en zei: kom 's hier jij, kleine nachtvogel, en hij fladderde in zijn pyjamaatje naar zijn ouders en werd opgetild door de sterke armen van zijn vader. Zijn moeder sloot zich als een schelp om hem heen en gedrieën dansten ze nog een tijdje.

'Wij zijn de oester, je moeder en ik, en in ons binnenste groeit een kostbare parel, en die parel dat ben jij,' zong zijn vader een zelfbedacht liedje op de klanken van de muziek. Ook Amira viel in met haar mooie stem. Hun gezang en geschuifel hadden hem in een diepe droomloze slaap gesust.

Hij gluurt door zijn wimpers. De kamer wordt alleen verlicht door de lampjes in de boom en het waxinelichtje op de vensterbank. Pianoklanken vullen de ruimte. Helena staat voor het grote raam te staren naar de sneeuwvlokken. Van achteren heeft haar figuur iets meisjesachtigs. Hij heeft geen idee bij wie hij terechtgekomen is, hoe het leven van deze vrouw eruitziet, maar dat ze een goed hart heeft, is duidelijk.

Iets in haar houding raakt hem. Ze is een sterke en eigenzinnige vrouw, een Old Hickory, hoe kun je anders in je eentje op zo'n plek leven? Tenminste, hij heeft nog geen spoor van een man ontdekt. Maar er is ook iets kwetsbaars, of eerder nog, een gekwetstheid die uit haar houding spreekt.

Hij slaat de deken terug en staat op. Spreidt zijn armen, danst op de muziek die hij nooit eerder hoorde. Op de deining van de klanken stapt hij nu naar voren, draait als een balletdanser om zijn as, vergeet even alles om zich heen.

Als zij zich verbaasd omdraait, reikt hij haar zijn hand.

'Come Halina, we dance.'

Ze sluit haar ogen en danst.

Ze spreken elkaars taal niet, toch zijn hun blikken, hun handen en glimlachjes voortdurend met elkaar in gesprek als ze later samen het avondeten klaarmaken. Kabeljauwfilet uit de oven met een kruidige korst van broodkruim, knoflook, chilipoeder, komijn en kaas. Puree van zoete aardappelen en een salade van geraspte rode biet met peer. Ze heeft Nizar een schort omgebonden, de strik om zijn smalle taille.

Vaardig schilt hij de aardappelen, raspt de rauwe bieten, zijn handen donkerrood van het bietenbloed. Ze geeft hem een schuursponsje om het eraf te schrobben.

Terwijl hij door het raampje van de oven tuurt naar de vis met de bruin wordende korst, dekt ze de tafel. Het bloemenmozaïek vormt de tafelversiering.

Na het eten pakt Nizar uit zijn portemonnee het fotootje dat ze al eerder heeft gezien, de twee jonge mensen naast de gedekte tafel in een tuin.

'My father and mother, Amira and Masud. In Dimashq.'

Hij slikt, wijst op de buik van zijn moeder. 'It is me.'

De treurnis houdt zich schuil in de stilte na zijn diepe zucht.

Ze legt haar hand op de zijne. Zwijgend zitten ze zo een tijdje.

Dan schuift Nizar het mozaïek naar haar toe. Eigenlijk vindt ze het zonde om zijn creatie op te peuzelen, maar hij begint zelf al aan de buitenste rand, met de granaatappelpitjes en de pistachenoten en moedigt haar aan om zijn voorbeeld te volgen.

De bloem wordt kleiner, om de beurt pakken ze een stukje, ervoor zorgend dat het patroon zo veel mogelijk intact blijft, tot ze bij het hart aankomen en ook dat delen. Alleen de lege hulzen van de pistachenootjes liggen nu op een hoopje bijeen op het bord.

Als ze de tafel wil afruimen, houdt Nizar haar tegen.

'I do this, Halina, you sleep a little bit.' Hij dirigeert haar naar de schommelstoel.

Terwijl hij in de keuken doende is met de afwas, sluit ze haar ogen.

De bloem is in ons.

Het geluid van rinkelend serviesgoed en het stromende water voeren haar mee, langzaam drijft ze af naar het eiland van de slaap.

Finnmark, winter 2013, Magnus

Midden in de nacht wordt hij met een schok wakker, alsof hij een stroomstoot heeft gekregen. De beelden die al een paar dagen in zijn hoofd liggen te sluimeren klikken plotseling ineen tot een samenhangend geheel. Natuurlijk! De twee fietsen in de schuur bij Helena. Tegen elkaar aan geleund, van Leif en Lena. Als klein kind dacht hij dat Leifelena één persoon was, want als zijn ouders over hun vrienden spraken werden die namen altijd in één adem uitgesproken. Hij zit nu geleund tegen de hoofdsteun met zijn armen om zijn opgetrokken knieën.

'Godverdomme Leifelena,' fluistert hij hardop tegen het duister.

Dat het kwartje ter plekke niet is gevallen; soms kijk je de waarheid recht in de bek en nog zie je het niet. Het kan de fiets van Leif niet geweest zijn, die heeft Helena na zijn dood weggegeven. Het klopt helemaal, nu hij het eenmaal ziet. Ze had hem niet binnengevraagd toen hij onverwacht langs was gegaan. Haar stoïcijnse houding op de veranda. Je wilt een oude vrouw toch niet de kans ontnemen om fit te blijven? Iets in haar blik had hem verontrust.

En nu weet hij het zeker. Die fiets is van de jongen die hij op de camerabeelden heeft gezien. Hij is bij Helena in huis. Godverdomme, sist hij hardop, en knipt het licht aan.

Opgetogen over zijn deductievermogen grijpt hij naar zijn

telefoon en maakt een notitie. Onbekende grensganger vermoedelijk bij H. in huis. Vreemde fiets in schuur waargenomen tijdens eerste huisbezoek. Afwijkend gedrag van H. Motief?

Hij voelt zich als een van de rechercheurs uit de talloze Netflix-series die hij heeft gezien, hij is iets op het spoor. Kalmte, hij moet nu kalmte bewaren. Wat zijn de opties? Moet hij iemand waarschuwen? Nee, het is midden in de nacht. Hij eet de aangebroken zak chips die op zijn nachtkastje ligt tot de laatste kruimel op en spoelt de sterke paprikasmaak weg met het verschaalde biertje van gisteravond. Zet de wekker, heel vroeg. Maandag is zijn vrije dag, maar er staat hem iets te doen. Hij zal haar en die vent verrassen met een bezoek, en deze keer zal hij niet wachten tot ze hem binnenvraagt.

Hij knipt het licht uit, likt de paprika van zijn vingers. Het beeld van Natalja – hoe de stof van haar pantalon om haar brutale billen spant – wordt steeds verstoord door Helena op haar veranda, haar armen defensief gekruist voor haar borst.

Finnmark, winter 2013, Helena

Ze loopt over een uitgestrekte vlakte. De grond maakt een vreemd geluid, onder haar voeten knappen strakgespannen snaren, een poingg dat zich met een elastieken echo verwijdert en dan weer terugveert. Geen boom of huis in zicht, tot ze zich realiseert dat ze op een bevroren meer loopt.

Ineens staat daar de man. Hij draagt een uniform, maar in plaats van een pet heeft hij een losse capuchon met een bontkraag op zijn hoofd, waardoor ze zijn gezicht niet kan zien. Met de punt van zijn schoen trekt hij een cirkel om haar heen. Dan hamert hij met een priem een gat in de cirkel, wrikt het blad van de zaag erin en begint te zagen.

'Nu moet je het zelf doen,' zegt hij na een tijdje en geeft haar de zaag. Zijn handen zijn kinderlijk klein. Zijn stem is laag, prettig om naar te luisteren. Hij spreekt een taal die ze niet kent, maar toch verstaat. Daar verbaast ze zich over in haar droom.

Ze begint te zagen, verticaal, langs de aangegeven lijn.

Pas als de cirkel bijna rond is, weet ze dat ze in het wak zal vallen.

'Ik kan het niet,' stamelt ze, 'help me alsjeblieft.'

Ze is zich bewust van het krachteloze geluid dat uit haar openhangende mond komt, de pijn in haar nek van haar ongemakkelijke houding in de schommelstoel, maar het lukt haar niet om zich uit de droom los te rukken.

'Ik zal je helpen, stil maar,' zegt de man en hij steekt zijn hand naar haar uit.

In plaats van dat hij haar uit de cirkel trekt doet hij een stap naar voren en nu staan ze hand in hand op het putdeksel van ijs. Ze is bang dat het met donderend geraas zal afbreken, dat ze samen onder het ijs zullen verdwijnen. Hij bukt. Uit zijn binnenzak pakt hij een kwast en een potje goudverf, waarmee hij de breuklijn van de cirkel nauwgezet begint op te vullen. Lachend kijkt hij naar haar op. Hij heeft een klein gezichtje, de bontkraag van zijn capuchon verandert in donzige haartjes op zijn hoofd. Zijn ogen lichten op in herkenning en hij kraait van plezier als hij zijn knuistjes naar haar uitstrekt. Het is Andor.

Ze schiet overeind, spierwit. Haar knokkels omklemmen de leuning van de schommelstoel. Ze slikt moeizaam, haar tong ligt bestorven in haar mond.

Nizar ligt niet meer op de bank, de deken hangt netjes opgevouwen over de leuning. Dan klinkt er gestommel op de veranda en voelt ze een koude tochtvlaag. Hij staat in de deuropening, met zijn jas en schoenen aan.

'Come, please!' Zijn ogen stralen. Ze begrijpt niet wat hij wil.

'Outside,' zegt hij lachend.

Naar buiten, de sneeuw in?

Hij trekt haar mee naar de deur. 'Look!' Nizar springt de drie treden van de veranda af en danst rond in de sneeuw. Gooit zijn hoofd in zijn nek, wijst naar de hemel: 'It is the Northern light, yes? You see?'

Vlug trekt ze haar sneeuwlaarzen en jas aan en komt naast hem staan.

'Ah ja, Aurora Borealis. Bezaubernd, nicht?'

Hoe vaak ze dit lichtspektakel ook heeft gezien, het blijft adembenemend.

Nizars langgerekte oohs en aahs, zijn zuchten van verwondering, zijn volledige overgave ontroeren haar. Aan de met sterren bezaaide hemel ontstaan melkwitte wolkenslierten die veranderen in pulserende groene golven. Ze verplaatsen zich, lichten op, doven uit.

Het is alsof iemand daarboven vloeibare stikstof uitgiet, met een zwierige beweging slingerende, wervelende, kolkende patronen maakt, een spektakel opvoert voor de twee ademloze toeschouwers in deze poolnacht. De meanderende vormen veranderen continu van kleur, van nevelwit, naar mintgroen en blauwgroen, ja, zelfs neongroen, als de bewerkte foto's in Bar Haihai.

Dan is zijn opgetogen stemming ineens verdwenen. Met hangende schouders en gebogen hoofd staat hij naast haar, zijn handen voor zijn ogen een collectebakje voor zijn tranen. Als ze hem even aanraakt en hij opkijkt, schrikt ze van de diepe treurnis in zijn jongensgezicht.

'Thank you,' zegt hij met verstikte stem, 'thank you, Halina. For everything.'

Met een heftigheid alsof ze een zwaar voorwerp is dat verplaatst moet worden, omarmt hij haar. Zijn tengere lichaam schokt in een onbedaarlijke huilbui, zijn hoofd tegen haar schouder. Ze maakt kleine geluidjes, strijkt met haar hand over zijn gladde haar.

Het ruikt naar haar bloemenshampoo.

'Ach Kerlchen, ist doch schon gut.'

Zo staan ze, onder het steeds van vorm en kleur verschietende baldakijn van het poollicht.

En dan komen de woorden van Rilke, zo lang niet uitgesproken.

Die Blätter fallen, fallen wie von weit,
als welkten in den Himmeln ferne Gärten.
Sie fallen mit verneinender Gebärde.

Und in den Nächten fällt die schwere Erde
aus allen Sternen in die Einsamkeit.

Wir alle fallen. Diese Hand da fällt.
Und sieh die andre an: es ist in allen.

Und doch ist einer, welcher dieses Fallen
unendlich sanft in seinen Händen hält.

Zijn ademhaling wordt rustig door het wiegen van haar stem.

'Sorry,' zegt hij dan, terwijl hij een stap naar achteren doet en met de mouw van zijn jas over zijn gezicht veegt. Hij legt zijn hand op zijn hart en buigt zijn hoofd.

'I am sorry.'

'Komm!'

Ze wijst naar het veldje naast de schuur waar de pasgevallen sneeuw alle sporen heeft gewist, alle vormen heeft verzacht. Ze pakt simpelweg zijn hand, houdt hem even tegen haar wang, drukt er dan een kus op.

'You komm.'

Een schone lei, denkt ze, verse sneeuw is als een schone lei, die we kunnen beschrijven met steeds een nieuw verhaal. Ze wil het nog één keer voelen, die totale overgave van het vallen, het gewichtloze, die fractie van een seconde waarin alles mogelijk zou kunnen zijn.

Ze stapt met hem naar het veldje, trekt zijn arm mee de lucht in, als een scheidsrechter na een bokswedstrijd. Ook de andere arm gaat omhoog en Nizar volgt haar voorbeeld. Twee mensen, kortstondig met elkaar verbonden door een speling van het lot, engelen in wording.

Geritsel in een van de berkenbomen, sneeuw dwarrelt van de takken. Een grote witte vogel vouwt zijn vleugels uit en stijgt klapwiekend op. Even blijft hij pal boven hen hangen, biddend, voordat hij in de nacht verdwijnt.

Ze knijpt in zijn hand, hij knijpt terug. Ze knikt hem bemoedigend toe en dan laten ze zich achterwaarts vallen, heel langzaam vallen ze, als in slow motion bewegen hun lichamen zich richting de aarde, richting de verse sneeuw.

Verantwoording

Herbst, Rainer Maria Rilke
Uit: Das Buch der Bilder, 1920

Fragment uit: *Wij gaan naar een land*, Mahmoed Darwish

Voor het eerst gepubliceerd op Poetry International

Dankwoord

Ik dank mijn redacteur Peter Nijssen voor zijn vertrouwen in *De gelijktijdigheid der dingen*, onze gesprekken, en de *Holzwege* die hij me wees, Frans Janssen, Sinan Can, Marijke Hanegraaf, Amal Karam, Jan Hardeveld, Eline Janssen, Klaske Kamstra, Edith Vroon, Jet Linssen, Yen Remy, Judith Arns, Dieter Eckert, Niqué van den Tillaart en Sonja Renaud voor hun scherpe oog en waardevolle opmerkingen, imkers Katja van den Berg en Tine de Lange die me meenamen naar het bijenvolkje van Amstelglorie, Roar Winther, kapitein van de MS Nordnorge die me vertelde over het leven op zee, de mensen van de gemeente, het museum en de bibliotheek van Kirkenes en de vele anderen die bedoeld en onbedoeld mozaïeksteentjes leverden voor deze roman.

Grote dank ook aan Rebecca, Nina en Jan, voor de liefde en de support.

En bovenal dank ik mijn moeder, zonder wie dit verhaal er niet zou zijn.